Simona Sparaco

Equazione di un amore

GIUNTI

Quest'opera è frutto della fantasia dell'autore.
Ogni riferimento a fatti e persone realmente esistiti è puramente casuale.

www.giunti.it

Via Bolognese 165 – 50139 Firenze – Italia
Piazza Virgilio 4 – 20123 Milano – Italia
Prima edizione: marzo 2016

Ristampa	Anno
6 5 4 3 2 1 0	2020 2019 2018 2017 2016

A mia madre,
e al suo cuore saggio
che sostiene il mio da quando lo ha messo al mondo

e a D.,
i cui primi battiti hanno silenziato tutto il resto.

Singapore, 4 aprile 2015

«Il pericardio mi avvolge e protegge da quando sono nato.

Sono forse l'unico organo del corpo a essere difeso da una membrana.

Mi sono chiesto molte volte il perché.

Dopo anni di faticosa convivenza, ho finalmente trovato una risposta.

È per proteggermi dai tuoi condizionamenti.

Da Te, che credi più nelle stelle che nei desideri.

Da Te, che tutto puoi e comandi.»

In fisica quantistica, nessun oggetto ha una posizione definita se non quando interagisce con qualcosa d'altro. Come se le cose non esistessero sempre, ma si materializzassero in un luogo preciso solo quando sbattono contro uno sguardo.

Davanti a Lea, oltre la grande vetrata del soggiorno, dall'alto del diciottesimo piano di un grattacielo, Singapore luccica nella notte come un diadema, con le strade ancora sfrigolanti di fari accesi e i vuoti geometrici dei condomini addormentati. Ed è reale. Almeno quanto il calice di vino rosso che le rinfresca i polpastrelli o la candela riflessa nel vetro, al centro del tavolo alle sue spalle.

Un pensiero sepolto, remoto, torna a sorprenderla. Un piccolo strattone nel cuore che la mente si preoccupa subito di mettere a tacere. Tornano le immagini di manuali di fisica e matematica, e di un ragazzo che osservava la realtà attraverso la lente della scienza, e che pure le ha insegnato ad amare la letteratura. Un ragazzo che forse non è nemmeno più reale. Di certo non è nella sua vita.

Reale è Vittorio, suo marito, che ora si sta alzando dalla sedia per venirle incontro, riflesso anche lui nel vetro della finestra.

Hanno appena finito di cenare.

Vittorio, in vena di tenerezze e di ritorno dall'ufficio, il dipartimento legale di una banca d'investimenti, qualche ora prima è andato fino a Katong, nel loro ristorante preferito, per prenderle il *laska*, una zuppa singaporiana a base di noodles. Prima di raggiungere casa, le ha mandato un messaggio: «Apparecchia con i piatti blu e infilati il tubino nero che mi piace tanto :-)». Lea ha sorriso, intuendo le sue intenzioni e, come lui le ha quasi ordinato, si è preoccupata di mettere in tavola il servizio importante.

In quel messaggio c'era anche la volontà di Vittorio di rispettare un rituale legato al cibo. Con le pietanze dei ristoranti più rinomati, e con le ricette più fantasiose, che si diverte a mettere in pratica secondo i programmi di cucina che riempiono il suo tempo libero, Vittorio l'ha curata. Letteralmente. Un assaggio dopo l'altro, l'ha tirata fuori da una magrezza impressionante di cui tuttora ignora le cause, e attraverso il cibo, da sempre, le dimostra il suo sostegno.

Ora l'abbraccia da dietro, le si stringe addosso, e il suo respiro pieno rimanda a un'impresa eseguita con successo.

«Cosa stai guardando?»

«Il futuro» risponde lei, senza voltarsi.

«Il futuro? E cosa vedi?»

«Mi sembra che vada troppo veloce. Persino a quest'ora.»

I fari delle auto formano fiumi di luce che si snodano tra un quartiere e l'altro.

Vittorio le bacia il collo, le respira nei capelli.

«E tu cosa vedi?»

Posa il mento sulla sua spalla, sta guardando fuori anche lui: «Una bambina» le dice «che mi chiama papà e che ha i tuoi stessi occhi».

Solo a quel punto Lea si volta per indagare lo sguardo rotondo di suo marito. Gli stringe le mani, lo accarezza.

Vorrebbe poterlo accontentare, lui meriterebbe solo questo. Lo vede, l'impegno che ci mette, le corse di ogni singolo giorno e le preoccupazioni sul lavoro per portare in casa molto più di quello che serve. Ha già raggiunto tutto nella vita, ed è partito dal basso. È legittimo che ora voglia un figlio. Sono sposati da cinque anni, e se in principio era Lea a non sentirsi pronta, da quando si sono trasferiti a Singapore, nell'ultimo anno e mezzo, hanno cominciato a provarci con una certa insistenza. La natura sembra aver deciso di confinarli in una sala d'attesa, che poco si addice all'impazienza di Vittorio. È finito in quella porzione di mondo proprio per assecondare il suo bisogno di puntualità, e l'irregolarità del ciclo di Lea non era nei programmi. Un ciclo ballerino da sempre, da quando era ragazzina, solo che oggi, a scandire la loro nuova vita, sono soprattutto quei lunghi ritardi.

Pochi minuti dopo si lascia persuadere da Vittorio a fare l'amore sul tavolo appena sparecchiato, in una posizione che non si concedono da tempo, mentre dalle grate dell'aria condizionata, accesa giorno e notte per contrastare il caldo e l'umidità infernali, le arriva un soffio freddo e dritto sulla tempia, ad acuire il mal di testa di cui soffre, a fasi alterne, più o meno da quando si sono trasferiti.

Le mani di suo marito le slacciano il tubino cautamente, con tutta la cura e la dedizione necessarie a non rovinare neanche un dettaglio. Sebbene inusuale la scelta di farlo proprio sul tavolo, l'inizio è una cerimonia lenta, che prevede una serie di gesti familiari da cui Lea si sente confortata. Mentre appoggia una mano sulla sua spalla, l'occhio le cade su un'unghia da cui è saltato un pezzetto di smalto. Lo ha messo qualche ora prima per lui, perché sa che gli piace. Lei non ama truccarsi, solo un filo di fard a nascondere le lentiggini che su quell'incarnato così pallido non le sono mai piaciute. Scosta una lunga ciocca di capelli ramati dal collo e lascia che Vittorio la baci, lì, in quel punto dove le vengono i brividi. E in quel momento pensa a come sarebbe stato se Vittorio quel vestito glielo avesse strappato di dosso, se fosse stato preso dall'urgenza di sdraiarla lì prima di cenare, quando era ancora apparecchiato con il servizio buono. Ma quella è passione effimera, non l'amore che ti riaggiusta la vita, si dice mentre sente il corpo di Vittorio aggiustarsi sul suo, chinarsi per cercarla e diventare con lei una cosa sola.

Ora deve smettere di pensare al mal di testa, all'aria condizionata e a qualunque altra inezia la tenga ancorata a quel soggiorno. Deve crederci anche lei che si possa diventare una cosa sola, perché c'è stato un tempo in cui l'ha ritenuto possibile: perdere qualsiasi contatto con il mondo esterno e finire in un altrove senza più materia né confini.

Ma la materia è ancora lì, tutta intorno, articolata in quella casa-alveare presumibilmente identica, anche nelle rifiniture, alle restanti trentotto case-alveari del grattacielo. Con tutti i comfort di cui sono dotate: l'ascensore che si ferma direttamente in casa e che si attiva solo attraverso una piccola scheda magnetica che sostituisce la chiave tradizionale; la spazzatura che si lascia cadere in un'apposita botola della cucina, e il citofono per parlare con la guardiola dell'ingresso. La materia è negli arredi minimali, dove predomina il bianco e l'alluminio, e nel marmo del pavimento, senza venature, sempre pulito, anche se lei ci passa lo straccio molto di rado, perché nessuno entra in casa con le scarpe ed è un'usanza del luogo che Vittorio ha subito accolto di buon grado. La materia è nella cifra che mensilmente la banca di Vittorio spende, tra affitto e spese straordinarie, per quell'appartamento di cui lei non ha potuto scegliere neanche un quadro o un servizio di piatti, perché l'ha trovato completamente arredato e in uno stile talmente moderno ed essenziale che persino uno scaffale di libri sarebbe risultato d'ingombro. E in quella materia manca il profumo della carta, perché quando ha chiuso la casa di Trastevere, per seguire Vittorio a Londra, Lea ha regalato a Bianca tutti i suoi libri, e la maggior parte dei vestiti e delle cose che non si sentiva di buttare sono finite nella cantina di sua madre a Morlupo. I libri ha imparato a leggerli dal Kindle, e al posto dei portaritratti ci sono dispositivi elettronici dove scorrono, a intervalli di tempo regolari, cinque anni di vita materica e sospesa: le immagini del matrimonio, dei viaggi, dei momenti più divertenti.

C'è il profumo di Vittorio, ora, nelle sue narici, una fragranza a base di muschio bianco, e nelle loro salive un retrogusto speziato di tabasco. Lui finisce di agitarsi dentro di lei e le raccoglie il viso nelle mani, la guarda con le labbra semiaperte, gli occhi grandi, il fiato caldo sulla pelle delle guance. «Dio, l'incanto che sei» le sussurra nei capelli, e finalmente Lea riesce a toccarla, la sua passione. È come vedere un guscio che si schiude e mostra al suo interno una vita pulsante. Vittorio ha quella smorfia tutta sua, inconfondibile, con la piccola cicatrice bianca sopra il labbro che si arriccia. È la stessa di quando finisce di cucinare una ricetta che ha appena imparato, o quando se ne esce con qualche proposta che considera allettante.

Ce l'aveva anche la sera del loro primo appuntamento, a Londra, sei anni prima. Pioveva a dirotto e lui era sceso dalla macchina per aspettarla sotto un ombrello accanto al portone di Ellerdale Road. Al tempo Lea studiava sceneggiatura alla London Film Academy e viveva in trenta metri quadri di libri, stoviglie, lenzuola e vestiti sparsi, insieme con un canarino e una tartaruga. Nemmeno una goccia di pioggia riuscì a bagnarle il viso quella notte, e non versò neanche una lacrima, anche se aveva una gran voglia di piangere mentre si diceva: «Questo è un uomo a cui dovresti, e potresti, consegnare le chiavi della tua vita».

Un suono elettronico e familiare ora si mette tra loro, li avvisa che è arrivato un messaggio. È il cellulare di Vittorio, sempre il più assediato, e lui si preoccupa subito di controllarlo. La magia di quel momento si richiude nel suo guscio.

Vittorio è ancora nudo davanti a lei, ma ormai catapultato nello schermo, a scorrere i messaggi con le dita. Ha compiuto da poco quarantacinque anni, i capelli gli si sono fatti più radi e la pelle del collo e dei pettorali appena un poco più grinzosa. Il corpo è asciutto, quasi glabro, il petto non è muscoloso e quando incurva le spalle gli vengono dei piccoli seni seducenti, come le statue di Apollo: corre, gioca a tennis e si consuma in lunghissime saune depuranti dopo l'ufficio. Sa di avere fascino, e si nutre anche dello sguardo adulatorio degli altri, ma in tutto quello che fa, sembra esserci sempre un sottotesto che la riguarda: «Non mi fermo, non invecchio» sembra voglia dirle. «Non ti darò per scontata. Ma non saremo mai in due, anche se non dovessimo avere figli. Saremo sempre io, te e tutti quelli che abitano il mio cellulare.»

Anche Lea approfitta della pausa per vedere se qualche casa editrice le ha mandato una risposta. Il trasferimento a Singapore le ha ispirato la stesura di un romanzo, l'unico che abbia concluso, e che ha da poco spedito tramite mail a tutti gli editori italiani di sua conoscenza. Tutti tranne uno. La casella di posta è ancora vuota. Lea s'impone di non essere ossessiva, di avere pazienza, ma sa che qualcuno, dall'altra parte del mondo, in quel momento la sta leggendo, e il semplice fatto la riempie di agitazione.

Quando Vittorio finisce di trafficare con il telefono, mette il pigiama sul letto e s'infila sotto la doccia. Mentre s'insapona meticolosamente il corpo, passandosi il rasoio sul collo e sulle guance, ha una faccia rilassata, sorniona. Intanto Lea sparisce nell'altro bagno, l'unico luogo dove le è concesso un po' di etereo disordine, e soltanto dopo aver fatto pipì si accorge del grumo di sangue che galleggia sul fondo del water. Questa volta è arrivato in anticipo.

Lo osserva andare giù in un rivolo preciso che ricorda una spirale. Una possibilità inespressa che viene risucchiata da un flusso d'acqua e che le lascia addosso un senso di malinconia. Non ha intenzione di dirlo a Vittorio, non quella sera.

Si riavvicina scalza alla finestra.

La città si sta acquietando. Le luci si sono attenuate e la luna bianca, a cui manca solo uno spicchio, resta alta nel cielo e ora sembra più grande. Lea guarda oltre il vetro, dove per un attimo ha avuto l'impressione di vedere riflesso lo sguardo di quel ragazzo, quando era ancora adolescente, accigliato ogni volta che lei si perdeva nei suoi pensieri di fronte a un'equazione matematica. Osserva la città, senza metterla a fuoco, uno spazio trasparente in cui il tempo non esiste.

Heisenberg, con i suoi "salti quantici", sosteneva che l'unico modo che hanno gli elettroni per essere reali è saltare da un'interazione all'altra. Se nessuno li disturba, non sono in nessun luogo preciso ma in un astratto spazio matematico, e non è possibile prevedere dove un elettrone comparirà di nuovo, ma solo calcolare le probabilità che questo accada.

Che si sia spinta così lontano anche per ridurre le probabilità di un incontro? O per arrivare a credere che quel ragazzo sia davvero confinato in un astratto spazio matematico e che non esista.

Ma esiste.

È stata la matematica a farli incontrare. Ci sono incontri che si portano dietro il peso degli eventi irreparabili, anche se cominciano con la volontà di correggere uno sbaglio. Era il primo anno delle superiori, e se non fosse stato per un banale errore di calcolo, nulla sarebbe mai successo.

Sembrava un giorno qualunque di gennaio. Era suonata da poco la campanella dell'uscita e Lea stava attraversando il corridoio che separa le aule dall'ufficio del preside. Al tempo era un po' goffa nei movimenti, un'andatura a scatti. Indossava dei jeans larghi, un maglione pesante, a collo alto, come se avesse avuto bisogno di nascondere una grazia naturale che non sapeva gestire. Anche quel giorno i capelli, che ha sempre portato lunghi fino alla schiena, erano annodati sulla nuca in un nido infilzato da una penna. In contrasto con l'aspetto anonimo delle labbra piene, di un rosso vivo. Catturavano lo sguardo, insieme a una fossetta sul mento che le dava un'aria infantile e maliziosa. Era alta per la sua età, lunga e dritta. I fianchi stretti, le braccia e le gambe così sottili che davano l'impressione di potersi rompere da un momento all'altro, il seno appena accennato. Una creatura ancora informe, acerba, che, attraverso lo sforzo abnorme di migliorare le sue capacità intellettive, stava cercando di prendere le distanze da una madre ansiosa che non aveva fatto altro che osannarne la bellezza. Lea non era mai stata brava a scuola, aveva difficoltà a concentrarsi, a ricordare nomi e date, e probabilmente oggi le diagnosticherebbero una forma lieve di dislessia; quando leggeva, confondeva le *d* con le *b*, ma difficilmente veniva ripresa per quegli improvvisi inciampi che suscitavano solo sorrisi di tenerezza.

Il primo bacio l'aveva dato in terza media, al gioco della bottiglia, nel garage di Bianca, a un ragazzino che era rimasto impalato con la bocca aperta a guardarla, e lei in quella bocca ci aveva infilato sbrigativamente la lingua. Le sue compagne già parlavano di sesso e contraccettivi, e Lea le ascoltava con curiosità e senza urgenza. Era desiderosa di provare, ma non avrebbe sopportato di rimanere con l'amaro in bocca, come dopo quel bacio. «Non mi piaci» aveva ripetuto candidamente ai maschi che si erano proposti per fare l'amore quell'ultima estate, e poi aveva cercato di consolarli, esplicitando in quei gesti così attenti la sua vera bellezza, quando li aiutava a farsene una ragione o li indirizzava verso amiche meno esigenti: «Secondo me lei è perfetta, però regalale *Heart Shaped Box* dei Nirvana» e intanto si aspettava che cantassero a lei *Hey, wait, I've got a new complaint, forever in debt to your priceless advice.*

Quel giorno il preside l'aveva chiamata nel suo ufficio per parlarle dei suoi drammatici risultati in matematica. Ci arrivò con una scarpa slacciata e inciampò lungo il corridoio. Solo alzando gli occhi, lo notò: un tipo più grande di lei. Poteva sembrare un ex alunno in visita dopo qualche tempo. Invece, come poi avrebbe scoperto, era all'ultimo anno e si era da poco trasferito da una città del nord.

Con una ponderatezza quasi irreale, lui le allungò una mano per aiutarla, ma di fronte alla sua alzata di spalle, «Sono un disastro!», corredata da un sorriso aperto, si era subito ritratto. Ed era stato come se invece Lea avesse sentito le sue dita appuntite spingerla giù di nuovo. Aveva provato imbarazzo.

Per un po' stettero seduti vicini sulla panca di fronte alla porta del preside. Non fiatarono: Lea con il quaderno di matematica sulle ginocchia, pieno di disegni e scarabocchi ai margini, che continuava a sfogliare nervosamente, fissando il muro; lui vestito in modo strano, una giacca a coste di almeno due taglie più grande, arrotolata sulle maniche, in controtendenza per la moda dei tempi, anche se quella stessa moda consentiva abbigliamenti stravaganti. Ed era soprattutto questo che lo rendeva, almeno a un primo sguardo, tutt'altro che attraente. I lineamenti erano regolari, ma i capelli troppo corti mettevano in risalto la grandezza sproporzionata delle orecchie. Le guance dovevano essere state martoriate da un'acne virulenta: ne portava le cicatrici. E dovevano essercene anche altre, di cicatrici, invisibili, in quegli occhi allungati che avevano qualcosa di doloroso e irrimediabile, nel modo che aveva di volgerli fuori dalla finestra, lontano, o di muovere rapidamente le pupille da un lato all'altro come per tallonare il tempo dell'attesa. Quasi a voler consolare quelle ferite interiori, si accarezzava il lobo dell'orecchio, manifestando la sua insofferenza nel tremolio della gamba destra, che spingeva sul pavimento.

Le aveva messo addosso una specie di agitazione, tanto che quando si alzò dalla panca per entrare per prima nello studio del preside, Lea si sentì quasi sollevata.

Più tardi, quello stesso pomeriggio, si trattenne nella biblioteca della scuola per finire i compiti. Si rese conto che anche lui era entrato solo nel momento in cui le si era seduto a fianco.

Era la seconda volta che Lea stracciava il foglio e rifaceva quell'equazione senza venirne a capo. Stava perdendo la pazienza quando si accorse che lui la stava osservando.

In tono divertito gli disse: «Vorresti ridere per come sono caduta a terra questa mattina, eh?».

Ma lui non rispose e rimase concentrato sul foglio del quaderno. Le posò una mano sull'avambraccio. Una mano calma, capace d'infondere un calore e al tempo stesso un'inquietudine inaspettati. Le disse: «È sbagliato questo passaggio». Categorico, lapidario.

A Lea sembrava incredibile che lui potesse aver avuto il tempo di scovare, in quel groviglio di numeri, l'errore.

«Questo è un 2, non un 8» aggiunse. «E quindi, semplificando, qui non dovrebbe venire fuori un 4.»

Per quanto quell'anno avesse deciso di impegnarsi duramente per rimediare, non si era mai vergognata dei suoi errori, li aveva sempre presi con una certa leggerezza. «In fondo a cosa serve nella vita una formula matematica?» si diceva. E invece adesso quello sconosciuto la stava facendo sentire in difetto. *Forever in debt to your priceless advice?*

Prima che lei potesse replicare o verificare l'esattezza delle sue osservazioni, lui si voltò e si diresse verso l'uscita.

Una voce la sta chiamando dalla camera da letto. Vittorio è già sepolto sotto le lenzuola.

Lea si avvicina, cercando di dissimulare qualunque tipo di esitazione. Avrebbe bisogno di affondare nel suo petto, di ritrovare quel calore che lui riesce a trasmetterle ancora di più fuori dal sesso. Eppure si trattiene sulla soglia, come sospesa. Getta un'ultima occhiata alla casella di posta ancora vuota del cellulare.

«Cos'hai? Sembri inquieta.»

«Mi è tornato il ciclo» risponde, raggiungendo il letto, alla destra di Vittorio, e finendo per smorzarne il sorriso.

Se è vero che ogni luogo racconta la sua storia, quella di Urban Suites, il moderno condominio dove si trova l'appartamento di Lea e Vittorio, è una storia giovane. La struttura non ha che pochi mesi di vita e la prima cosa che viene in mente, superata la sbarra d'ingresso, è il gioco del Tetris, lì riconfigurato in geometrie di acciaio e vetro. I condomini sono quasi tutti *expats*, alcuni solo di passaggio, e per la maggior parte con prole al seguito.

Che Singapore fosse una città disegnata soprattutto per i bambini, Lea l'aveva intuito visitando i parchi divertimento a Sentosa o entrando negli *shopping mall* più avveniristici, dove aveva avuto modo di osservare quelle vasche in vetrina nei negozi che chiamano Baby Spa, con neonati che galleggiano in bella vista, tenuti per le braccia da mani di madri incerte ma divertite, o le stanze-fasciatoio nei bagni pubblici, fornite di giochi e allietate dalle note di musiche rilassanti. Ma che fosse così apparentemente adatta a crescere dei figli, lo aveva capito solo abitando a Urban Suites.

Negli anni Sessanta, l'allora presidente Lee Kuan Yew faceva piantare alberi ovunque, suscitando la meraviglia di tutti. Aveva in mente una città-giardino, che accogliesse e ossigenasse le famiglie del futuro. Anche a Urban Suites c'è un giardino, e una grande piscina a sfioro in pietra lavica. Ci sono gonfiabili, macchinine e pupazzi di gomma sparsi qua e là a qualunque ora del giorno, un'area *playground* e un barbecue in acciaio e marmo circondato da lunghi tavoli di legno.

È il giorno di Pasqua e il giardino si è riempito di bambini di tutte le età che scorrazzano, tra le sculture e le fontane. Sopra la pedana in tek, alcuni inquilini si spalmano l'abbronzante mentre in mezzo all'erba gli innaffiatori automatici ruotano riflettendo la luce del sole. Tutto intorno, cantieri di grattacieli in costruzione restituiscono lo stesso effetto straniante che si ha osservando le spiagge di Sentosa: la loro sabbia bianchissima, le palme rigogliose, gli stabilimenti curati, e in lontananza, all'orizzonte, una barriera di petroliere.

"Straniamento", una parola che ricorre spesso nel romanzo di Lea: il diario di una giovane *expat* che immagina di passeggiare ogni giorno per la città di Singapore proprio in compagnia di Lee Kuan Yew, che tutti ancora chiamano "il Presidente", che andò al potere subito dopo il raggiungimento dell'indipendenza dal Regno Unito, fondando un sistema governativo capace di trasformare un piccolo paese privo di risorse naturali e afflitto da droga e criminalità in un potente hub tecnologico e commerciale.

La prima volta che Lea l'aveva visto era stata colpita dall'energia dei suoi occhi, tanto piccoli quanto grande appariva la fierezza che trasmettevano, attraverso la fotografia che troneggiava sul cruscotto di un taxi.

«Scusi, chi è quell'uomo?» aveva chiesto all'autista sporgendosi nello spazio tra i due sedili.

Lui aveva fatto il gesto di voltarsi, ma poi l'aveva guardata dallo specchietto con gli occhi pieni di stupore, come a dire: «Davvero non sa chi è?».

«Per noi singaporiani è come un padre» aveva poi risposto con un misto di fierezza e reverenza. «È lui che ha creato tutto questo.»

C'era qualcosa di grande negli occhi di Lee Kuan Yew mentre la fissavano quieti dal "santino" sul cruscotto. Tutta la potenza di un ideale.

Pur non essendo un lettore, Vittorio aveva sempre amato le biografie degli uomini di successo: «E la giovane espatriata saresti tu?» le aveva chiesto.

«Lo sono e non lo sono mai davvero. È una donna smarrita, che viene dalla vecchia Europa, e che si ritrova a vivere in un mondo apparentemente perfetto, del quale però non comprende fino in fondo le "storpiature".»

«Quali storpiature? Di' la verità, non ti fa impazzire questo posto.»

«Non è vero. Penso solo a tutti quei dissidenti che sono finiti in carcere senza nemmeno un processo; alla censura, alla pena di morte per possesso di droga o al rischio di venire fustigati con delle canne di bambù se sorpresi a rubare.»

Vittorio giustificava le maniere forti: «Credo che alla fine sia il risultato che conta» le aveva detto quel giorno. «La severità delle pene induce la gente a rispettare le regole. Questo è il paese più sicuro, pulito e meritocratico che io conosca.»

Pochi giorni dopo quella conversazione, le condizioni di Lee Kuan Yew si erano aggravate, e nei mesi in cui Lea aveva scritto il romanzo, il Presidente era andato incontro alla morte. Il governo aveva dichiarato sette giorni di lutto nazionale e ordinato le bandiere a mezz'asta sugli edifici statali. C'era stata una lunga processione che aveva paralizzato la zona di Orchard, una fiumana di gente: tanti piccoli orfani, con le facce disorientate e compresse.

Lea e Vittorio se ne stanno a mollo, dentro la piscina, i gomiti di lei appoggiati sul bordo e Vittorio alle sue spalle, che le massaggia la schiena.

Sembrano due ragazzini in vacanza, eppure hanno appena preso una decisione importante, di quelle che deviano il corso di una vita. Gli occhi di Vittorio hanno una luce nuova, il suo sguardo si è aperto, come un fiore al mattino: subito dopo le feste contatteranno la dottoressa Jong per gli accertamenti necessari a individuare gli eventuali ostacoli al concepimento. Lui si sottoporrà a uno spermiogramma e lei a delle ecografie approfondite. Farà tutto quello che la dottoressa le chiederà per raggiungere l'obiettivo nel minor tempo possibile.

Vittorio guarda i bambini che giocano e le dice: «Lea, io ne vorrei più d'uno. Preferirei che non lavorassi e che continuassi a goderti la casa, la città e i nostri nuovi amici». Lo dice come se la gente che frequentano non appartenesse alla cerchia dei suoi colleghi o all'esclusivo condominio che li ospita e davvero il loro appartamento richiedesse la sua cura. Persino quello che mangiano è quasi sempre frutto delle incursioni di Vittorio in qualche ristorante, delle sue ricette. Per un attimo Lea si sente soffocare, come con la sciarpa di lana che la madre le imponeva di portare stretta al collo da bambina. «È così importante per un figlio la presenza della mamma.»

Vittorio è proiettato nel futuro, parla come se avessero già raggiunto il loro traguardo, lo stesso atteggiamento che ha nel lavoro quando è convinto che un'acquisizione possa andare a buon fine. E mentre le parla, Lea ripensa ai grembiuli di sua suocera. Fiorati, intrisi di odori. La immagina più giovane di come l'ha conosciuta, di spalle, in cucina, con le mani in ammollo assieme alle verdure e lo sguardo rivolto alla finestra che affaccia sul piccolo orto del giardino. Cinque figli e nessun aiuto. Immagina anche Vittorio bambino mentre schiaccia i pinoli con un sasso sotto il portico in compagnia dei fratelli, la frittata di pasta nel forno e l'odore di basilico fresco nelle mani ruvide di sua madre; intanto guarda le famiglie dei vicini, che preparano il barbecue, in quello spazio siderale, lontanissimo, dove il termometro segna quasi sempre ventisette gradi centigradi. A breve si uniranno anche loro a quel rituale pseudo-familiare, come fanno qualche volta la domenica, dove Harvey e Satoshi, l'australiano e il giapponese, si occupano di cuocere la carne, mentre le mogli, Susan e Akame, si raccontano probabilmente l'ultimo giro di shopping.

Al barbecue della settimana prima, Lea si era ritrovata per quasi tutto il tempo il figlio di Susan in braccio, mentre si parlava del sistema scolastico locale. A Singapore un bambino molto piccolo è già sottoposto a test attitudinali che determineranno il suo futuro e, in prossimità di quei test, le madri non parlano d'altro. Chissà se, quando Vittorio schiacciava i pinoli, sua madre, osservandolo dalla finestra, già pensava a confezionargli un avvenire.

Se a Singapore un ragazzo di quattordici anni sa esattamente cosa ne sarà di lui, Lea, a quell'età, non sapeva quasi nulla. Solo poche cose le erano chiare: che sua madre aveva appena sbattuto suo padre fuori di casa dopo l'ennesimo tradimento, che rischiava di venire rimandata in matematica, e che c'era un ragazzo, nel suo liceo, che più di tutto il resto era riuscito a frastornarla.

Il destino è una planimetria di scelte. Può capitare che siano quelle meno meditate e sofferte, o quelle fatte per errore, le più determinanti, come quando, proprio per uno di quei test di orientamento, Lea aveva finito per frequentare un liceo scientifico.

Il test, avvenuto in terza media, si era basato sull'indovinare la forma geometrica che diverse figure avrebbero proiettato ruotando intorno a un asse portante. A ogni rotazione, Lea aveva risposto più velocemente degli altri. «Cono» diceva alzando la mano, oppure «cilindro», «sfera», a seconda dei casi. E se veniva spostato l'asse, subito incalzava: «cono con un buco cilindrico al centro» e così via.

Il professore era rimasto colpito dalla prontezza e dall'entusiasmo di Lea e aveva suggerito a suo padre, l'architetto Federici, di indirizzarla verso studi scientifici. Non prima però di avergli sottoposto la planimetria dell'appartamento, ancora da ristrutturare, che aveva acquistato non lontano dalla scuola. Se non fosse stato per quel professore, e per l'esito del suo test, Lea non si sarebbe mai ritrovata nei corridoi di un liceo scientifico a combattere con i numeri e con la conoscenza dell'amore nei suoi aspetti più tormentati.

Dopo il primo incontro in biblioteca, Lea rivide quello strano ragazzo diverse volte, ma sempre di sfuggita. Un giorno lo sorprese a leggere un libro sul muretto del cortile interno all'edificio scolastico, poco dopo l'orario d'uscita. Lo salutò e lui le rispose con un cenno distratto della mano.

Senza arrendersi, Lea gli si piantò davanti: «Noi abbiamo qualcosa in comune» esordì.

Lui alzò gli occhi dalla pagina. «Tipo?»

«Un 2 da qualche parte, se ci siamo meritati un colloquio privato con il preside.»

«Il tuo 2 sul quaderno era sbagliato, però» le rispose, con un lampo di una precisione chirurgica, riaffondando poi la testa nella lettura, come se la curiosità del momento si fosse spenta in un battito di ciglia.

Si chiamava Giacomo: lo scoprì chiedendo in giro. Era entrato a metà anno, dopo essersi trasferito a Roma da Torino. Sembrava considerare il liceo un luogo di pura attesa, e se ne stava quasi sempre in disparte, concentrato sui libri, persino a ricreazione. Aveva uno sguardo tagliente, di quelli che se si soffermano su qualcosa la analizzano ai raggi X. Così si era sentita anche lei, per una breve frazione di secondo, quando si era allontanata dopo quel rapido scambio di battute: come se qualcosa di rovente le si fosse posato sulla pelle.

Aveva l'aria di essere tormentato da un'ombra che lo seguiva ovunque, e sembrava uno di quei ragazzi che hanno fatto dell'isolamento e dell'emarginazione il proprio punto di forza, un elemento di fascino. O almeno così era per Lea. Non era propriamente a disagio in quel suo stare ai margini: era affabile con chi gli rivolgeva l'attenzione, disponibile. Pareva affannarsi per capire chi aveva davanti, per offrire il suo aiuto o il suo ascolto se qualcuno ne aveva bisogno, ma non mostrava mai alcuna intenzione di approfondire un rapporto. E quanto a Lea, difficilmente la degnava di uno sguardo.

Forse anche per questo, perché era riuscito ad accendere in lei la curiosità per poi diventare sfuggente, in breve tempo si era trasformato nel centro del suo interesse. Ma c'era qualcosa di più: una grazia nei suoi gesti, così morbidi, pieni, e, nel fondo degli occhi, qualcosa di rassicurante. Qualche volta lo immaginava vecchio, molto paziente, molto saggio, e in quei momenti aveva voglia di essere presa per mano.

Andare a scuola per lei cominciò a significare soprattutto questo: la possibilità di incontrarlo. La ricreazione, l'uscita, tutti momenti che scandivano interminabili ore di lezione e che diventavano un ottimo motivo per alzarsi un'ora prima del solito, così da poter scegliere con più attenzione i vestiti e far brillare i lunghi capelli a furia di colpi di spazzola.

Erano mesi strani, quelli. Non sapeva mai chi sarebbe venuto a prenderla al suono della campanella, se sua madre, con i suoi occhi da animale ferito e i capelli improvvisamente cortissimi e brizzolati su quegli abitini a fiori che mettevano in evidenza una femminilità ancora procace, o suo padre, con quei sorrisi affettati, pieni di agitazione; se l'avrebbero portata a casa, nella loro casa improvvisamente precaria, ingombra di rotoli e rotoli di tavole architettoniche pronte a essere portate via, o se nel piccolo residence dove suo padre si era temporaneamente trasferito. Nell'incertezza dell'attesa, Lea cercava gli occhi di Giacomo.

Lui stava trafficando con la catena della bicicletta nel cortile dell'istituto quando lei gli parlò per la terza volta.

«Guarda che se non unisci la maglia femmina con quella maschio non chiude bene» gli disse, ripetendo le parole del biciclettaio sotto casa, e riuscì a sorprenderlo.

«Cosa ne sai?» le chiese lui scettico.

«Nozioni di guerra» sorrise lei, mostrando fiera una cicatrice a forma di V sul ginocchio. Poi gli porse un fazzoletto di carta per pulirsi le mani nere di grasso.

Giacomo riposizionò la catena nella guida della bici seguendo le sue indicazioni, e quasi senza rendersene conto, fecero un pezzo di strada assieme.

«È destino che ci si debba salvare a vicenda» disse Lea alzando la testa verso il cielo.

«Il destino non esiste» la corresse lui, con una citazione di Democrito che considerava l'universo un enorme spazio vuoto nel quale corrono innumerevoli atomi, i grani elementari della realtà, indivisibili, senza alcuna qualità se non la loro forma, quindi senza peso, senza colore, senza sapore. Solo il modo in cui essi si aggregano o si separano dà luogo alla nascita, alla trasformazione o alla morte di tutto ciò che esiste. «Secoli di pensiero cristiano hanno fatto sì che la sua opera sia andata perduta,» concluse freddo «tanto che il pensiero occidentale si è poi costruito intorno alle idee di Platone e di Aristotele, ed è per questo che oggi tu mi parli di destino.»

Lea si voltò verso di lui con un'espressione interdetta ma

ammirata. Non poteva crederci che fosse davvero così assurdo, eppure sorrise, le veniva voglia di stuzzicarlo: «Quindi anche il nostro incontro è solo frutto del caso?».

«Tutto avviene per caso e per necessità» le rispose, e le spiegò che anche l'atomismo antico presupponeva un ordine di natura per cui ogni fenomeno ha una sua causa cui segue un effetto.

«E secondo te, quale causa ha avuto come effetto quello di farci avvicinare?»

«La tua ignoranza in matematica?» ipotizzò lui, senza troppa ironia.

Lea incassò il colpo, avvertendo un fuoco sulla punta delle orecchie. Non era certo intenzionata a darsi per vinta. Più che un *no* non avrebbe potuto ricevere, e un *no* da un tipo come quello non era poi la fine del mondo. Quindi continuò: «E allora aiutami tu, visto che sei tanto bravo. I professori dicono che se continuo così rischio di perdere l'anno» decise di calcare la mano. «Che ne dici di darmi ripetizioni?»

Giacomo stava per scuotere la testa quando lei sferrò il colpo finale: «Sempre che non voglia sentirti responsabile della mia bocciatura».

Una specie di sferzata doveva avergli scosso di colpo la schiena, Lea ne era certa, come se avesse toccato la corda giusta, un punto debole, vulnerabile perché Giacomo rispose: «Il martedì e il venerdì mio padre non riceve pazienti in casa. Ma questa settimana non posso. La prossima. Martedì alle 17.30 a casa mia» e poi rimase per una frazione di secondo con gli occhi fermi in quelli di Lea. Era come se ci fosse un messaggio in codice dietro quella freddezza, quell'espressione apparentemente impassibile. Almeno fu quello che pensò Lea quando lui distolse lo sguardo per salutarla.

L'appartamento della famiglia di Giacomo era nel quartiere Prati, al terzo piano di un palazzo liberty dalla facciata scrostata. Il pavimento dell'ingresso era ricoperto da un vecchio parquet scricchiolante le cui assi formavano dei rombi ravvivati con intarsi di marmo. Una casa signorile, dove in ogni angolo comparivano scatoloni ancora sigillati dai nastri dei trasportatori. L'unica stanza che non restituiva un senso di provvisorietà era quella di Giacomo. Gli scaffali che arrivavano fino al soffitto erano stipati di una quantità inverosimile di volumi, tra cui spiccavano per complessità quelli di fisica teorica. Vicino al letto, una pila di riviste scientifiche, e sopra la scrivania, tra le penne e i quaderni, un piatto con una forchetta posata sui rimasugli di un sugo al pomodoro, segno che la scuola non era l'unico luogo dove Giacomo amava starsene in disparte.

Le era bastato un veloce sguardo per rendersi conto di quale fosse la "fede" di Giacomo. Proprio sopra il letto campeggiava un poster di Che Guevara e sul cuscino era buttata alla meno peggio una t-shirt rossa con falce e martello disegnati sopra. La sola cosa in ordine, in quella stanza, erano i libri, divisi per argomento e casa editrice. Occhieggiavano dalle mensole come tanti piccoli soldati pronti per chissà quale battaglia.

«Li hai letti tutti?» gli chiese. «Cioè, voglio dire, pensi che ci sia qualcuno al mondo che li abbia letti tutti?»

Per una volta Giacomo sembrava intenerito dai suoi occhi sgranati, e con fare quasi paterno prese dalla scrivania *La dialettica dell'illuminismo* come un reperto catapultato da un altro pianeta.

«Adorno e Horkheimer... che roba è?» chiese Lea rigirandosi il volume tra le mani.

«Scuola di Francoforte.»

«È lì che andavi prima di trasferirti a Roma?»

Giacomo scoppiò a ridere, come forse non gli capitava da tempo. Lea era mortificata ma ugualmente soddisfatta dall'esito della sua gaffe. Vederlo ridere era un incanto.

«Mi sa che ho detto una stronzata...»

«Mi sa di sì» rispose lui, riprendendo fiato. «È una scuola filosofica fondata negli anni Venti da intellettuali marxisti...»

Lea tentò di dissimulare il disinteresse nei confronti di quel libro chiedendo se poteva andare in bagno, e lui l'accompagnò lungo il corridoio, indicandole la porta in fondo sulla destra.

Uscendo dal bagno, Lea ebbe l'impressione che quella casa, così affollata di quadri, oggetti e scatoloni, le si stringesse addosso, come una trappola intorno alla zampa di un animale ferito. Per poco non inciampò in un enorme pianoforte adagiato alla parete, tutto incellofanato, e dovette frenare la voglia di pigiare qualche tasto a caso sotto la plastica tesa a proteggere lo strumento. Mezzo metro più in là, una porta a due ante era aperta e si poteva scorgere all'interno una stanza non ancora completamente arredata. Doveva essere lo studio di suo padre che, da quel che lei ne sapeva, era un affermato psicanalista.

Poco più avanti, dietro la porta di vetro smerigliato della cucina rimasta socchiusa, una donna se ne stava seduta su una vecchia sedia di legno scuro accanto a un tavolo di fòrmica. Parlava al telefono. Lea non poteva vederla in faccia, ne scorgeva solo i ricercati pantaloni palazzo che viravano quasi al grigio e una nuvola di fumo che si alzava dalla sua sigaretta, le dita che si attorcigliavano nervosamente sul filo di perle intorno al collo, mentre diceva alla cornetta: «È tutto così faticoso. Giacomo sta meglio, sì, ma è difficile interagire con lui dopo quello che è successo... Non so se sentirmi più ridicola o disperata... E poi, questa città è bella, sì, ma mi mancano gli amici, le discussioni appassionate, i nostri riti». Fece una pausa, come se si fosse sentita osservata, e mentre si girava verso il corridoio, Lea sgattaiolò via per tornare nella stanza di Giacomo, con l'impressione che persino l'angoscia in quella casa fosse vissuta in modo diverso, più contenuto, cerebrale.

Giacomo era seduto alla scrivania con i quaderni già aperti. Aveva recuperato la solita distanza e non vi era più traccia del momento di abbandono mostrato poco prima.

«Credo di aver visto tua madre, in cucina.»

«Ti sembrano dei quaderni decenti, questi?» ribatté quasi ostile, ignorando la sua osservazione e indicando gli innumerevoli disegni e scarabocchi che riempivano gli spazi vuoti.

«Mi piace disegnare.»

«Alcuni non sono neanche male. Peccato che non siamo all'accademia di belle arti.»

«Solo volti e nudi di donna. So fare solo quello. Non credo di avere un futuro in campo artistico.»

«Nemmeno in quello scientifico se non ci sbrighiamo a cominciare.»

Lea si sedette al suo fianco.

«C'è un pianoforte in corridoio. Chi lo suona?»

«Non lo suona nessuno. Una fissazione di mio padre che avrebbe voluto un figlio pianista, e quando ero bambino ha provato a costringermi senza successo a studiare musica. Come le mamme che sognano che la propria bambina diventi una ballerina, hai presente?» svelò con un senso di avversione misto quasi a compatimento.

«Eccome! Ho passato l'infanzia a scuola di danza, con tanto di penosissimo saggio finale. Una frana, ovvio» gli sorrise lei in un tentativo di complicità.

Quella sorta di sbilanciamento spinse ancora una volta Giacomo ad arretrare nel suo guscio, come se la tentazione di lasciarsi andare dovesse essere immediatamente soffocata.

«Ripartiamo dagli insiemi?»

E lei si perse a pensare quale potesse essere stato l'insieme degli amici di Giacomo *prima di quel qualcosa che era successo*. Mentre Giacomo le spiegava concentrato i concetti base della matematica, Lea si accorse dei soli tre portaritratti posizionati sulla mensola della parete accanto: Giacomo in una spiaggia con il padre, un bell'uomo alto e robusto; Giacomo in compagnia di una vecchia signora con indosso un abito tradizionale del suo paese, probabilmente una nonna del sud, e Giacomo davanti ai resti del muro di Berlino, abbracciato a un suo coetaneo, i capelli raddrizzati dal gel e la kefiah al collo.

«Non mi stai ascoltando» la rimproverò lui, con un tono secco, infastidito.

«Sei andato in Germania per la caduta del muro?»

«Che per te sarà avvenuta sei mesi fa...» la punzecchiò sarcasticamente.

«9 novembre 1989: non me lo scorderò mai. Un mese a letto con varicella e orecchioni insieme.» Si strinse nelle spalle, con un guizzo infantile, e poi, fissando il ragazzino ricciolo di fianco a lui nella foto: «Quello chi è?» gli chiese.

Giacomo aveva serrato le mascelle prima di rispondere.

«Tutto quello che avrei voluto essere io» disse, deglutendo. E un silenzio pieno d'imbarazzo gli piombò addosso, invadendo tutta la stanza.

Lui lasciò cadere lo sguardo oltre la finestra mentre lei rimase a osservare con più attenzione il ragazzo della fotografia: un fuscello con gli occhiali spessi, talmente magro che sarebbe bastato un soffio di vento a farlo volare via.

Senza neanche annunciare una pausa, Giacomo fece partire allo stereo *Dream Brother* di Jeff Buckley.

Rimasero in silenzio e, avvolta da quella musica, Lea si accorse che ogni cosa in quella stanza, dagli scaffali, ai libri, al parquet consumato, alle fotografie, trasudava un dolore, qualcosa che l'avrebbe contagiata, accompagnata, come le parole di quella canzone che parlavano di un amore inarrivabile.

In quei mesi, per la prima volta, Lea si accorse di avere un cuore. Di notte, quando ripensava a lui, lo sentiva battere dappertutto, nello sterno, nella pancia, nella gola. Una sera le sembrò di sentirlo persino sul dorso di un piede. Era un cuore capace di accelerare all'improvviso e di scompaginare ogni suo gesto. Il più delle volte, una presenza ingombrante.

Iniziò ad abbandonare pantaloni e maglioni troppo larghi; passava ore davanti allo specchio con reggiseni imbottiti e gonne corte. Simulava sguardi e gesti seduttivi e immaginava di baciarlo lasciando scorrere la lingua sulla superficie fredda di un vetro.

Una ragazzina che esplora le sue armi. Era sicura di non essergli indifferente. Una volta lo aveva sorpreso a guardarle le gambe e quando l'aveva raccontato a Bianca, la sua migliore amica, lei aveva sgranato gli occhi con una faccia disgustata: «Mi spieghi cosa ci trovi in quello lì?». Lea aveva sorriso. Era lei a chiedersi come le ragazze della scuola non potessero vederne il fascino e viveva nell'attesa delle sue lezioni.

Aveva cominciato a essere dipendente dall'atmosfera di quella casa scricchiolante, dove i libri erano strumenti di conoscenza e difesa dal mondo; dove Giacomo poteva rimanere alzato fino a tardi e dove vedere un bel film era ritenuto più istruttivo che fare i compiti.

Un pomeriggio, per spiegarle il principio di azione e reazione, che avrebbe studiato solo l'anno successivo, Giacomo le fece vedere *Mon oncle d'Amérique* di Resnais, sottolineando come gli esseri umani agiscano solo per la soddisfazione dei propri bisogni, spinti dalla struttura sociale in cui vivono.

Mentre le immagini scorrevano illuminando il divano su cui erano seduti, Lea si sentiva tesa. Doveva pur esserci un modo per diventare interessante agli occhi di un ragazzo così intelligente e così ribelle a un'umanità che doveva sembrargli per lo più fastidiosa e senza meriti, ma che poteva contare sulla sua generosità in caso di bisogno. E intanto, nella penombra del salotto, quando le loro mani casualmente si sfioravano, sentiva il cuore prendere fuoco e diventare liquido come lava gorgogliante. Ogni volta che ripensa a lui e a tutta la loro storia, si rivede lì, su quel divano di pelle: una ragazzina ingenua che sogna e trema in attesa di qualcosa che non sarebbe mai accaduto nel modo in cui avrebbe sperato.

Anche l'ultima lezione di matematica abita i suoi ricordi con lo stesso nitore.

L'estate aveva invaso la città portando con sé fantasie di mare e di spiagge puntellate di ombrelloni. Quel giorno faceva particolarmente caldo, lei continuava a passarsi le mani sul collo e non aveva nessuna voglia di concentrarsi sui numeri, mentre Giacomo, impermeabile, insisteva sulla spiegazione di un teorema.

Quando si accorse del sinuoso corpo di donna che lei stava tratteggiando sul quaderno sbottò: «Ma che fai, disegni?».

«Non riesco più a seguirti» confessò candidamente.

«Non è un buon motivo per farti i fatti tuoi.»

«Guarda come mi è venuto bene questo seno» disse, e calcò la penna sul profilo del décolleté, lanciandogli un'occhiata che lo fece arrossire.

«Dài, Lea, se hai voglia di perdere tempo forse è meglio smettere.»

Ma lei sentiva di dover continuare nell'intento, il caldo l'aveva resa più sfacciata: «Cos'altro vedi oltre ai numeri, me lo spieghi?».

«Scusa?»

«Uno come te, una calcolatrice umana, come lo vede il mondo? Solo calcoli e leggi della fisica? E il divertimento? Dove lo metti?»

Giacomo le posò addosso uno sguardo bruciante che la spinse a distogliere il suo: «Dove vuoi arrivare, Lea?».

«Niente. È solo che...» non sapeva più dove guardare. Afferrò il portapenne della sua scrivania e si mise a giocherellare con degli UniPosca. «... Be', sì, insomma, ti riesce tutto così facile, sembri lontano anni luce da noi comuni mortali. La tua mente è un ingranaggio perfetto.»

Lui sorrise. «Tutt'altro. Alle volte mi sento come questo scarabocchio» e indicò una specie di conchiglia ai margini del foglio.

«Invece sei così.» Lea aveva tolto il tappo a un UniPosca azzurro e disegnato un cerchio perfetto, senza sbavature.

«Vedi come sei decisa quando disegni? Magari è questa la tua strada e i numeri non ti servono a niente.»

Lea prese un'altra boccata di coraggio e tornò a fissarlo: «Sono decisa perché è te che sto disegnando».

Giacomo restò agganciato al suo sguardo per un tempo infinitesimale e, per ovviare al gelo che seguì, lei tracciò un altro cerchio azzurro, con lo stesso pennarello, sul dorso di quella mano affusolata, nell'incavo tra il pollice e l'indice.

Si ritrasse infastidito: «Che fai?».

Lea aveva assunto un'aria giocosa: «Provo a lasciarti un segno».

«Smettila.»

«Così sarai costretto a pensarmi almeno finché non si cancellerà. Oppure potresti decidere di non lavarti più la mano e di pensare a me per sempre.»

Continuava a fissarlo, sfrontata, aveva deciso di andare fino in fondo. Ma Giacomo tentava già di mandare via quel cerchio strofinandoci sopra un dito umido di saliva. «Non se ne va…»

«Se ti fa stare meglio, me lo faccio anch'io.» E si disegnò un cerchio identico nello stesso punto.

«Andiamo avanti, Lea, si è fatto tardi.»

«Ecco, ora siamo marchiati entrambi. E io, ti avviso subito, ho appena deciso di non lavarmi più.»

Giacomo piegò le labbra in un'espressione indulgente, ma lo sguardo di Lea divenne quello di una bambina triste. «È per il tipo della foto che non mi vuoi?» e indicò il fuscello con gli occhiali alle sue spalle.

«Eh?» sgranò gli occhi lui.

«Ne sei innamorato? Ti piacciono i maschi?»

Giacomo scosse la testa: «Oh, no. Quella è tutta un'altra storia…». Si lasciò andare a una smorfia amara, senza raccontare oltre. «Mi piacciono le ragazze. Anzi, le donne» sottolineò appositamente.

«Mi stai dicendo che sono troppo piccola? Tra noi ci sono solo cinque anni di differenza.»

«La differenza è nelle responsabilità. Tu puoi permetterti di non averne.»

«Se non fossi una persona responsabile, non userei la mia paghetta settimanale per queste lezioni.»

«Non te l'ho mai fatta tirare fuori da quella tasca né mai lo farò. Sono felice di poter aiutare qualcuno.»

«Perché non dici *me*, per una volta? Tu che fai qualcosa *per me*.»

«Per favore, Lea, non umiliarti...»

«Se non vuoi umiliarmi, allora ti pagherò.»

«Ripagami con un bel voto entro la fine dell'anno.»

«E tu dammi un bacio, entro la fine dell'anno.»

Giacomo si ritrasse, divenne scostante. Stava per imbastirle lo stesso discorso che lei aveva ripetuto tante volte ai ragazzi che aveva rifiutato fino a quel giorno: «Lea, tu sei una ragazza davvero...».

«Ecco, ti prego, almeno evita questa parte, non ti si addice.»

«Meriti di incontrare qualcuno che...»

Si alzò in piedi, non poteva sopportarlo: «No, questo genere di stronzate proprio no».

Lui le afferrò un gomito: «Fermati, allora. Ascoltami». In futuro non avrebbe mai più avuto la stessa premura negli occhi. «Non sei mai stata con un ragazzo, vero?»

«Questo cosa c'entra?»

«Non sono quello giusto. Non sono quello giusto per la tua prima volta né per quella di nessuno.»

«Ma ti senti come parli? Cosa direbbe il tuo Resnais?»

«Non voglio approfittare della situazione.»

«La stai solo aggravando, questa situazione. Ed è già abbastanza penosa.»

«Dove vai?»

Lea si allontanò dalla scrivania, impulsivamente uscì dalla stanza e se ne andò, dando quasi per scontato che lui avrebbe tentato di fermarla. Quando si chiuse la porta alle spalle e non avvertì alcun rumore dietro di essa, sperimentò, per la prima di una lunga serie di volte, la misura reale dell'orgoglio e della fermezza dietro cui lui era capace di trincerarsi. Si accorse anche di aver dimenticato sulla scrivania il suo quaderno: il quaderno di Dylan Dog con tutte le equazioni finite e non finite di quegli ultimi mesi, con le donne nude, gli scarabocchi e il cerchio blu appena disegnato.

Guardandosi la mano, vide il cerchio che si era fatta sul dorso e si sentì più piccola di un atomo. Provò a inumidirsi il dito e a strofinarlo con rabbia sulla pelle, ma senza risultato.

La tenacia di quell'UniPosca era pari a quella che aveva avuto lei fino a quel giorno.

Non ebbe più il coraggio di avvicinarlo, neanche per richiedergli indietro il quaderno. Sperava che lo facesse lui e la sua improvvisa indifferenza era come un graffio sulla carne nuda. Certi graffi, soprattutto nell'adolescenza, quando si vive tutto in modo amplificato, sono come marchiature a fuoco.

La scuola era ormai quasi finita. Era tempo di gavettoni all'uscita, di motorini che sfrecciavano veloci dopo qualche scherzo sciocco. Una delle ultime volte che lo vide fu in mezzo al brulichìo di studenti che sciamavano fuori dal vecchio edificio scolastico. Era completamente zuppo, montava in sella alla sua bici senza lasciarsi scomporre dalle risate beffarde dei compagni che lo avevano appena colpito. Uno sguardo da ospite non invitato, da passeggero clandestino. E in quel momento Lea si era sentita pungere da un sentimento sconosciuto: avrebbe voluto raggiungerlo e abbracciarlo, eppure era rimasta immobile ad ammirare la sua reazione, quell'espressione di estraneità concentrata che aveva, la faccia di uno che non si lascia scalfire, forse perché sente di appartenere a un altrove migliore.

A fine anno Lea sbagliò il compito di matematica. Una nuova rabbia vendicativa sembrava orientarla tra le equazioni. Fece scena muta anche a un paio di interrogazioni e annullò tutti i progressi fatti a metà quadrimestre.

Quando andò a leggere i risultati sui tabelloni dell'atrio non si soffermò a considerare il suo futuro, nemmeno quello più prossimo: una distesa incerta di vacanze minata di ripetizioni. Aveva in mente solo Giacomo, si chiedeva se anche lui avrebbe cercato il suo nome sull'elenco, se avrebbe provato un qualche dispiacere per via del risultato.

E mentre lei veniva rimandata in matematica, lui prendeva la maturità con il massimo dei voti, senza alcuno sforzo, come sembrava scritto che dovesse accadere naturalmente, condannato a brillare senza averne mai l'intenzione.

E la prima volta di Lea avvenne quell'estate in una spiaggia col cugino canadese di Bianca, che aveva un ciuffo ossigenato sulla testa e non spiccicava una parola d'italiano. Fu per una specie di scommessa, dopo troppe birre e un paio di canne, che le avrebbero fatto venire sempre la nausea quando negli anni avrebbe ripensato allo squallore di quella notte.

La sola cosa su cui si concentrò per tutto il tempo in cui quel tipo, senza neanche troppa cognizione di causa, si dimenava contro i suoi fianchi, fu la faccia di Giacomo. Vedeva al suo posto una figura geometrica complessa, non come le figure lineari che il professore aveva tracciato sulla lavagna quella mattina in terza media e che lei era riuscita di slancio a riconoscere. Se si sforzava di immaginarla ruotare intorno a un asse, non riusciva a intuire che tipo di oggetto tridimensionale ne sarebbe venuto fuori, e avvertiva un senso di spiazzamento, come davanti alle incognite delle equazioni nei libri di fisica della stanza delle ripetizioni.

Da quel momento, le loro strade si divisero. Lea non seppe più nulla di lui, se non che il ragazzo della fotografia si chiamava Lorenzo Alberoni, che era stato il suo migliore amico ed era morto in circostanze misteriose soltanto un anno prima del suo trasferimento a Roma.

Dei momenti con Giacomo, a Lea piace ricordare la visione di *Mon oncle d'Amérique*. Le era rimasta impressa una battuta di quel film che ancora oggi tiene presente: «Quando noi moriremo, sono gli altri, che noi abbiamo interiorizzato nel nostro sistema nervoso, che ci hanno costruito, che hanno costruito il nostro cervello, che lo hanno riempito, sono gli altri che moriranno».

Con Lorenzo, ormai l'aveva capito, era morto un po' anche lui.

Lea si aggrappa al bordo e fa leva sulle braccia per tirarsi fuori dalla piscina dove è immersa insieme a Vittorio, inarca la schiena e ne esce un movimento fluido e sensuale. Si issa in piedi, su quella striscia di pietra lavica attraversata da uno strato sottile d'acqua, e camminando in direzione dei lettini, lascia che il suo corpo sgoccioli come una conchiglia appena pescata, catturando così lo sguardo affascinato di suo marito che ne vede ancora tutta la bellezza.

Ha trentacinque anni, il tempo le corre addosso e sembra immune alle leggi della fisica. Le lunghe gambe affusolate sostengono ancora dei glutei molto sodi. Vittorio l'aveva vista bella anche al primo incontro, quando Lea, confusa, magrissima, bagnata dalla pioggia, si aggirava per le strade di Londra.

Vittorio è un esteta, ama la magrezza, il muscolo che tende la pelle delineandone i contorni. In lei doveva aver visto una pepita sin dai primi giorni e aveva avuto la pazienza di aiutarla a splendere di nuovo. E ora non perde occasione per consigliarle i vestiti che la valorizzano o per rimproverarla se non segue un'alimentazione appropriata. Certe volte sa essere impietoso. E le guarda, le altre donne, altroché se le guarda. Gli piace soffermarsi sui dettagli e ammirarne le forme, come un collezionista davanti a un'opera riuscita.

Lea se lo è chiesto tante volte se in tutti quegli anni non gli sia capitato di spingersi oltre, se non abbia indugiato, in qualche occasione, oltre il tempo della lusinga, perché Vittorio è uno che potrebbe cedere alle lusinghe, al corpo di una ventenne accesa di desiderio, magari orientale, di quelle con la faccia da geisha, di quelle che mandano giù fino all'ultima goccia di sperma e si muovono lente, silenziose, lasciando tutto pulito. Potrebbe farlo, perché no? Anche solo per una notte, e poi al risveglio rivestirsi e tornare a casa senza tanti rimorsi. È un pensiero di quelli che lasciano addosso un senso di sfida e di sconfitta. Ma le basta guardare i suoi occhi per scacciarlo via, i suoi occhi che si stringono in quel sorriso sicuro che irradia pace. I suoi occhi che hanno il potere di sciogliere ogni sua reticenza.

Così si raccoglie i capelli, solleva le braccia e inarca di nuovo la schiena. Anche se non può vederlo, sa che lo sguardo di Vittorio è ancora fermo su di lei, rimane in quella posizione il tempo di attorcigliarsi una ciocca sulla nuca. Sa anche che lui ha un debole per la sua schiena quando si contrae in quel modo, per la forma che assume il profilo del suo corpo quando distribuisce il peso sulle gambe in quella maniera. Un gesto quasi impercettibile, eppure un chiaro richiamo nel loro piccolo lessico privato, quel richiamo animale che a volte irrompe nell'ordine razionale della loro vita. Solo per Vittorio, per ricordargli che se fossero soli, lei saprebbe come intrattenerlo, voltandosi e sfiorandosi le labbra in quel modo eloquente. E ora non ha bisogno di voltarsi per sapere che lui tarderà a uscire dall'acqua, per via del gonfiore che nessuno può vedere e che sta spingendo impaziente contro la stoffa del costume.

Poi riprende a camminare, dritta sul bordo della piscina e forse in perfetto equilibrio sul desiderio dell'uomo che da sei anni le dorme accanto. Ha questa certezza, più forte di qualunque timore, di qualunque sbaglio o distrazione possa aver già messo in conto, perché Vittorio l'ha salvata da quell'amore del passato maledettamente tossico che lui non conosceva, e dopo sei anni è ancora lì al suo fianco.

Quando Lea raggiunge il lettino per asciugarsi, l'attenzione viene catturata dalla luce che lampeggia sul suo cellulare. Una mail che ha appena ricevuto. La sola che stesse davvero aspettando. E in un attimo, passato, presente, realtà e immaginazione, tutto perde importanza.

A risponderle è stata la casa editrice su cui aveva fatto meno affidamento. La più piccola della lista, ma anche la più raffinata. Una produzione di nicchia che vuole accogliere il suo romanzo e pubblicarlo nel catalogo dell'anno venturo.

«Con la presente, vorremmo informarla che la sua storia è di nostro interesse.»

Lea rilegge quella frase più volte. Le sembra d'averla attesa dall'inizio dei tempi. Le mani improvvisamente le cominciano a sudare, un nodo le si stringe in gola.

«Ci sarebbe ancora del lavoro da fare e vorremmo sapere se lei ha la possibilità di tornare in Italia per qualche mese, così da poter collaborare a stretto contatto con un nostro editor e perfezionare il testo prima della pubblicazione, che ci auguriamo possa avvenire entro la fine di gennaio. Firmato: Grazia Cotronei, direttrice editoriale. De Carlo Editore S.r.l.»

La rilegge ancora un paio di volte prima di accorgersi della presenza di Vittorio che l'ha appena raggiunta. I vicini lo stanno chiamando: «Vittorio, come here! Beef is waiting for your touch». Ma quella voce, non si sa bene se di Harvey o di Satoshi, cade nell'indifferenza di entrambi.

Vittorio sa che qualcosa sta per entrare a gamba tesa sui suoi progetti e sull'eccitazione di poco prima, lo intuisce dall'espressione che si è disegnata sul volto di sua moglie. Si tampona la fronte e il collo con l'asciugamano per prendere tempo, e intanto scruta, accigliato, l'immagine di lei che tiene in mano quel cellulare come se fosse diventato un appiglio.

«Che succede?» chiede, tradendo la sua ansia. Ma lei non riesce a distogliere l'attenzione dalla pagina, dallo spazio bianco tra le lettere, luminoso, quasi accecante, e la voce le esce in un soffio: «Lo hanno preso» dice.

«Chi?»

«Il romanzo, Vittorio. Lo vogliono! Lo vogliono pubblicare entro gennaio!»

Su Orchard Road, poco dopo Emerald Hill, ci s'imbatte nel Mandarin, una galleria di negozi e ristoranti che ha un'aria più elegante e raccolta del solito trambusto kitsch dei *mall* più labirintici. Infatti, in principio era un albergo, e all'ultimo piano c'è un piccolo bistrot francese dove, in un amalgama di tessuti colorati, si alternano tavoli, sgabelli e poltrone di recupero, e dove servono il più rigenerante tè freddo al ciliegio cinese che Lea abbia mai assaggiato.

Se non fosse per l'atmosfera pressurizzata e se non si volgesse lo sguardo alla grande vetrata che affaccia su Grange Road, sulle sue file di alberi che a quell'ora, l'ora dell'aperitivo, raccolgono un frastuono di cinguettii, si potrebbe anche pensare di trovarsi in un locale di tendenza nel cuore di Parigi, e immaginare tutto intorno vicoli lastricati di pietre levigate, illuminate dalla luce fioca di qualche lampione. Forse è per questa ragione che a Lea piace molto quel locale. Parigi è stata una delle città che più ha amato, la custode di tutti i ricordi più divertenti condivisi con Bianca.

Mentre prendono un Martini, seduti a un piccolo tavolo a ridosso della vetrata e Vittorio segue con l'indice il bordo del ripiano, Lea ripassa nella mente proprio l'SMS che le ha scritto Bianca, «Non vedo l'ora» che la riporta alla sua faccia armonica e rotonda, incastonata in una chioma smisuratamente crespa che nessuno spray lisciante saprebbe domare, sopra un corpo altrettanto abbondante, eppure così sicuro e disinvolto in ogni gesto. Dell'amica che conosce dai tempi delle elementari le mancano le risposte dirette e spiazzanti, particolarmente dure durante quel semestre incandescente del primo liceo, quando Giacomo si era messo tra loro e Lea era crollata nel bisogno di autopunirsi per non essere riuscita a conquistarlo, buttandosi tra le braccia di suo cugino. Bianca, per nulla commossa dalla parentela, non aveva mostrato nessuna indulgenza, ma aveva addirittura scomodato Gandhi per esprimere cosa pensava: «Chi non controlla il proprio istinto è come una barca senza timone».

È stato l'istinto a dirle di partire. Due mesi a Roma, a casa di Bianca, per lavorare al libro e condurlo alla tanto agognata pubblicazione. Solo due mesi. Poi, allo scadere del tempo, le onde della corrente la riporteranno indietro e non ci sarà bisogno di alcun timone, perché ci sarà Vittorio, che tornerà in Italia per le vacanze, a luglio, e prima di rientrare insieme a Singapore trascorreranno due settimane all'Argentario, in una casa in affitto sul mare, come lei gli ha appena proposto.

«Sono soltanto due mesi» sente il bisogno di ricordargli ancora una volta.

«Hai già preso la tua decisione» le risponde Vittorio, riemergendo dal lungo silenzio. «Non ha più senso parlarne.»

È bastata una mail a scompaginare le loro giornate, a rendere sterile qualunque programma. E anche se fino a una settimana prima Vittorio rovistava nel web in cerca di informazioni sulla risalita del Mekong da organizzare proprio per quel periodo, parlare di cosa accadrà tra due mesi ora gli appare del tutto inutile. Ha l'espressione di chi si ritrova di colpo su una superficie ghiacciata a pochi passi da una crepa pronta al collasso e si domanda come abbia fatto a finirci sopra.

Lea guarda Vittorio, i suoi occhi scheggiati, in un'espressione assente. Per lui, così possessivo e così abituato a considerare il domani una serie di appuntamenti da mettere in agenda, i due mesi di Lea in Italia sono un centinaio di pagine vuote.

Una geografia inesplorata, quella dove si stanno addentrando, ma che per il momento non sembra tradire la ragionevolezza dei modi che da sempre li contraddistingue. Perché Vittorio è uno che sa misurare le proprie emozioni, e anche Lea, con il passare degli anni, ha imparato a fare altrettanto. Ha domato l'istinto, è diventata meno distratta, più consapevole. Si è modellata sui toni della mediazione che lui le ha insegnato, sempre pronta a mettersi in discussione e a non prendere mai le cose troppo di petto, troppo sul serio. Eppure: «Io vado» ha detto dopo aver letto quella mail di risposta, senza nemmeno chiedere la sua opinione. *Io*. Non più quel *noi* che aveva imparato così bene a pronunciare. *Io* vado e poi *io* torno, te lo prometto.

«Di cosa hai paura?» Ora cerca di farlo uscire allo scoperto, vorrebbe una reazione più sincera.

Ma Vittorio si guarda intorno: «Non ho mai detto di avere paura».

«E allora cos'è? Incapacità di vedere che cosa rappresenti per me questa opportunità?» avrebbe voluto aggiungere anche egoismo, ma si è fermata un attimo prima.

«Non posso neanche essere dispiaciuto all'idea di dover stare lontano da te per così tanto tempo?» confessa a quel punto.

«Non mi sembra dispiacere, Vittorio, ma astio, astio puro.»

«Non potevi almeno provare a controbattere?» replica lui.

«Chiedere la possibilità che il lavoro sul testo potesse essere fatto a distanza?»

«Non è possibile.»

«Non potevi nemmeno provarci? Non tutte le persone hanno due mesi della propria vita da regalare così, su due piedi.»

«Non tutte le persone scrivono romanzi» gli risponde decisa. «E io non sto regalando niente a nessuno.»

Vittorio prende fiato, sta per ribattere qualcosa, ma poi si trattiene. Niente, a parte noi, forse vorrebbe dirle, i nostri progetti, e due mesi di vita in più di quel bambino che ancora non esiste ma che già sentivo mio. Invece non dice nulla, rientra nella sua corazza, limitandosi a sollevare un braccio per richiamare l'attenzione della cameriera: «Can we have another Martini, please?».

Poi, tornando a guardarla, più freddamente: «Abbiamo ancora mezz'ora. Non cominceranno a cenare prima delle nove».

Il presidente della banca dove lavora Vittorio li ha invitati a cena. Una cena di rappresentanza, una delle tante dove lei lo accompagna per offrire il supporto sociale che serve a un uomo nella sua posizione. «Non c'è molto altro da dire» conclude. «Mi auguro tu faccia un buon lavoro» sospira, con un tono quasi ricattatorio, prima di mettersi a trafficare con il cellulare.

Anche Lea distoglie lo sguardo, lasciandolo scivolare oltre la vetrata, ai negozi senza un'anima di verità incastrati uno sull'altro fino a creare un'uniformità plumbea, resa ancora più cupa dal colore del cielo, che sta per dar sfogo a uno di quegli acquazzoni improvvisi e violenti che i singaporiani conoscono bene, tanto che in un attimo gli spaziosi marciapiedi si riempiono di ombrelli, che da quella visuale sembrano fluttuare come tante bolle colorate, come le particelle elementari che compongono lo spazio.

Einstein per primo intuì che lo spazio non è una rigida scaffalatura vuota che ci contiene, ma una delle componenti materiali del mondo. Un gigantesco mollusco flessibile che si storce e s'incurva e nel quale siamo completamente immersi. E se quel mollusco avesse un paio d'occhi, Lea da bambina li avrebbe creduti gli occhi di Dio. Crescendo, invece, tante volte aveva immaginato che ci fosse Giacomo a osservarla, da qualche spazio astratto, senza coordinate. Un pensiero intermittente, una fantasia quasi senza corpo però, perché dopo quell'ultima estate la città sembrava averlo inghiottito e non avere più intenzione di restituirglielo.

E ora, osservando il rifluire di ombrelli nella città del futuro, Lea ripensa al passato, al secondo capitolo della loro storia, a quel giorno di gennaio. Ancora una volta gennaio. Come se le simmetrie, che lui stesso le aveva insegnato in matematica, potessero prendere forma anche nella vita vera e scandire il loro rapporto.

Era appena iniziato il 2000, tutti i computer funzionavano perfettamente e il mondo non era finito, come avevano preannunciato le più oscure teorie sul *millennium bug*. L'unica rivoluzione che si era verificata era stata il trasferimento di sua madre nella casa di campagna dei nonni a Morlupo, mentre suo padre, pieno di debiti, aveva trovato una fidanzata di vent'anni più giovane che continuava a indebitarlo e che l'aveva convinto a prendere una mansarda a Venezia.

Quella mattina Lea era chiamata ad affrontare il suo primo esame. Salì la scalinata della facoltà di Lettere con i libri nello zaino e due caffè maldigeriti nello stomaco. Non aveva ancora compiuto vent'anni, aveva passato gli ultimi mesi a sottolineare il manuale del De Sanctis, pietra miliare dell'esame di Letteratura italiana I, e si sentiva stanca, compressa. Non aveva granché frequentato le lezioni durante il semestre, prima con la scusa del trasloco, poi perché la mattina era troppo pigra per svegliarsi e pensare di montare sulla corriera che da Morlupo l'avrebbe portata a Roma, e solo quando lo sguardo insistente ed esasperato di sua madre la buttava giù dal letto, s'infilava controvoglia il cappotto e, invece di varcare i confini della Sapienza, finiva col gironzolare nei dintorni, il più delle volte perdendosi tra i viali alberati del Verano, tra colonie di gatti e cappelle liberty.

Entrando in quell'edificio bianco e squadrato, che era la facoltà di Lettere, con il suo tumulto di studenti e bacheche rigurgitanti fogli e tabelle piene di orari, opuscoli e manifesti di propaganda appesi sui muri, si sentì in un luogo estraneo.

Quella mattina, toccava a un dottorando, assistente del professore, interrogarla. Da lontano una figura autorevole: capelli lunghi e scuri, mascelle squadrate ricoperte da una barba corvina. Trafficava con i verbali. Lo riconobbe soltanto avvicinandosi, e per un istante le parve di avere un'allucinazione: l'uomo davanti a lei era Giacomo.

Non c'era più traccia dell'irresolutezza dei diciotto anni; la pelle ambrata, lontana dalle tempeste ormonali, adesso era liscia a ridefinire un volto adulto sotto un ciuffo scomposto. Quel ragazzino con le spalle strette, dall'aspetto ispido, che correva in bicicletta era trasfigurato in un giovane dall'aria intrigante. Solo lo sguardo, due spilli sfuggenti pronti a trafiggere, era sempre lo stesso.

Lea sentì il cuore contrarsi quando si ritrovò a pochi passi da lui. Era l'ultimo posto al mondo dove pensava di poterlo rincontrare. Una moltitudine di domande stava per affollarle la mente. Cosa c'entrava Giacomo, così appassionato di fisica e di numeri, con la facoltà di Lettere? Se lo era immaginato a rivoluzionare la scienza con qualche scoperta geniale e invece lo ritrovava dietro una cattedra di letteratura, all'inizio di una carriera accademica. E quale intreccio imprevedibile della sorte lo aveva riportato proprio sul suo cammino?

Anche lui doveva averla riconosciuta, l'aveva anche chiamata per nome e cognome all'appello. Tuttavia, in modo professionale, la fece accomodare sulla sedia come se nulla fosse, e lei tornò a provare la freddezza che lui aveva sempre messo tra loro. Successe qualcosa di straordinario: la mente di Lea sembrò andare a due velocità. Lo osservava, si soffermava su ogni dettaglio, ricordando quando studiavano insieme, le ricreazioni trascorse a chiacchierare di matematica e filosofia, e al tempo stesso rispondeva con disinvoltura a tutte le domande.

«Complimenti, hai scelto la strada giusta, i numeri non erano il tuo forte» decretò lui alla fine, passando dal lei al tu e disegnando un bel ventotto sul libretto.

Lea avrebbe voluto chiedergli ragione delle sue, di scelte, ma i candidati alle sue spalle premevano per essere interrogati. Prima che lei si alzasse, Giacomo spianò la bocca in un sorriso: «Mi piacerebbe fare due chiacchiere, quando hai voglia. Sai dove trovarmi».

Qualche studente diede di gomito al suo vicino, commentando a voce bassa. «Fa sempre così con quelle più carine.»

Lea non vi badò, in quel momento voleva solo rivederlo, e ora sapeva che quella lunghissima giornata – che non avrebbe più ricordato per il primo esame, come aveva creduto al mattino, quando sulla corriera continuava a elencare a memoria opere e poeti del Quattrocento – era l'inizio, o il prosieguo di qualcosa di importante.

Lo aspettò all'uscita. Lo vide scendere le scale della facoltà con l'aria orgogliosamente stropicciata che esibiva in aula e una vecchia borsa di cuoio a tracolla sopra una giacca di panno spesso, indossata tanto per rispettare il ruolo che ricopriva. Se da ragazzo aveva un abbigliamento fuori dagli schemi, adesso sembrava più aderente al modello dell'intellettuale anni Settanta, quello delle foto in bianco e nero con eskimo e Clarks ai piedi. Come chi si impegna tantissimo a mostrare di non metterci alcun impegno a vestirsi. Forse quello era il primo cedimento che Lea avrebbe potuto notare rispetto all'esempio di rigore e coerenza che Giacomo si era ostinato a incarnare al liceo. Una sorta di vezzo, di concessione a cui subito si aggiungeva la nuova consapevolezza di sé. Giacomo procedeva sgualcito, spettinato, con passo calmo, incurante del ritmo e dei gusti del mondo che lo circondava, eppure pienamente conscio del suo fascino.

«Finiamo sempre per incontrarci in un'aula» le disse, raggiungendola con uno sguardo avvolgente.

«Io ti immaginavo in qualche laboratorio all'altro capo del mondo, a dire il vero.»

«Per andare ad allargare la schiera dei cervelli in fuga? Non posso lasciare che mi trasformino in un dato statistico.» Strizzò gli occhi, come per metterla a fuoco e redarguirla allo stesso tempo.

Lea abbassò la testa, non era più abituata a controbattere alle sue osservazioni.

«Tu, piuttosto, com'è che ti sei iscritta a Lettere?»

«Di cervelli, tra noi due, ce n'era uno solo.»

«Ti sbagli. Ognuno a suo modo» sorrise lui, invitandola a salire su una Punto scassata piena di fogli sparsi, cartine e sigarette svuotate. «Devo passare a prendere delle dispense in copisteria. Ti dispiace accompagnarmi?»

Quella sera cenarono in una trattoria del centro, vicino a via dei Coronari, di cui Giacomo conosceva il proprietario, un tipo con i baffi, la pancia gonfia e una sigaretta sempre in bocca. C'era anche Matteo, il suo amico più caro, un fotografo che si occupava di reportage in giro per il mondo, e poi uno scrittore, la sua compagna e il direttore della rivista letteraria di cui Giacomo era redattore. Aveva preso a scrivere durante gli studi, sedotto dalla letteratura, che era diventata la sua nuova fonte di espressione e confronto.

Era la prima volta che Lea lo vedeva interagire con il mondo, ed era sorpresa e affascinata, scoprendolo così svelto, fumantino, impaziente. Se qualcuno non stava al suo passo, evitava di ripetersi, le spiegazioni lo snervavano. Era lì a parlare di centri sociali, di occupazioni, di una manifestazione contro i tifosi che il giorno prima allo stadio avevano inneggiato alla Tigre di Arkan, il macellaio della guerra dei Balcani, e lei gli era seduta di fronte, lo ascoltava con il mento appoggiato sul palmo, e doveva avere una faccia inebetita, uno sguardo pettinato di dolcezza. Lo aveva ritrovato. E per quanto non riuscisse a interessarsi davvero alla conversazione, tra quella gente che si affannava a mostrare di avere un'idea precisa su tutto, sapeva di essere diventata una donna, e non le sfuggivano le occhiate che ora lui le riservava, quel modo più complice che aveva di rivolgerle la parola.

«Tu che ne pensi?» le disse a un certo punto in merito alla funzione politica della letteratura, argomento sul quale era dirottato l'interesse della tavolata. Eccolo, iniziava a riconoscerlo, per la fede politica che non era cambiata. Ma non l'aveva mai guardata in faccia così a lungo, e gli occhi le sembravano diversi, più allungati, certamente anche appesantiti e segnati da lievi rughe che lo rendevano più interessante. Erano le rughe dei suoi sorrisi e dei suoi crucci, tutti i sorrisi e le preoccupazioni che aveva vissuto lontano da lei.

Beveva molto, e ogni volta che si riempiva il bicchiere tentava di riempire anche quello di Lea, che invece fino a quella sera non aveva mai trovato grande conforto nell'alcol.

«Se continui così, non riuscirai neanche a contare le monete per la mancia stasera, altro che medaglie...» lo prese in giro la donna dello scrittore.

«Devi sapere, cara Lea, che il nostro assistente di Lettere, in realtà è un genio del calcolo. Figurati che ha partecipato alle Olimpiadi di matematica» spiegò Matteo.

Lea lo sapeva, lo sapeva prima di tutti loro.

«Lo conosco dai tempi del liceo» rivendicò con una certa fierezza.

«Allora conosci anche la soluzione a uno dei suoi impossibili indovinelli» strizzò l'occhio lo scrittore, mentre Giacomo, se una volta era distaccato, ora non si sottraeva a quella specie di circo.

«Un plotone di soldati è composto da 3 colonne e 15 righe, le righe sono distanti tra di loro 2 metri. Quanto è lungo il plotone?»

Gli indovinelli di cui Lea avrebbe voluto conoscere la risposta erano di tutt'altro genere. Giacomo aveva saputo nascondere bene i suoi segreti, anche se la ritrosia di un tempo era stata sostituita da un certo narcisismo, che era ripagato da occhiate e sospiri di ammirazione. Sembrava tuttavia ancora custode di una remota sofferenza, la stessa che lo rendeva riservato e facilmente suscettibile, eppure fulgeva di una luce nuova, una luce autoindotta.

Alla fine della cena la comitiva si sciolse in frettolosi saluti.

«Bene, ti riporto a casa» disse Giacomo, infilando le mani nelle tasche e avviandosi verso la macchina.

E Lea, che ancora non aveva avuto il coraggio di confessargli di essersi trasferita a Morlupo e che per quella notte avrebbe chiesto ospitalità a una compagna di corso, si rivide ragazzina, fuori dalla porta dell'appartamento di Giacomo, quel giorno che si era alzata dalla scrivania per andarsene con un cerchio azzurro sulla mano, come un marchio. *Digli qualcosa*, si esortò, *non lasciare che ti riporti a casa*, ed era come se stesse parlando un po' anche a quella ragazzina.

Riuscì a dirlo in tempo e tutto d'un fiato. «Ci beviamo una cosa?»

«Dimenticavo, le studentesse tirano tardi» ammiccò lui, con l'aria di chi conosce perfettamente il modo in cui finiscono certe serate.

A Lea non era mai piaciuto tirare tardi, ma non c'era nulla che desiderasse di più che ritrovarsi con lui da sola in un bar.

Così si rifugiarono in un piccolo locale dai tavolini in ferro e le poltroncine di velluto. Si stiparono lì dentro per proteggersi dal freddo e ordinarono del rum, accompagnato da scaglie di cioccolata. Finalmente rimanevano soli, dopo che la tensione per quell'incontro inatteso cominciava a sciogliersi, aiutata dall'alcol e dallo scorrere delle ore trascorse di nuovo insieme.

«Avrei scommesso che ti saresti laureato in Fisica o in Matematica» gli ripeté lei, ancora sorpresa.

Lui scherzò: «E io pensavo che ti avrei beccato in qualche istituto tecnico di moda a disegnare costumi da bagno per donne procaci».

«E cosa ci saresti andato a fare tu in un istituto di moda?»

«A cercare le donne procaci» sorrise lui, con gli occhi lucidi per il fumo e per il liquore.

«No, sul serio, perché proprio Lettere?»

Una nuvola gli attraversò lo sguardo. Era una di quelle domande cui avrebbe voluto rispondere in fretta: «Con la fisica mi diletto, la letteratura, a dispetto dell'opinione comune, mi darà da mangiare».

Ma Lea non si sarebbe accontentata facilmente: «Non mi sembravi il tipo che bada tanto a procurarsi da vivere... Ero sicura che avresti trovato un'equazione all'origine dell'universo».

«Se ci pensi, il Paradiso di Dante, immaginato nel Trecento, è raffigurato come una tre-sfera.»

Lea sgranò gli occhi con aria interrogativa. Era ancora piuttosto bravo, nel farla sentire ignorante.

«È la forma dell'universo, come l'ha scoperta Einstein in questo secolo» le spiegò con il tono leggermente irritato del professore alle prese con uno studente deludente.

«Che vuoi dire?»

«Che la Scienza e la Poesia hanno entrambe il potere di rivelare la complessità e la bellezza del mondo.» Poi le puntò addosso lo stesso sguardo di supponenza che aveva al liceo, e Lea sorrise, perché si sentiva rassicurata, le sembrava di tornare indietro nel tempo, di riconoscerlo in qualche modo.

«E poi il primo a comprendere come funziona la forza elettromagnetica fu un certo Faraday» aggiunse serio. «Sai chi era?»

Lei fece no con la testa.

«Un poveraccio londinese che non conosceva la matematica e che lavorava in una legatoria di libri. La fisica la si osserva con gli occhi della mente, Lea. È con quegli occhi lì che crei mondi, e nessuno te li può spiegare.»

Lea vide quel contrarsi assertivo della mascella che affiorava quando le spiegava le equazioni.

«Mentre tu, con i tuoi di occhi» continuò lui «finirai per far vacillare il mio di mondo, e io non potrò farci niente.»

Era la cosa più romantica che qualcuno le avesse mai detto. Una frase che ebbe il merito di liberarla, di liberarli entrambi, dalla pelle sottile degli adolescenti impacciati e farli diventare di colpo adulti, con indosso la pelle consumata di chi sa come lasciarsi attraversare da un attimo di follia e uscirne indenne. Ebbe anche il merito di proiettarli in uno stato di eccitante attesa. Com'era stretto quel luogo all'improvviso, con tutti gli specchi invecchiati, le cornici pompose, i lampadari appesi. Avevano voglia di uscire, di prendersi per mano, correre attraverso i vicoli stretti del centro, inciampando tra i sampietrini e respirando l'aria di quella Roma eterna e sacrale.

Appena fuori, Giacomo si fermò e la tirò a sé come se stessero ballando. Le incollò le labbra addosso, nel gesto più naturale del mondo. Il gesto di chi si riprende qualcosa che gli appartiene. E lei lo lasciò fare. Non le era difficile assecondarlo, anche in quei movimenti così affamati, così inediti ai suoi occhi. Quello di Giacomo non era un assaggio curioso, come quello dei primi baci, di un primo amore, lui la mordeva, la stringeva, come animato dall'intento di lacerarla. Eppure non c'era nulla di disarmonico, di inadeguato, in quelle mosse, in quella lingua che si muoveva con smania sulla sua. Nulla del liceale solitario cui tiravano i gavettoni. Lea si lasciava risucchiare e aveva l'impressione che tutto fosse esattamente come doveva essere, che lasciarsi trascinare via avrebbe significato arrivare in un luogo preciso, il solo che si potesse abitare.

Avrebbero potuto anche fare l'amore lì, in mezzo alla strada, perché tutto intorno non c'era più nulla, nulla che avesse importanza. A un certo punto si fermarono, ma non per pudore, solo per riprendere fiato, e realizzarono l'impudenza di ciò che stavano facendo. Scoppiarono a ridere, stupiti di loro stessi. Poi si guardarono intorno senza più ricordare dove era la macchina, ed erano troppo brilli per guidare. S'infilarono nel primo taxi disponibile. Avevano l'entusiasmo di due ragazzini, quell'incredibile bottino di forza, energia e libertà, su cui solo gli amori giovani possono contare.

Lea ricorda tutto di quella notte: il piccolo monolocale dove abitava Giacomo, nel rione Monti, che sembrava una tana. Stipato di un divano letto, un vecchio tavolo di legno con delle sedie spaiate e tutto intorno, ovviamente, scaffali pieni di libri. Un altro rifugio ricolmo di parole e formule e teorie custodite in migliaia di pagine sotto copertine accatastate alla rinfusa, come se l'esigenza di catalogazione adolescenziale avesse lasciato il posto a un accumulo di sapere molto più anarchico.

Quando entrarono, la foga di divorarsi era stata provvisoriamente sedata dalla curiosità di Lea, che si aggirava tra quei titoli ricordandone alcuni che avevano assistito muti dalle mensole della vecchia stanza di Giacomo alle ripetizioni di matematica cinque anni prima. C'era odore di vino mischiato ai mozziconi di sigarette nei bicchieri di plastica. Lea si chiedeva se Giacomo non avesse invitato qualcuno la sera prima, anche se quello spazio non era abbastanza grande per accogliere gente; forse erano solo bicchieri svuotati sera dopo sera in solitudine.

Un angolo cottura sommerso da pile di piatti sporchi catturò la sua attenzione. Aveva la gola arsa dalle scale fatte di corsa e dalla frenesia di quella serata. Cercò dell'acqua. Nel frigo c'era solo una confezione di formaggio spalmabile, una mela già presa a morsi e delle lattine di Coca-Cola. Oltre alla vodka e alla sambuca.

Giacomo prese un bicchiere dallo scolapiatti, una bottiglia dalla credenza e si versò un altro rum. «Vuoi?»

Lea declinò, pensando che la testa le girava già abbastanza.

Lui non sembrava in imbarazzo per il disordine, si limitò ad aprire la finestra per mandar via l'odore dei bivacchi. Accanto al divano letto aperto, sul comodino, un vecchio barattolo di senape con dentro dei preservativi e dei rimasugli grigiastri di una canna. Sesso e droga in un barattolo, pensò, figurandosi la sua nuova vita da ex ragazzo prodigio che poteva permettersi di tutto. Una promessa mancata o una ponderata deviazione di obiettivi?

Si accomodarono vicino al letto su due grossi cuscini a sacco, che prendevano la forma del corpo ed erano comodissimi. Lea tornò a guardare la libreria, i ripiani imbarcati sotto il peso dei volumi. C'era anche una scatola di plastica trasparente, piena di vecchi biglietti del tram.

«Non butti mai nulla, tu? Prima o poi dovrai cercare una casa più grande.»

«Siamo ciò che conserviamo, diceva Picasso. E io sono anche queste corse su e giù per la città.»

C'era qualche fotografia di lui ragazzo, foto della laurea, e della vita dopo di lei, ma soprattutto c'era la foto con Lorenzo davanti al muro di Berlino. L'aveva conservata. Era riuscita a ritagliarsi un posto in mezzo alla confusione e alla sregolatezza. Tanto che Lea avrebbe voluto chiedergli finalmente qualcosa di più su di lui, sulla sua morte, ma Giacomo si rabbuiò. Si alzò per mettere un CD con un pezzo di Rachmaninov suonato al pianoforte. Lea pensò a quanto fosse inusuale quella scelta, si stupì anche del fatto che avesse accumulato un'infinità di CD di musica classica, e si accorse anche che c'erano dei testi che portavano il nome di suo padre di fianco allo stereo. Manuali di psicologia.

«Li ha scritti tuo padre?»

«Non parliamo di lui questa sera.»

«Di cosa vuoi parlare allora?»

«Per esempio del seno bellissimo che ti è venuto.»

Lea sorrise e abbassò lo sguardo: «Non mi trovi troppo... piena?».

«Sei esattamente come avrei sperato che diventassi.»

E se la andò a riprendere, con la stessa passione vissuta sui sampietrini. La spinse sul letto e la cercò con le labbra. Stava accadendo davvero, e sembrava quasi impossibile, ma non appena sentì la sua bocca e le sue mani sulla pelle, comprese fino in fondo che era reale e che stava per vivere quello che aveva desiderato e immaginato per tanto tempo.

Fecero l'amore fino all'alba, e mentre una foschia leggera, arancione e lattiginosa, appariva dietro i vetri, sfumando i contorni delle finestre del palazzo di fronte, loro continuavano a tenersi stretti, quasi inconsapevoli di quel senso di pienezza, cecità e gratitudine che riserva la terra di un amore quando chiede solo di essere abitata. E intanto lei riconosceva nel suo corpo vigoroso e morbido le fattezze di un uomo sbocciato, sapiente e generoso, uno di quei corpi che fanno pensare al sesso e che di sesso si cibano, e non aveva sonno, e avrebbe continuato così per tutto il giorno, e la cosa incredibile era che lui continuava a farlo, senza cedere, senza venire.

Quando il ritmo si faceva più lento, più struggente, c'era spazio anche per le parole, per le piccole confessioni: «Assomigli alla prima ragazza di cui sono stato innamorato».

Lea si ritrasse impercettibilmente, gelosa e al tempo stesso lusingata da quel pensiero. «Quanto tempo siete stati insieme?»

«Non ci siamo neanche mai scambiati un bacio. L'ho desiderata perdutamente quando facevo il liceo.»

«E poi cosa è successo?»

Lui si adombrò, si staccò, allungò un braccio alla bottiglia di rum sul comodino, prese qualche sorso. C'era un lampo di rancore adesso nel suo sguardo, un lampo che lei avrebbe riconosciuto altre volte in futuro e che le fece paura.

«Nulla che valga la pena di essere ricordato» rispose e buttò indietro la testa, per non farsi vedere, per non farle vedere, la sovrastò di nuovo, schiacciandola sotto il peso del suo corpo ancora affamato, e ricominciò a fare l'amore, quasi con rabbia questa volta, con una dedizione meno paziente, non era più una prova di resistenza, un'esibizione di abilità, un piacere a lungo rimandato, ma una meta da raggiungere, tant'è che in un attimo – dopo tanto virtuosismo – venne.

Cullata da una sensazione di appagamento, Lea si abbandonò sulla sua spalla, incapace di desiderare altro. E in quel dormiveglia capì che non avrebbe mai voluto, potuto, allontanarsi da quella terra vergine e finora sconosciuta. Perché era la prima volta che faceva l'amore da adulta, e fino a quel momento aveva creduto che l'amore fosse quella voglia di truccarsi, stare ore davanti allo specchio, cambiarsi e ricambiarsi prima di uscire per l'appuntamento del sabato sera, e comprese che quel modo di amare era solo una recita, come quando da piccola le avevano truccato gli occhi a mandorla per fare Madama Butterfly in un balletto.

Anche Lea, come Madama Butterfly, aveva aspettato a lungo il ritorno dell'amato, aveva sognato di rivederlo, e solo ora che quel sogno si era realizzato e i loro corpi si erano uniti per la prima volta, era diventata un essere completo. Ma quando aprì gli occhi per sincerarsi che non fosse tutto frutto della sua immaginazione, Giacomo era in piedi, davanti al tavolo, a prendere un caffè. Si stropicciò la faccia prima di metterlo a fuoco. E tutti quei pensieri, in un botto, atterrarono sul pianeta del distacco, ed erano anche la prova di quanto fosse però difficile essere adulti.

Giacomo era un altro, lontano anni luce dall'amante instancabile e appassionato che era stato quella notte, aveva l'aria di chi si chiede: e ora che ci faccio con questa qui in casa? Come le dico di andarsene senza sembrare scortese? Lea vide il suo culo nudo infilarsi nel bagno e per un po' rimase sul letto come una marionetta. Erano tornati a essere due sconosciuti.

Poi, disorientata, in fretta si rivestì, ansiosa anche lei di tornarsene subito a casa.

La stagione delle sperimentazioni era iniziata. Nelle ore successive, Lea avrebbe scoperto quanto possa essere lunga una giornata trascorsa nell'attesa di un telefono che squilli, e quanto possa essere tirannico e inutile il tempo di quell'attesa. Altrettanto magnetico lo schermo di un cellulare quando si arriva a credere che solo guardandolo e riguardandolo potrai indurlo a suonare. Giacomo sparì per tutto il giorno.

La sera del secondo giorno, Lea sperimentò anche la sindrome dell'arto fantasma: si sentiva davvero come una a cui hanno amputato una gamba e che continua a sentire i dolori all'arto anche quando non c'è più. Non resistette e scrisse: «Che fai?» per poi pentirsi un attimo dopo.

E contro ogni aspettativa, lui le rispose: «Sono qui, tu quando arrivi?». E Lea non poteva perdersi quell'invito. Ingoiò la delusione e corse in bagno. Si lavò frettolosamente i denti, prese casualmente un vestito dall'armadio, senza ricerca né abbinamento; sarebbe uscita anche nuda per raggiungerlo il prima possibile, tant'è che uscì dalla casa dell'amica cui aveva chiesto ospitalità, dimenticandosi persino di salutarla. Il pensiero di tornare a Morlupo non l'aveva neanche sfiorata, tant'è che aveva chiamato sua madre inventandosi un seminario all'alba che la costringeva a dormire a Roma. L'idea di mettere oltre un'ora di distanza tra lei e la possibilità che Giacomo la richiamasse al suo fianco le risultava insopportabile, e adesso l'idea di sgattaiolare via da quella casa come un ladro altrettanto fattibile.

E già mentre saliva le scale del suo palazzo, sudata e tachicardica, non aveva che un'urgenza: rivivere un'altra notte come quella appena trascorsa.

Giacomo aveva lasciato la porta aperta. Era seduto sul cuscino a sacco a leggere Spinoza, una canna tra le labbra assottigliate nella concentrazione. Gli occhiali dalla montatura nera e i vetri spessi gli conferivano un aspetto più serio, autorevole, eppure conservava l'aria trasandata di uno straccione impolverato. Le era bastato guardarlo per eccitarsi di nuovo.

Lui non si era preoccupato di sistemare il disordine. Mancava qualche piatto dal lavello, ma era tutto come due notti prima, compreso l'odore dei corpi che sudano mentre si amano.

«Sei riuscita a dormire?»

Ora appariva premuroso, nonostante la latitanza delle ore diurne, che era la norma e non un'eccezione per uno come lui. Perché Lea era la soddisfazione di un desiderio e di un bisogno, non era mente e sentimenti, ma corpo creato appositamente per quel loro scambio di piacere. E se fosse stata un po' più lucida, glielo avrebbe letto negli occhi astuti, affamati. Ma la vulnerabilità di Lea stava nel senso di abbandono che l'aveva accompagnata per tutto il giorno, e che in quel momento lasciava il posto all'eccitazione, all'esigenza di lasciarsi raccogliere dalle sue braccia, annullarsi ed esaltarsi in lui.

Quando la luce del giorno entrava nella loro alcova, sembrava non esserci più posto per lei, forse per nessun'altra, anche se Lea si sarebbe ritagliata volentieri un piccolo spazio. Le veniva voglia di riordinare, lavare i piatti, cucinare – come mai aveva sentito di voler fare da nessun'altra parte –, ma la distanza che avvertiva nell'insofferenza di lui a qualsiasi collaborazione o condivisione era un chiaro invito ad andarsene. C'era un tempo per loro e un tempo per tutto il resto, e queste due dimensioni non si toccavano mai.

Le notti con Giacomo erano generose di parole lenitive. Lui sapeva usarle così bene, aveva una voce che faceva pensare a quella di un attore. E quella notte, per le imponderabili ragioni che orientano le conversazioni in certi momenti, finirono a parlare di religione. Lea era cresciuta con un'educazione cattolica, credeva in Dio, e lui si divertiva a demolirglielo. Ne discussero per un po', nelle pause dell'amore, come se l'unica forma di comunicazione possibile tra loro fosse solo attraverso e durante il sesso.

«E allora cosa c'è alla fine di tutto?» gli chiedeva lei. «Nessun paradiso?»

«Niente. Solo la fine.»

«E non hai paura di morire?»

«No, non ce l'ho. Ho solo paura di non trovarmi vicino in quel momento alle persone che amo.»

«E chi vorresti, se succedesse ora?»

«Vorrei te. Ma c'è una regola, Lea, che ti devi ricordare. Tutto quello che si dice prima o dopo un orgasmo, non ha grande valore.»

«Allora ti amo» disse lei, mentre lui la riprendeva a sé.

«Ti amo anch'io» concesse lui, nell'inganno della passione.

Al buio, Giacomo, con quella barba, i capelli lunghi, sembrava Gesù, come è raffigurato nell'iconografia classica. Il naso appuntito, gli occhi lunghi. «Non è vero che non esiste» insisteva lei, e lo guardava negli occhi. «E se hai ragione tu e non ci sono paradisi ad attenderci, allora quando muoio, che qualcuno mi riporti esattamente qui.»

All'università Giacomo era parco di attenzioni, la salutava appena. Smetteva i panni dell'amante focoso e riprendeva quelli dell'assistente sfuggente e cerebrale, che tanto attraeva le studentesse. E in quei corridoi ognuna gli dedicava un sorriso, un'occhiata complice e curiosa, come se già fosse a conoscenza di quel patto segreto che lui stipulava a letto e avesse deciso di accettarne le regole. In ognuna, Lea, preda della gelosia, rivedeva se stessa e i suoi turbamenti, si sentiva una vittima e un'eletta al tempo stesso.

Era quasi sempre lei a cercarlo, si adattava a tutto, ai concerti nei centri sociali, alle manifestazioni, ai *reading* di poesie nei circoli Arci. Lei, che non c'entrava nulla con quel mondo, con le idee ancora poco chiare e non vincolate ad alcuna dottrina, si confondeva in quella fauna di gente trasandata e tatuata, diffidente, arrogante, con gli occhi pieni di ferite e la guardia sempre sollevata. Goffa e maldestra, cercava di farsi accettare, di farsela amica.

Per stare con lui aveva quasi smesso di dormire, si appisolava sui libri a lezione, accumulava bugie per non tornare da sua madre a Morlupo. Si accontentava della dolcezza di quelle notti come un drogato di fronte a una dose di Metadone, le bastava qualche telefonata diurna, telegrafica, impermeabile, per scattare sull'attenti. C'erano momenti in cui si fermava a considerare il loro rapporto come una sorta di educazione sentimentale, lo schiaffo che non aveva ricevuto da bambina, nella sua infanzia protetta. Nella frustrazione del non sentirsi del tutto corrisposta, però, c'era anche la sua forza, e il bisogno di non darsi per vinta.

E quando lui diventava irritante o menefreghista, lei ci provava a sparire, a non chiamarlo, ma erano tattiche puerili le sue, di quelle che ci si consiglia tra i banchi di scuola, e che le riuscivano solo per pochi giorni, perché non pensava mai di poter davvero sparire, di potersi tenere troppo a lungo lontana dalla sua vita. «In amore vince chi fugge» diceva una frase celebre, ma Giacomo era inamovibile e se ne stava chiuso in una fortezza inespugnabile. Era lei a trovare il modo di rivederlo e di ricondurlo a sé, ed era sempre lei a dover capitolare, a non riuscire a negarsi di fronte a un suo invito, a pretendere un altro po' di quel paradiso, che per tutto il giorno era inferno vivo.

Il fatto era che le bastava parlare con lui di letteratura per disinfettare ogni ferita. Fu Giacomo a consigliarle tutte le letture che avevano avuto una ragione d'essere nella sua vita: Dostoevskij, Cortázar, Kafka. Le leggeva i passaggi più significativi in quelle notti, a voce alta, prima e dopo l'amore. E diventava accudente, disponibile, illuminante.

Nel letto lei poteva prenderlo, accarezzarlo, leccarlo, in piedi, in ginocchio, offrirgli la bocca, i seni, le natiche, ma fuori dal letto Giacomo si sottraeva e lei doveva fare i conti con quella realtà. Il loro terreno comune era circoscritto a poche, intensissime ore, e tutto il resto era incertezza. Non pensava si potesse arrivare a sentirsi così vulnerabili. Era questo l'amore, questo il senso di fragilità che trasmetteva?

In poche occasioni si erano dati appuntamento anche di giorno. Una volta erano andati insieme, loro due soli, a una mostra di Picasso. Avevano passeggiato mano nella mano tra quelle opere-diario e quelle scomposizioni prospettiche che raccontavano la vita di un uomo che aveva nutrito la sua ispirazione attraverso il consumarsi e l'avvicendarsi di amori e di passioni. Di quella mostra, Lea ricorda il calore della sua mano intorno alla sua e il pensiero che formulò davanti a una delle acqueforti più famose dell'artista: la *Minotauromachia*, dove la sessualità diventa bestialità, e Picasso è il Minotauro, il mostro che divora le giovani donne di cui si innamora, le sue vittime. Marie Thérèse, l'amante per la quale Picasso lasciò la prima moglie, ispirò quell'opera. È lei che viene portata dal cavallo in sacrificio, lei che osserva il mostro da una finestra senza sapere dove va, ma è soprattutto lei a essere, mediante la sua luce, la sola a poterlo calmare e salvare. Lea andò via da quella mostra chiedendosi quanto a lungo avrebbe resistito. Se anche lei, come Marie Thérèse, avrebbe trovato il modo di salvarlo.

Bianca, la confidente di quei tormenti, in collegamento via chat dalla cameretta parigina del suo semestre Erasmus, le diceva: «È un RMS, Lea, un uomo, nient'altro che un uomo.

Respira Mangia e Scopa. Ti ha fregato perché sa scopare meglio degli altri».

«Non hai capito, Bianca, non è il suo corpo che mi tiene appiccicata a lui, è la sua mente. Non immagini quanto possa essere acuto, intelligente, stimolante.»

«È solo un manipolatore. Come quelli che ti ipnotizzano in televisione dicendo "guardami, guardami" e ti portano via i gioielli quando rilassi il collo. Ecco, sì, appunto, sa usare la testa, per ragionare e rubarti un pezzo di anima al giorno per il suo tornaconto. Puoi aggiungere un'altra R al nostro acronimo: RRMS, è la ragione che guida tutte le sue attività, il respiro, il nutrimento e il sesso. È inutile che cerchi, non c'è altro.»

Giacomo faceva progetti per l'estate, o per l'anno a venire, nei quali lei non era mai menzionata. Le aveva raccontato di aver scoperto un'isola, una piccola isoletta delle Cicladi che era diventata il suo rifugio. Erano ormai diverse estati che andava lì, ad Antiparos, ma non contemplava minimamente l'ipotesi di portarcela. Quando parlava del futuro, anche quello più prossimo, lei non esisteva. Non era neanche sicuro che sarebbe rimasto a Roma ancora a lungo, non gli interessava la carriera accademica, voleva lavorare nell'editoria e stava valutando l'ipotesi di trasferirsi a Milano.

Una sera lo raggiunse in un locale dove suonavano jazz dal vivo. C'erano i suoi amici, e tra quelli una ragazza che non gli staccava gli occhi di dosso. Giacomo aveva bevuto e fumato, come d'abitudine, e non si sottraeva a quelle *avances*. Il gruppo stava per andare a una festa, Lea però era stanca, aveva lo scritto di Italianistica due giorni dopo e voleva tornare a casa, ma lui non aveva intenzione di rinunciare alla serata.

La ragazza e gli amici uscirono dal locale dicendo che lo avrebbero aspettato in macchina.

«Dài, vieni anche tu, ci divertiamo.»

«Sono a pezzi. E poi non mi piace come ti sta appiccicata quella.»

«A me sì. Potremmo fare una cosa a tre... Che ne pensi?»

«Sei ubriaco, Giacomo.»

«Perché ti dico quello che penso? Quello che davvero desidero? Sono solo sincero.»

«Se tutti gli uomini fossero sinceri come te, non ci sarebbero relazioni.»

«Se una relazione è incapace di accogliere la sincerità di un uomo, dovrebbe morire sul nascere.»

«Mi vuoi fuori dalla tua vita, non è vero?»

«Se hai intenzione di restarci, vorrei che non mi stessi così addosso.»

La ragazza era rientrata nel locale.

«Allora che fai, Giacomo? Vieni con noi?»

Lui si rivolse a Lea: «Sei sicura di non voler venire?».

«Sì.»

«Quindi vai a casa. Guarda che non ti accompagno.»

«Non ne ho bisogno.»

Le sfiorò la fronte con un bacio, con una spavalderia figlia dell'alcol e della droga. «Buonanotte, bambina» disse, con una di quelle frasi che Lea avrebbe censurato sulla bocca di chiunque.

Era la prima volta che la baciava in pubblico, e non era così che Lea se l'era immaginata. Assaggiò l'umiliazione nella freddezza di quel bacio, e nei giorni seguenti, sperimentò la violenza che si annida in un silenzio, la ferocia di un abbandono. Perché l'abbandono, e così l'amore, ci entrano negli occhi come una polvere invisibile, stravolgono il nostro sguardo, lo fanno bruciare o lo spengono, in ogni caso lo portano lontano.

E Lea finì a Parigi da Bianca, che la invitò a raggiungerla

in occasione del suo compleanno. Le mandò il biglietto come regalo.

Stavano camminando su Place de la Bastille e progettando una serata in discoteca, quando Lea perse il filo di ogni discorso.

«Non devi chiamarlo più» le intimò Bianca.

«Chi? Cosa?»

«Giacomo. Si vede lontano un miglio che stai pensando ancora a lui. Cancella il suo numero.»

«Me lo ricordo a memoria.»

«Ti prenderei a schiaffi per la rabbia che mi fai.» Bianca scuoteva la testa, finché non le venne un'idea: «Sai quei fioretti che fai e in cui sei bravissima?».

«Quali? Quelli in cui mi privo di una cosa per scongiurare un pericolo?»

«Fanne uno: pensa che se lo chiami, non sarai mai più felice in vita tua.»

«Ho l'impressione che se non lo vedessi mai più, sarebbe lo stesso.»

«Allora pensa che se lo chiami non potrai mai più avere figli.»

«E se ti rispondessi che ne voglio avere con lui?»

Ma Bianca incalzò e la mise con le spalle al muro: «Lea, è una cosa seria. Fai questo fioretto».

Lea abbassò lo sguardo in segno di resa per quella marcatura stretta, e quando lo risollevò le rispose: «D'accordo, lo farò». Non si era mai immaginata come una madre, ma in quel momento l'idea di precludersi quella possibilità a priori l'atterriva, e fece quel fioretto con la stessa rassegnazione di un drogato che accetta di entrare in una comunità.

Non lo chiamò. Riuscì a far passare l'intera estate, ma una disintossicazione sarebbe stata meno difficile. Lo immaginava ad Antiparos, a macinare passioni sulle spiagge bianche: il Minotauro che miete vittime. Un'estate calda e asfissiante, e lei a Roma a recuperare tutti gli esami che non era riuscita a passare per colpa sua.

La fiacchezza della città le appariva una nebulosa di tempo senza conforto e ovunque guardasse, qualsiasi cosa facesse, poteva ancora sentire le sue mani accarezzarle il corpo. L'università era chiusa e fortunatamente non poteva andare lì a cercarlo. Aveva promesso di dimenticare il suo numero, ma qualsiasi strada facesse, non riusciva a non passare davanti al palazzo dove lui abitava. Si nascondeva, con la stessa tachicardia che aveva provato a ogni sua chiamata, nella speranza di rincontrarlo. E non c'era giorno che non pensasse di suonare.

Poi, a settembre, sotto le sue finestre vide una signora uscire dalla porta con dei sacchi della spazzatura in mano. Non era la madre, poteva essere un'amante, anche se sembrava troppo vecchia. Chiese informazioni. Era la nuova inquilina del monolocale al quarto piano, che subito Lea immaginò aver perso il suo fascino di covo fumoso e disordinato. Giacomo se ne era andato, probabilmente a Milano, per lavorare in un colosso dell'editoria come le aveva detto. Uno di quei posti che odiava, ma che gli avrebbe consentito di fare un'importante esperienza. L'ennesima contraddizione di un uomo difficile.

Fuori dalla Mandarin Gallery, Lea e Vittorio aspettano il loro turno per un taxi.

La pioggia non accenna a diminuire, e nemmeno il malumore di suo marito, che quando le sorride lo fa come se stesse pronunciando un *cheese* sbrigativo davanti a una macchina fotografica.

A Lea non piace il gelo che segue ogni loro disaccordo; può durare giorni e sembra non si possa mai fare nulla per evitarlo.

Come in preda a un impulso, di colpo si allontana per raggiungere il piazzale sotto la pioggia, senza preoccuparsi troppo per il vestito di seta che indossa o per i sandali di perline che finiscono nelle pozzanghere. Vittorio, tempestivo, la segue, e fa un cenno al parcheggiatore di fare altrettanto con un ombrello. In un attimo Lea si ritrova al riparo.

«Così ti bagni, non ha senso aspettare qui.»

Non ha nemmeno senso temere qualche goccia di pioggia, vorrebbe rispondergli. Lo vede lì, impettito, con la sua giacca inappuntabile e un parcheggiatore pronto a riverirlo solo perché conosce bene le sue mance. Vorrebbe strattonarlo, tirarlo via, dirgli: bagniamoci, Vittorio, per una volta, che sarà mai? Diamoci un bacio sotto questa pioggia, spettiniamoci i capelli, torniamo a casa a fare l'amore e risparmiamoci l'ennesima cena. Che ci aspettino pure invano, per una volta, che sarà mai?

È stato l'arrivo tempestivo del taxi a distoglierla da quelle intenzioni.

Vittorio è più svelto del parcheggiatore, e in un attimo le apre lo sportello e le prende una mano per aiutarla a entrare.

È stata anche tutta quella galanteria a farle credere che con un uomo del genere sarebbe stato un sacrilegio non desiderare di invecchiare. Ora invece prova fastidio per quel gesto, le appare così vuoto, un automatismo, una questione di facciata.

«Paterson Hill, sir» dice Vittorio al tassista un attimo prima di accomodarsi al suo fianco.

Possedere una villa a Paterson Hill significa aver guadagnato abbastanza soldi da poter dichiarare una guerra. Mentre Lea e Vittorio fanno il loro ingresso nel patio di marmo della sontuosa dimora dei Van Der Meer, Lea si augura che il presidente della banca, un sessantenne olandese con il viso liftato che ha sposato una filippina di trent'anni più giovane, sia quantomeno pacifista.

È la moglie ad accoglierli, Maricel Van Der Meer, che indossa il suo nuovo cognome con lo stesso orgoglio con cui una massaggiatrice del Lucky Plaza sfoggerebbe un abito firmato la domenica pomeriggio.

Avvolta in un lungo peplo color avorio, con una smorfia disegnata sulle labbra e un bicchiere di vodka liscia nella mano lunga e sottile, fa un mezzo inchino di cortesia, e mentre Vittorio scompare dietro il sipario di corpi che affollano l'ingresso, nell'attesa di una cena che si preannuncia tutt'altro che ristretta, Lea, mascherando il nervosismo, si lascia irretire dalla risata squillante della padrona di casa, una risata che ricorda il rumore di un motore quando si rompe la cinghia.

Tiene sottobraccio un volpino e Lea si rende conto che si

tratta proprio di un volpino solo quando la donna gli si avvicina al muso per farsi leccare una guancia. Le era sembrato un paltò di pelliccia. Ne aveva viste, a Singapore, di facoltose signore con indosso una pelliccia, tanto che qualche volta aveva addirittura pensato che le temperature artiche di alcuni *mall* fossero state studiate appositamente per concedere alle mogli dei ricchi imprenditori la possibilità di togliersi lo sfizio di un capo invernale. Ma quello che la signora Van Der Meer tiene sottobraccio è proprio un cane.

«Uno spitz tedesco nano, ramo nobile del volpino» precisa. Una rarità in una città che vieta loro l'ingresso in qualsiasi posto al chiuso e che prevede la quarantena in aeroporto se si varcano i confini in loro compagnia. «Si chiama Lovely Kitty» aggiunge poi, con aria compiaciuta.

Lea non ha mai avuto istinti violenti, eppure di fronte a chi si prodiga di scegliere nomi così ridicoli per un animale domestico, sente le mani prudere. Niente in confronto a ciò che prova all'introduzione nell'irritante mondo di Jonathan, un arredatore d'interni dall'aria effeminata di origini gallesi, che Lea si conquista senza particolari meriti, grazie alla generosità di Maricel, pronta a condividere con gli ospiti più fortunati quello che definisce il suo "damo" di compagnia.

Nel salone, la prima cosa che colpisce è un maestoso ritratto della Van Der Meer, dipinto olio su tela, proprio come una principessa, con una cornice dorata presumibilmente finto antica. Quando l'avevano appeso, forse Jonathan doveva essersi distratto. Tra divani di pelle e tappeti persiani, spuntano statue di divinità induiste e animali esotici di legni rari. Una sorta di Beverly Hills in salsa orientale.

Un attimo dopo la donna si allontana per ricevere la sua più *caaara* amica e Lea tira un sospiro di sollievo. Sospira poi nuovamente quando intercetta Vittorio in mezzo a un gruppo che sembra una pelle di leopardo in quella distesa di luccichii: tutti vestiti di scuro, squali in un mare di trattative e transazioni da capogiro.

Sta parlando con la sua collega tedesca, una donna tutta d'un pezzo che Lea, scherzando con lui qualche volta, quando vuole un po' ridicolizzare, chiama Angela Merkel per l'aria severa. È alta, bionda. Ha un bel viso, anche se rigoroso, e persino per la festa non si è concessa molto di più che un tailleur nero, la cui gonna sopra il ginocchio lascia intravedere un'ossatura robusta. Al saluto di Lea, risponde con uno sguardo poco espansivo.

«Pensavo di averti perso» sorride Lea al marito.

«Non credo che stasera la cosa ti spaventerebbe troppo» le risponde lui con un tono ancora leggermente scostante.

«Non ti abbiamo raggiunto solo per non annoiarti» spiega pragmatica la sua collega, sollevandoli inconsapevolmente da una tensione, ma solo per la premura di continuare la loro conversazione di lavoro senza badare alla presenza di Lea.

Vittorio e la Merkel parlano come se Lea non li potesse capire, o almeno così la fanno sentire. Perché in fondo lei ignora cosa sia davvero una banca d'investimenti, la meschinità, le chiacchiere sottovoce, la cortesia ipocrita e i segreti d'alcova. Non sa davvero cosa voglia dire. È come se suo marito e Angela Merkel fossero alleati in una guerra quotidiana. O forse è quello che Vittorio stasera vuole farle credere. Come se stesse calcando la mano su quella complicità con la volontà di escluderla e di metterla in allarme, per farle pesare la sua partenza. D'altra parte Vittorio è un uomo strategico, calcolato anche nel gesto apparentemente più naturale.

A distrarla da quello scambio fitto è la figura sottile di una giovane orientale, che dall'altra parte del salone la sta salutando con un sorriso. È vicina al tavolo delle bevande, tiene in mano un bicchiere.

Lea non crede di averla mai vista prima, ma le si avvicina incuriosita. La colpisce subito per il portamento elegante, e per la casacca di seta color petrolio che indossa: ha un taglio geometrico, che cade impeccabile sulla sua magrezza e le conferisce un'aria altera e delicata, fuori dal tempo. Così come i tratti del viso, che sembrano non avere età. Le labbra carnose, composte, pallide come cera, e la pelle di una bambina, come la maggior parte delle asiatiche sotto i trent'anni che Lea conosce, ma lo sguardo profondo di una donna vissuta.

«Devo essermi sbagliata» si affretta a spiegare la donna una volta vicine. «Ho avuto come l'impressione di averti già conosciuta.»

«Singapore non è poi così grande» risponde Lea. «Alle feste dove mi porta mio marito c'è sempre la stessa gente. Però non mi sembra di averti incontrata prima.»

«Sono Lin Yu» e le allunga una mano esile, dalla carnagione chiarissima.

«Io mi chiamo Lea. Lavori anche tu con Van Der Meer?»

«No, siamo solo amici. Io sono un'urbanista, collaboro con l'Economic Development Board governativo.»

«E di cosa ti occupi, se non sono indiscreta?»

«Dello sviluppo della città» chiarisce la donna, con uno sguardo aperto e gentile.

«Non credevo che questa città avesse bisogno di ulteriori sviluppi» ironizza Lea.

Ma Lin Yu non sembra cogliere la sua battuta: «Io mi concentro su quello che accadrà dal 2035 in avanti» le spiega disinvolta, come se fosse un fatto ovvio, tutt'altro che straordinario. «I progetti del mio team implementano l'organizzazione del traffico, per esempio, in base ai molteplici cambiamenti, come l'aumento demografico. Ecco che genere di sviluppi.»

Lea la guarda sbalordita: «Dal 2035 in avanti?».

Singapore è davvero il regno delle intenzioni, dove tutto viene costruito, artefatto, anticipato. «Questa città non finirà mai di sorprendermi» le confessa. «Se ti avessi incontrata prima, saresti senz'altro finita nel mio libro.»

«Tu scrivi?»

«Ho appena terminato il mio primo romanzo.»

Lin Yu prende un piccolo sorso dal calice, una quantità minima, tanto per inumidirsi le labbra: «E di cosa parla, se posso chiedertelo?».

«È la storia di una giovane donna che dall'Italia viene a vivere a Singapore e tra le varie cose che le capitano, immagina anche di passeggiare tutti i giorni per la città con lo spirito del Presidente.»

Lin Yu arrotonda lo sguardo, sembra essersi di colpo adombrato, e con un sospiro le dice: «A certi personaggi dovrebbe essere concesso il dono dell'immortalità». Poi volta la testa verso la folla che gremisce il salone. «Come tutti i singaporiani, anch'io ho l'impressione di aver perso una guida, un padre spirituale.»

«Sei di qui?»

«La mia famiglia viene dallo Zhejiang, una provincia della Cina. Si sono trasferiti a Singapore quando io non ero ancora nata. Sono fuggiti dalla povertà per trovare fortuna, e a Lee Kuan Yew devono tutto. Anche la mia istruzione. Se non ci fosse stato lui, io oggi non avrei un PHD e non lavorerei per il governo. Per questo sarò grata alla sua anima per sempre.»

«Deve essere stato un uomo davvero speciale. Almeno per gli abitanti di questo paese.»

«Anche per te, se hai deciso di dedicargli un libro» conclude Lin Yu, piegando le labbra in una smorfia complice. «Mi piacerebbe poterlo leggere.»

«Verrà pubblicato in Italia. Non so se sarà mai tradotto.»

«Be', mi auguro per te di sì. Anche se a me piacerebbe avere il tempo per imparare l'italiano, magari leggendoti.» E il suo sorriso gioviale torna a rannuvolarsi. Intanto si tocca un ciondolo, che pende dal collo lungo e sottile.

Lea non ha mai amato i gioielli, e ancor meno i brillanti, non ha indossato nemmeno troppo a lungo il solitario che Vittorio le ha regalato per il fidanzamento, ma quel ciondolo è di un'eleganza quasi ipnotica: il simbolo dell'infinito in una fila sottile e luminosa di piccoli brillanti. In quel momento, a distoglierla da quella sorta di incanto, arriva una giovane donna che ha tutta l'aria di essere la sua assistente.

«Ci aspettano per la cena» comunica a Lin Yu quasi sottovoce. «Ho chiesto ai domestici di abbassare l'aria condizionata, qui è troppo forte.» Sembra lì apposta per sollevare Lin Yu da qualsiasi incombenza. La prende sottobraccio per condurla fino al tavolo, come se fosse troppo debole per camminare da sola, o troppo riservata per affrontare quella folla senza un sostegno. Prima di allontanarsi, Lin Yu fa a Lea un cenno del capo, come per invitarla a seguirle. Lea si guarda intorno. Ha perso di vista Vittorio e, attratta da qualcosa che non riesce ancora a definire, si accomoda sulla sedia accanto a lei.

Il sontuoso buffet è stato appena arricchito da lunghi vassoi di *gado gado*, mix di verdure e salsa di arachidi, adagiato su foglie di banana. L'assistente le porta un piatto con piccole porzioni di varie specialità, e Lin Yu a ogni assaggio chiude gli occhi, come se volesse far scendere i sapori in una parte profonda del suo essere.

Quella creatura così eterea risalta, in mezzo al trambusto,

come se non c'entrasse nulla con l'ambiente circostante, e forse per questo Lea prova una certa attrazione. C'è qualcosa di impalpabile che avvolge questa donna, nel suo odore, nei suoi modi, in contraddizione con l'idea di un'urbanista che si occupa di un futuro lontano in una città così tecnologicamente evoluta. Sembra non aver perso il contatto con le sue radici, contrariamente a quello che lei sta osservando tutto intorno. Improvvisamente Lea comincia a sentire sulla pelle i segni della contaminazione, le minacce del compromesso, di quel mondo pieno di privilegi e svuotato delle sue origini che suo marito le ha offerto. Si accorge solo ora, guardando il suo piatto, di averlo riempito con le stesse pietanze di Lin Yu, e spera di poter raggiungere anche lei quello stato di beatitudine, lo stesso senso di non appartenenza.

Senza volerlo, Lea deve aver fissato il piatto troppo a lungo, perché Lin Yu se ne accorge, e come a volerla distrarre torna, con la stessa calma, a parlarle di Lee Kuan Yew. Le sue descrizioni sono talmente precise che Lea ha l'impressione di vederlo materalizzarsi lì davanti, esattamente come accade alla protagonista del suo libro.

«Da quando è morto,» dice Lin Yu «ogni mattina gli porto un fiore. Hai mai visto la casa dove abitava?»

Lea ammette di non averlo ancora fatto. È incredibile che abbia scritto un libro che parla anche di lui e che una sconosciuta le faccia rendere conto di non aver mai pensato di andare a visitare la sua dimora.

«Rimarresti stupita dalla semplicità degli arredi. È stata la residenza di uno degli uomini più potenti del pianeta e pare che ci abbia vissuto un semplice impiegato di banca.»

Ed è proprio di quei giorni la notizia che Lee Kuan Yew ha lasciato disposizioni affinché la sua abitazione venga distrutta e al suo posto venga costruito al più presto un grattacielo. «Non avrebbe voluto mausolei in suo ricordo» le spiega Lin Yu con un'espressione ammirata. «Non si deve perdere tempo a guardarsi indietro, diceva. La città deve andare avanti. E la città forse lo farà presto, ma io non smetterò mai di portargli un fiore e di lasciarglielo sulla porta, tutte le mattine della vita che mi resta, qualunque cosa dovessero costruire un giorno al suo posto.»

In quel momento la giovane assistente si avvicina a Lin Yu per ricordarle che si è fatto tardi. Nonostante le leggere occhiaie che le oscurano il luminoso incarnato, lei vorrebbe fare uno strappo alla regola, ha un attimo di esitazione, poi, suo malgrado, si scusa con tutti e si congeda.

Rivolge a Lea un ultimo sguardo: «È stato un privilegio averti conosciuta, qualcosa mi dice che ci rincontreremo presto».

Lea la osserva andare via dispiaciuta, pensando che era l'unica alleata che aveva scovato là dentro e ora si sente sola. Poi, colui che più che un alleato, in quella serata, avrebbe dovuto essere un complice, la sorprende alle spalle.

«Sei qui? È libero questo posto?» chiede Vittorio, indicando la sedia dove era seduta Lin Yu.

«Ci conosciamo?» risponde Lea con un sorriso piccato. «Ti comporti come se non fossimo più marito e moglie.»

«Perdonami. A volte mi dimentico che alle feste non si va per lavorare. O almeno si dovrebbe fingere di non farlo.»

La notte è calata, facendo largo a una luna arancione che ha bruciato gli ultimi strascichi di quella serata mondana. Lea si sta sfilando il vestito, quando sente le braccia di Vittorio cingerle la vita.

«Temo che ogni giorno di questi due mesi possa durare un

anno» le bisbiglia nei capelli con una voce che non sembra neanche la sua. «Ecco di cosa ho paura.»

Lea si volta. Vittorio ha un'espressione talmente struggente che non può che ricambiarla con una carezza.

«E anche, certo, che scappi via con un altro» aggiunge poi, sorridendole.

«Credo ci siano più probabilità che tu finisca a letto con la tua amica Merkel.»

Vittorio spalanca gli occhi spiritoso: «Angela è una collega *mooolto* seria, ti assicuro» le dà un buffetto sulla guancia. «E poi pensi davvero che una donna che si ritocca il rossetto in quella maniera ossessiva possa essere il mio tipo?»

Lea scoppia a ridere: «In effetti è troppo precisa persino per uno come te».

Vittorio, tornando serio, stringe la presa sui suoi fianchi: «Se non l'avessi ancora capito, io sono pazzo di te» le dice. «Anche del tuo disordine e della tua distrazione. Di te che non hai bisogno di un rossetto o di un paio di tacchi per risultare sempre e comunque così bella.»

Lea solleva lo sguardo al cielo, scuote la testa in un'espressione tra lo scherzoso e il lusingato. «Primo: non conosci un vero disordinato se pensi che io lo sia. Secondo: stavo quasi dimenticando quanto tu possa essere adulatore» e così dicendo, si libera dalle sue mani per raggiungere il bagno.

Vittorio la segue fin davanti allo specchio, dove ora lei si sta detergendo il viso con dei batuffoli di cotone imbevuti di una lozione lattiginosa.

«Sei *davvero* molto bella» insiste.

«Il mio trucco c'è, ma non si vede» si schermisce lei, prendendo la spazzola da un cassetto sotto il lavandino. «Stasera invece c'era una donna che era *davvero* senza un filo di trucco e senza tacchi, e che era *davvero* di gran lunga la più attraente.»

«La ragazza con cui parlavi? L'urbanista?»

«Ah però, non te ne sfugge una, eh?» lo rimprovera simulando una gelosia divertita. Ma poi, incuriosita, gli chiede: «La conosci?».

«Solo di vista, abbiamo qualche amico in comune. Che tuttavia dimentica sempre di presentarci. Stasera non l'hai fatto nemmeno tu che ci hai parlato a lungo.»

«Ci manca solo che te le presenti io, le belle donne.»

Intanto Vittorio si allontana dal bagno sfilandosi la cravatta e continuando a parlarle dal corridoio: «Comunque era molto elegante, devo ammetterlo».

«Ma la sua eleganza andava ben oltre l'abbigliamento. Mi ha davvero colpita, Vittorio. E la cosa stupefacente è anche il lavoro che fa» gli dice, legandosi i capelli con un elastico recuperato dal comodino. «Non immaginavo che a Singapore esistesse un team di urbanisti reclutati dal governo per progettare la città dal 2035 in avanti. Ti rendi conto? Dal 2035 in avanti!»

Vittorio le sorride mentre appende la cravatta nell'armadio allineandola insieme alle altre secondo il colore. Poi si avvicina e le prende il viso tra le mani: «Ti ho portato a vivere in un mondo previdente».

«Un mondo perfetto» aggiunge lei, mascherando questa volta qualunque ironia e cercando di non apparire neanche nostalgica. «Come perfetto era il ciondolo che indossava quella donna» aggiunge poi.

«Quale ciondolo?»

«Il simbolo dell'infinito fatto di piccoli diamanti. Era bellissimo.»

«Non ti ho mai sentito fare un apprezzamento su un gioiello da quando ti conosco.»

«Infatti non mi piacciono. Ma il suo era speciale.»

«Mi hanno detto che è malata di cuore» le dice Vittorio.

«Chi?»

«L'architetta del futuro.»

«E chi te l'ha detto?»

«Van Der Meer. Se ci pensi, è paradossale che una persona chiamata a progettare il futuro di una città come questa non ne abbia uno così lungo davanti a sé.»

Un alone di dispiacere vela lo sguardo di Lea. «Paradossale» ammette, rivedendo la faccia di Lin Yu mentre osserva, oltre la finestra, il giardino della villa. «Mi auguro che si possa trovare una cura. Oggi la medicina ha fatto molti progressi.»

Intanto Vittorio si è infilato sotto le coperte, le sta chiedendo di sbrigarsi. «Anche io ho bisogno delle tue cure. Voglio abbracciarti» le dice in un tono quasi puerile.

Qualche volta, prima di addormentarsi, Lea gli recita a voce alta il libro che sta leggendo. È una cosa che fa abitualmente da cinque anni, molto più spesso che fare l'amore.

«Stasera niente letture» le dice Vittorio. «Devo abituarmi al silenzio. Altrimenti come farò ad addormentarmi quando tu non ci sarai?» e il suo sguardo lascia intendere che per quella sera ha ben altre intenzioni.

Per i viaggiatori in transito, Changi, l'aeroporto di Singapore, è una sorta di incubatrice. Ha il compito di restituire le forze, alleviare dai disagi delle ore sedute, pressurizzate. Al suo interno, ci sono un cinema, un parco di farfalle e una piscina. Un paradiso in terra che insegna a dare più valore al viaggio di quanto non lo si dia alla meta, e a trattare con rispetto e gentilezza tutto ciò che si sfiora, non soltanto quel che si possiede.

È la prima volta che Lea prende un aereo dal Changi senza Vittorio al suo fianco.

«Sono agitatissima» gli dice subito dopo il *check-in*. «Parlami. Di' qualsiasi cosa, anche l'elenco del telefono, tanto non capirei niente. Sai che quando sono in ansia ho bisogno della tua voce.»

«009834176… va bene?»

«E se cade l'aereo?» si affanna Lea, senza curarsi della sua battuta.

Vittorio ha uno sguardo beffardo: «Farai di me un vedovo inconsolabile».

«Dài, sii serio.»

«Sono serio, sarò inconsolabile.»

Lea scuote la testa con un sorriso. «Secondo me in questi due mesi ti consolerai con un'altra anche se l'aereo non dovesse cadere.» Poi gli posa le braccia intorno al collo e con tono infantile aggiunge: «Avevi ragione tu: due mesi saranno lunghissimi. E tu sei uno che non sa aspettare neanche cinque minuti».

«M'insegnerai l'attesa, così come mi hai insegnato l'amore.»

«Da quando sei diventato così romantico? Sono io quella dalle frasi stucchevoli. Sei troppo dolce nelle ultime ore... questa è la classica scena che precede il disastro, te lo dice un'esperta. A questo punto l'aereo cadrà, senza ombra di dubbio.»

«Su, smettila.»

«Ho portato con me due flaconcini di EN.»

«Non ce ne sarà bisogno. Ti ho registrato un messaggio vocale. Te lo mando via WhatsApp. Non prendere le gocce, ascolta la mia voce.»

«Ci proverò.»

Nell'atmosfera ovattata dell'aeroporto, a ridosso del controllo passaporti, a un passo dal flemmatico viavai dei duty free e dei ristoranti, Lea si lascia cullare dall'abbraccio di quell'uomo così avveduto eppure ancora sorprendente. Si prepara alla rivoluzione che l'attende, alla vita lontano da lui. È stato Vittorio a salvarla una volta e ora la sua presenza in aereo al suo fianco le sembra più vitale del giubbotto salvagente. Quando si stacca per salutarlo, un magone le afferra la gola, senza alcun preavviso, e la tiene in bilico sul pianto.

Un attimo dopo è lì che cammina in direzione dell'imbarco, restando in equilibrio sulle sue lacrime. Non ne versa neanche una, aspetta che si riassorbano, mentre Vittorio la guarda andare via.

Lea si allontana, addentrandosi in quel ventre caldo di gente in transito, ripensa a tutta la sua vita sentimentale, e di colpo le appare come un lungo viaggio. Nient'altro che un'alternanza di fatica e ristoro.

Tutte le volte che Giacomo era entrato nel suo cammino, ne

era poi uscito lasciandole addosso un senso di destabilizzazione e disorientamento, durato sino all'incontro con Vittorio.

Dai venti ai ventotto anni più volte aveva rischiato di perdersi. Dava un esame ogni tanto e la concentrazione era come una stella cadente, che arrivava nei momenti di solitudine a riaccendere i desideri sopiti. Nel frattempo si era messa a lavorare, prima come cameriera in una sala da tè piena di libri, poi come bibliotecaria: la lettura quale unica costante, compagna fedele di ogni delusione.

Prima di finire l'università aveva lasciato la casa di sua madre per trasferirsi in un piccolo appartamento a Trastevere, che aveva diviso prima con uno studente, poi con una cugina, fino a che il suo futuro marito non se l'era portata via. Di quegli anni, Lea ricorda la sensazione di essere rimasta indietro, come se il mondo si fosse messo a correre e lei non avesse avuto le energie per fare altrettanto. Sembrava che la volontà di perdersi fosse più forte di qualunque desiderio.

Anche la sua amica Bianca correva. Si era laureata in psicologia e, appena entrata a lavorare in un consultorio, aveva incontrato Andrea, che poi sarebbe diventato suo marito, un geologo che si occupa di smaltimento rifiuti, un uomo quadrato, per bene, pronto a mettere radici e darle una squadra di figli.

Se si era laureata e aveva cominciato a scrivere era stato grazie a Bianca, che la rimetteva in piedi dopo ogni sbronza prima degli esami, che la chiudeva nella stanza per farla studiare, e ogni tanto le presentava qualcuno che riusciva a darle una breve stabilità tra le tante relazioni fugaci.

E se non fosse stato per un racconto sull'arte di correre, che aveva scritto in quegli anni e che le era valso la vittoria di un concorso letterario e la successiva pubblicazione sulle pagine di una rivista, non avrebbe mai rincontrato Giacomo.

Era l'inizio dell'estate del 2008, cominciava lo spettro della recessione, la crisi americana si allargava a macchia d'olio, e gli italiani, sfiniti e indifferenti, si distraevano e sfogavano le proprie delusioni negli Europei di calcio. Quella sera Lea uscì con Bianca, che si era presa una pausa dalle pappe e dai pannolini da cambiare. Era già al secondo figlio, e aveva lasciato ad Andrea l'incombenza di farlo addormentare davanti a Spagna-Russia. Andarono con alcuni amici in un pub a festeggiare l'inizio di una nuova vita; si portarono dietro la rivista, come un trofeo da esibire e sfogliare, brindando alla buona con una birra alla spina, sovrastati dai maxi-schermi che avevano invaso i locali della città.

Soltanto poche pagine dopo il suo racconto, Lea notò un trafiletto sull'importanza di leggere. E tutto intorno, all'improvviso, divenne un sogno immobile, senza rumore.

C'era anche una fotografia. Giacomo aveva ancora la barba, sembrava infittita, i capelli più lunghi, disordinati come al solito, e la stessa espressione di quando faceva l'assistente all'università. Sfidava l'obiettivo con misura e distacco, sempre scuro di carnagione, accigliato, in allarme.

Le loro vite s'incrociavano di nuovo. Dopo quasi un decennio.

Le era bastato leggere il suo nome per riprovare quei battiti accelerati che ancora una volta lui le provocava, e proprio mentre i tifosi stranieri esultavano per un'azione della loro squadra, a lei era mancato il fiato. Lesse l'articolo un paio di volte, nell'urgente desiderio di rivederlo.

«Io e la letteratura: due particelle quantiche» riportava il titolo. Giacomo faceva riferimento a un fenomeno di fisica quantistica, *l'entanglement*, letteralmente groviglio, intreccio, per spiegare il rapporto che si era creato tra la sua vita e i libri che aveva letto. Nell'*entanglement* quantistico, due particelle elementari, come gli elettroni o i fotoni, che costituiscono un insieme e che interagiscono per un certo periodo di tempo in esso, sono poi soggette a un legame indissolubile: se vengono separate, anche a distanza di chilometri o anni luce, si comportano come un tutt'uno. L'*entanglement* di Giacomo con la letteratura era iniziato nella prima adolescenza, con Hermann Hesse. E con dovizia di citazioni erudite, Giacomo immaginava la letteratura come un enorme universo parallelo che interagiva con il suo: qualsiasi cosa accadeva nella sua vita sembrava accadere anche nei romanzi che finivano, per un disegno imperscrutabile, tra le sue mani. «Sono i libri a sceglierci» scriveva. «Ci chiamano, come se sapessero di cosa abbiamo bisogno.» Era questa, per Giacomo, la vera lettura. Qualcosa che si muove insieme a noi, che ci determina, e che qualche volta, se siamo fortunati, ci salva.

Alla fine del pezzo, in basso, erano riportate le sue credenziali: «Giacomo Valenti, direttore editoriale della Gandini Editore», una casa editrice romana di modeste dimensioni che aveva, soltanto pochi mesi prima, pubblicato un caso da centinaia di migliaia di copie. La Gandini ne aveva acquistato i diritti poco prima che il romanzo finisse in testa a tutte le classifiche internazionali, ed era stato proprio l'intuito di Giacomo ad accaparrarselo.

Lea aveva scritto un racconto su un uomo che, pur essendo sghembo e piccolo di statura, aveva il talento per correre e, contro ogni previsione, anche quello per vincere tutto. Così, ora aveva avuto modo di scoprirlo, anche la carriera di Giacomo era in corsa verso il successo. Un successo diverso da come lei lo aveva immaginato a quindici anni.

«Che intenzioni hai?» le chiese Bianca, che aveva già letto il prosieguo di quella storia nel suo sguardo imbambolato.

«La Gandini Editore è in via Crescenzio.»

«E allora?» Un lampo di disapprovazione attraversò lo sguardo dell'amica, mentre la luce azzurrognola dei led del locale le metteva in evidenza la macchia scura che negli ultimi mesi le era spuntata sopra la bocca, a mo' di baffo. «Che significa?»

«Significa che voglio rivederlo.»

«E il fioretto?»

«Il fioretto prevedeva che non avrei più dovuto richiamarlo. E io non ho intenzione di richiamarlo.»

«Qualunque intenzione tu abbia, sappi che stai barando.»

Proprio sul marciapiede di fronte alla sede della casa editrice, c'era un piccolo bar con una tavola calda. Lea si presentò lì per una settimana tutti i giorni all'una meno un quarto. Sceglieva un abbigliamento casual: una camicia, preferibilmente bianca, un paio di jeans scoloriti e ai piedi le sue ballerine rosse. Da qualche tempo aveva preso l'abitudine di correre prima di andare in biblioteca e aveva perso qualche chilo, non tanti però da compromettere le forme rotonde del seno e dei fianchi.

Al buffet prendeva l'unica cosa appetibile, un pollo ai ferri e degli spinaci che avevano un retrogusto metallico, e si accomodava a un tavolo in fondo, dal quale poteva vedere la vetrina, la porta e il passaggio di persone che entravano e uscivano dal locale.

Successe un lunedì. Lo vide entrare mentre parlava gesticolando animatamente con un collega. Portava gli occhiali, che un tempo metteva solo la sera per leggere, e una camicia grigia senza collo, arrotolata sulle maniche. Lea sapeva quanto potesse essere intransigente e, a giudicare dall'espressione contrariata, non era difficile immaginare che fosse estremista anche sul lavoro. «Guardami,» continuava a scongiurare Lea tra sé «voltati, riconoscimi» e un boccone di spinaci le era rimasto a fermentare tra i denti.

Giacomo sembrò impallidire quando incrociò il suo sguardo. Durò soltanto una frazione di secondo, perché lei lo abbassò subito sul piatto, mandando giù in fretta la verdura. E quando risollevò la testa, lui non c'era già più. Sentì un brivido di freddo attraversarle la schiena e il bisogno istintivo di alzarsi e correre fuori dal locale a cercarlo. Ma non si mosse. E non fece neanche in tempo a formulare un pensiero su quella fuga, che una mano le si posò sulla spalla.

«Lea...» disse la voce di Giacomo. «Tu qui?»

Se Lea dovesse dare un volto alla felicità, e una sensazione precisa, le basterebbe ricordare l'inquietudine dell'istante in cui si voltò e se lo ritrovò davanti. La felicità è avere le mani sudate, il cuore che invade ogni spazio del corpo e un sapore di metallo in bocca.

«Che ci fai da queste parti?»

La risposta se l'era preparata e ripetuta tante di quelle volte che le uscì quasi meccanica: «Deve raggiungermi un'amica».

Lui sembrava stupito di rivederla, emozionato: «Posso mangiare con te mentre aspetti?».

Non era da Giacomo quell'espansività, o forse sì, forse era stato così anche a vent'anni, all'università, Lea non lo ricordava più. C'era solo il presente adesso, così gravido di promesse e di parole ancora da dire.

Mentre lui si avviava al bancone, lei ebbe modo di osservarlo. Si era fatto più robusto, le spalle larghe, i fianchi ancora stretti e le mani più grandi e nodose. Una figura che poteva anche apparire rassicurante a chi la guardasse da dietro. Giacomo riempì un vassoio con una porzione di pollo e patate e le si sedette di fronte. Il malumore che aveva avuto entrando nel locale non c'era già più. Era invece lampante la sua impazienza di ascoltare tutto quello che lei aveva da dire.

«Hai preso il pollo anche tu?»

«È l'unica cosa mangiabile di questo posto. Lo evito come la peste, ci vengo solo quando faccio tardi e non ho molto tempo.»

«Perciò dobbiamo finire in fretta.»

«Perciò mi devi prima raccontare dove sei sparita in tutti questi anni.»

E Lea, continuando a sorridere, pensò: anni nei quali non mi hai mai cercata. Ma un attimo dopo Giacomo la sorprese aggiungendo: «A proposito, ti faccio i complimenti per il racconto che hai scritto».

Lo aveva letto, non gli era sfuggito, e non c'era sfida nel suo tono, ma ammirazione sincera. Lea fu contenta di saperlo, e non poté fare a meno di arrossire mentre rispondeva: «Complimenti a te, per il tuo pezzo sulle particelle quantiche».

Lui fece un cenno di ringraziamento col capo. «Allora alla fine hai assecondato la tua passione.»

«Non dovrebbe essere così per tutti?» C'era un misto di ovvietà e allusione in quella domanda, che a Giacomo non sfuggì.

«L'ultima volta sei scappata senza dire una parola, ora però mi sembra che non te ne manchino.»

«Ero solo una ragazzina gelosa. E tu un assistente che approfittava della sua posizione per fare il figo con tutte.»

Giacomo scoppiò in una risata sonora. L'ansia per quell'incontro aveva caricato Lea al punto da renderla combattiva, desiderosa di duellare alla pari nel gioco della seduzione.

«Ah, ridi. Non mi ricordavo che sapessi farlo.»

«Sai, a Milano ho conosciuto un'altra che rispondeva come te. Aveva sette anni ed era la figlia del mio capo» scherzò lui.

Le raccontò del lavoro che aveva svolto in una delle più grandi case editrici italiane e che aveva lasciato per via delle sue idee politiche. Per quanto gli fosse costata quella rinuncia, soprattutto sul piano economico, era soddisfatto di esserci riuscito.

«Sono gli stessi che pubblicano Marx, però, no?» rintuzzò lei, laicamente lontana da ogni ideologismo. «Proprio oggi leggevo su Facebook che qualcuno accusò Woody Guthrie di essersi venduto perché era andato in radio. Una polemica che si ripete, insomma.»

«Come tutte quelle che ogni giorno qualcuno si inventa su Facebook» commentò lui.

E lei sbarrò gli occhi sbigottita: «Non dirmi che ci sei anche tu!».

«È uno strumento di comunicazione, non posso sottrarmi. Del resto mi sono arreso anche al passaggio dalla macchina per scrivere al computer...» rispose con una certa autoironia, come se avesse concesso al tempo di ammorbidire alcune asperità.

«Se pensi che è nato per scambiare pettegolezzi tra studenti al College...»

«A volte sono le idee più semplici a rivoluzionare il mondo.»

«Quindi mi stai dicendo che interagire con una serie di nomi che affollano la tua lista di contatti è un'idea rivoluzionaria?»

«Quindi ti sto dicendo che mi piacerebbe che diventassimo amici su Facebook.»

«Amici lo siamo mai stati?» lo provocò lei, tenendo gli occhi fermi nei suoi. E in quello sguardo trovò riflesso un groviglio di lenzuola sgualcite, corpi sudati, brividi di desiderio, contese amorose. Giacomo si alzò, provando a glissare: «Purtroppo si è fatto tardi, devo tornare a lavorare». Ma dopo averla salutata, sulla porta si voltò, tornò indietro e le chiese: «E se andassimo al cinema, stasera?».

«Solo se scelgo io il film.»

«Ci sto.» Poi, dopo un silenzio intenso, aggiunse: «Piuttosto, che fine ha fatto la tua amica?».

Lea cercò di mascherare l'imbarazzo: «Si sarà persa».

Scelse un cinema dove davano *Colazione da Tiffany* in versione originale. Ma davanti all'entrata, Giacomo scoprì che nella minuscola sala accanto proiettavano *Amore tossico*, un vecchio film di Caligari, che come regista aveva avuto poca fortuna.

«Ti assicuro, non te lo puoi perdere» le aveva detto persuasivo. «E poi è un film d'amore» aggiunse, e lei provò a borbottare qualcosa, ma alla fine si ritrovò a cedere. Chissà, forse aveva ragione Bianca, forse Giacomo era davvero un manipolatore, perché nelle sue mani – malgrado i buoni propositi – Lea diventava arrendevole.

Alla fine, quella storia di ultimi, di droga, di irredenti, per motivi diversi aveva turbato entrambi.

«Alla faccia della commedia» commentò lei, mentre si accendevano le luci in sala.

«Se ci pensi loro due sono Giulietta e Romeo catapultati negli anni Ottanta.»

«E negli artigli dell'eroina.»

«Ognuno sceglie il suo veleno per suicidarsi» e a quelle parole era stato come se un vecchio dolore fosse riemerso. Uscirono dal cinema e infilarono la via che costeggia Regina Coeli, dove il buio rendeva meno visibili le sbarre del carcere, che poteva sembrare un college, immerso nel cuore di Trastevere e della movida che a pochi metri teneva sveglio il quartiere fino a tardi. Giacomo sembrava più stanco di qualche ora prima, una sorta di amarezza traspariva ora dalla sua andatura lenta, affaticata.

«Da ragazzino mio padre mi disse: fai tutto quello che vuoi nella vita, ma non ti drogare mai. La droga è la peggiore schiavitù economica a cui ci si possa assoggettare: ti spinge a lavorare per chi non vorresti mai, pur di trovare i soldi.»

«Sarà orgoglioso di te ora che hai smesso di lavorare per chi non avresti mai voluto, allora.»

«Non ha fatto in tempo a saperlo. È morto prima che tornassi a Roma e sapeva solo che mi ammazzavo di canne.»

Emise un sospiro, facendole intuire quanto era stato duro per lui quell'ultimo anno. L'unica consolazione era stata una relazione turbolenta con una ballerina di danza classica, una donna complicata ed elegante, concentrata sulla sua arte, che era riuscita per la prima volta a coinvolgerlo in una storia per quasi due anni.

«Un record per uno come me» ammise, con una vena di rammarico.

E Lea si scoprì ancora una volta gelosa. Giacomo dunque si era innamorato, aveva condiviso i suoi giorni con qualcuno, mandando al diavolo il mito della libertà, dell'indipendenza, di quell'individualismo esasperato che sembrava un'esigenza irrinunciabile.

«Come mai è finita?»

«Diciamo che lei aveva altre priorità.» E per Lea era una risposta più che sufficiente per arrivare dove voleva.

«Come ci si sente a essere per una volta secondi a qualcosa?»

«Non mi ci sono mai messo io al primo posto» disse lui, e indicò un chiosco davanti a loro. «Ci prendiamo qualcosa da mangiare?»

Si sedettero sui gradini di piazza Trilussa con un trancio di pizza al taglio. «Non c'era neanche la quattro stagioni, eppure lì non è mai mancata. Ormai non ho più nessuna certezza nella vita» scherzò Giacomo, addentando la pizza. Poi volse lo sguardo verso di lei, e la fissò intensamente: «A parte te» disse.

«Me?» chiese lei sentendosi improvvisamente nuda in una piazza piena di gente.

«Sei cresciuta, sei una donna, eppure sei la stessa che ho conosciuto a quattordici anni e che ho rincontrato a venti. Addomesticata col tempo, ma recalcitrante, come quando ti ho vista entrare nella stanza del preside.»

Per poco a Lea non andò di traverso il boccone che stava masticando. Era talmente spiazzata che faticò a trovare le parole giuste per ribattere. «Insomma una persona piena di difetti.» «Una persona speciale» rispose lui. Talmente speciale che mi hai spezzato il cuore, pensò Lea, ma si guardò bene dal dirglielo.

Se le avessero annunciato che gli alieni avevano appena invaso il pianeta, sarebbe stata meno sconvolta che per quella dichiarazione. Anche il solito mimo vestito da sfinge, che rimaneva immobile per ore, sembrò strizzarle l'occhio.

Giacomo la riaccompagnò a casa a piedi. Sulla soglia la salutò con un bacio sulla guancia e lei non lo invitò a entrare. Aveva già il cuore ingombro di troppe emozioni per poterne accogliere altre.

Il mattino dopo, vide la sua richiesta di amicizia su Facebook e la accettò. Quasi immediatamente Giacomo le mandò una foto di una chitarra con la frase di Woody Guthrie «This machine kills the fascists» e poi, sotto, un commento: «Sono contento che ti piaccia Woody Guthrie. Abbiamo una passione in comune».

Il primo passo, ufficialmente, lo aveva fatto lui, anche se lei in realtà era rimasta a fare la posta sotto il suo ufficio per una settimana.

«Solo quella?» scrisse di rimando.

«Se ti piace anche la pizza quattro stagioni siamo a cavallo.» E a quel suo insolito modo di scherzare, erano seguite delle telefonate: «Volevo solo sapere se hai sempre lo stesso numero».

Bianca la mise in guardia: «Quello ne sa una più del diavolo. Ascoltami, Lea, troverà il modo per farti ricascare».

«Ma io non mi sono mai rialzata» strinse le spalle Lea, e Bianca piegò le labbra in una smorfia intenerita e alzò le mani in segno di resa.

Alla fine si dettero appuntamento per un aperitivo in centro, e subito dopo Giacomo la portò a casa sua. Abitava in vicolo del Divino Amore, in una casa che aveva una dimensione meno provvisoria di quelle in cui aveva vissuto in passato. Si apriva al piano terra su una piccola cucina, quasi interamente occupata da un tavolo da pranzo. C'erano un salotto, un bagno e una camera da letto. Tutti gli spazi davano l'impressione di essere poco vissuti. Lea rimase sorpresa dall'ordine che vi trovò e dal fatto che non ci fossero più tanti libri. Il letto, che s'intravedeva intatto dalla porta della stanza rimasta aperta, non aveva vestiti sparsi intorno, e una lavatrice aveva trovato posto in una piccola anticamera prima del bagno. Forse la vita con la ballerina lo aveva civilizzato, pensò Lea, chinandosi a raccogliere una pallina per il detersivo che era rotolata in terra.

«Vorrei proprio vederti fare il bucato. Per quanto abbia fantasia, non riesco a immaginarlo.»

«Donna di poca fede,» l'ammonì «ho anche imparato a separare i bianchi dai colorati» disse, imboccando la scala di fianco al tavolo che portava al seminterrato. «Il mio studio è giù.»

Lei lo seguì, e in fondo ai gradini ritrovò l'atmosfera del passato. Un ambiente intriso di fumo e pieno di libri, che nel frattempo si erano moltiplicati. Anche se i saggi di fisica erano stati spodestati dai numerosi titoli di narrativa cui aveva lavorato come editor negli anni, sopravvivevano le riviste scientifiche, a sottolineare il legame con un percorso che, seppure abbandonato, ancora gli apparteneva.

Giacomo spinse col piede un paio di calzini sotto il divano letto sfatto e cosparso di vestiti. Il disordine c'era ancora, ma quantomeno si curava di occultarlo. Era in quel seminterrato che passava la maggior parte del tempo e finiva anche per dormirci. Come se il suo mondo fosse ancora sommerso, non metabolizzato al punto da poter essere messo in luce.

Lea si soffermò su una fotografia appesa al muro. «È di Matteo» le disse Giacomo. «Il mio amico fotografo, te lo ricordi?»

Lea annuì, continuando a osservarla, e lui le spiegò che era il gioco di colori e di riflessi creato da una piccola quantità di granelli di sabbia immortalati in una spiaggia del Nicaragua al tramonto, dove Matteo era stato per un reportage. L'aveva sdoppiata e ricomposta e sembrava una specie di galassia divisa in due parti. Ricordava uno di quei disegni che gli psicologi mostrano ai loro pazienti dopo aver piegato in due e riaperto un foglio di carta con delle macchie di tempera al centro.

«S'intitola *Il destino di due particelle quantiche*» disse, indicando i due puntini al centro delle rispettive metà, che spiccavano per la vivacità dell'azzurro. «Ho influenzato Matteo con le mie conoscenze di fisica quantistica e questa è la sua interpretazione dei princìpi di non località e di non separabilità di due particelle supersimmetriche.»

«Le particelle di cui parlavi nell'articolo?»

«Esattamente» e le accennò un sorriso allusivo, come se quella teoria potesse riguardare in qualche modo anche le loro vite.

Per nascondere l'imbarazzo, Lea tornò a guardare le pareti.

C'erano sparse altre fotografie: non più ritratti d'infanzia, ma scatti di cortei e manifestazioni, di presentazioni di libri, del viaggio con Matteo in Nicaragua. E poi, sempre la foto con Lorenzo, l'amico misterioso, quella del muro di Berlino. Ma c'era una novità questa volta: accanto alla foto di Lorenzo, spiccava quella di suo padre.

«È la prima volta che vedo una sua foto» gli disse Lea, con dolcezza.

Giacomo si fermò a guardarlo senza dire niente. Ora c'era un'ombra di rimprovero nei suoi occhi, forse rivolta a se stesso. E in quel momento Lea riconobbe il pianoforte, incastrato in un angolo, lo stesso che c'era nella casa dei suoi genitori.

«È quello che stava nel corridoio!» disse, pensando di distrarlo. Ma lui si fece ancora più serio: «Già, è sempre lui» disse. «Ho ripreso a suonare di recente. L'ho portato via dalla loro casa dopo il funerale.»

Lea non azzardò altri commenti e lo lasciò proseguire.

«Credo di aver smesso a sei anni solo per fargli un dispetto» ammise, fissando il pianoforte come se fosse un oggetto lontano.

«I bambini di solito fanno i dispetti» commentò lei, con tutta l'indulgenza di cui era capace.

Giacomo fece un sorriso amaro: «Sì, ma io ho continuato per altri ventisette anni».

Non le era chiaro se c'era del pentimento nella pena che portava dentro, o l'intento di autopunirsi. Ma sapeva che oltre quel punto non si sarebbe spinto.

«Suonami qualcosa» gli chiese lei per uscire dal silenzio che si era venuto a creare.

E lui scosse la testa, con un imbarazzo inedito ai suoi occhi.

«Ti prego, dài» si ritrovò a insistere lei.

Alla fine Giacomo si sedette davanti al pianoforte, su un piccolo sgabello di cuoio consumato. Accennò solo qualche nota prima di interrompersi. Allontanò le dita dalla tastiera come se scottasse e le raccolse al petto, quasi per difendersi. Perfezionista qual era, doveva essere stato il timore di non essere all'altezza a farlo indietreggiare. Era la prima volta che lei lo vedeva così. Ma conosceva bene quel tipo di insicurezza, era stato il motore di molte delle sue scelte importanti, compresa quella di smettere di disegnare, di cercare una qualche verità nel nudo dei corpi femminili che tratteggiava al liceo sul bordo dei quaderni.

Voltare le spalle a un sospetto di talento, nell'unica età che ci è concessa per coltivarlo, equivale a ucciderlo, ed entrambi in qualche modo lo avevano fatto, con l'unica differenza che Giacomo era un ragazzo particolarmente dotato, e aveva ucciso la musica con la stessa efferatezza che aveva riservato alla fisica. Vederlo inibirsi in quel modo le restituì un senso di tenerezza che la colse del tutto impreparata.

«Il maestro che non si sente sicuro di qualcosa» ironizzò, con una smorfia indulgente. «Stai sperimentando quello che provo io nei tuoi confronti da quando ti conosco.»

«Ebbene sì, non ci riesco» ammise lui con un velo di ironia. «Non posso esibirmi davanti a te, non è possibile. Magari un giorno ti mando un video.»

Poi tornò serio. Rimase seduto davanti al pianoforte con lo sguardo di colpo rannuvolato, mentre fissava la tastiera. Posò le mani sulle ginocchia e le chiuse a pugno.

Lea non aveva mai desiderato di baciarlo con la stessa urgenza. Era in piedi davanti a lui, e si avvicinò tanto da arrivare a sfiorargli i pugni chiusi con le ginocchia. Continuava a guardarlo, nella speranza che li riaprisse.

E lui lo fece.

Lea avvertì il tocco delle sue dita sulle cosce, una scossa che s'irradiò velocemente su tutto il corpo. Quella carezza era un invito a sedersi sopra di lui. Così Lea allargò le gambe e obbedì. Desiderò di ritrovarsi subito nuda, di riaverlo dentro, anche solo per un'ultima volta, per una notte soltanto.

Lasciò che le sue mani scorressero fino alle natiche, sotto la gonna. Lui la guardava arreso, mentre si faceva accarezzare i capelli come un bambino stanco. Così vicini, occhi negli occhi, era come tornare a casa dopo un lungo viaggio.

Poi lui la baciò, e mentre tornava a lei con la stessa avidità dei vent'anni, trovò anche il coraggio di allungare le mani alla tastiera e di ricominciare a suonare.

Per tutto il tempo in cui suonò, aveva gli occhi chiusi e le labbra incollate a quelle di Lea. La stava baciando assecondando i movimenti che la musica gli dettava, ed eseguì l'intero brano agganciato alla sua bocca. Quando finì e si staccarono per tornare a guardarsi, Lea aveva gli occhi lucidi: «Cosa hai suonato?» gli chiese, mentre riprendeva fiato.

«Il Larghetto dal Concerto numero due di Chopin.»

Lea si passò le mani sulle guance, erano calde. Tirò su con il naso, adesso sentiva quasi freddo: «Non credo di essermi mai emozionata così tanto ascoltando un brano».

«Non credo ti sia mai capitato di baciare un pianista mentre suonava.»

Sorrise: «In effetti no. A te?».

«Di baciare un pianista?»

«Piantala.»

«Ho suonato uno schifo. Dovresti riascoltare il pezzo eseguito da Daniel Barenboim. Domani vai su YouTube e cercalo. Poi ne riparliamo.»

«Non credo che potrei riascoltare questo brano suonato da qualcun altro. Voglio che resti così nei miei ricordi.»

E a quel punto lui allargò le labbra in un'espressione piena di stupore, e subito dopo tornò a baciarla, con ancora più trasporto di un attimo prima.

La prese in braccio e la portò in camera da letto.

Rispetto all'ultima volta che avevano dormito insieme, c'era molta più accortezza nei suoi gesti, molta più premura.

Quando Lea si risvegliò, al mattino, trovò Giacomo che si rigirava tra le mani il suo cellulare spento.

«Stai spiando cosa mi scrivono i miei spasimanti?»

«C'è davvero qualcuno che conquista le donne con questo aggeggio?»

«Anche tu in questi giorni non hai lesinato messaggi...»

«Ma io avevo un obiettivo preciso: quello di riportarti qui.» Lo disse con un sorriso ambiguo, che non svelava se stesse scherzando o se facesse sul serio.

«Non sai l'angoscia che mi assaliva quando non mi chiamavi ai tempi dell'università» si ritrovò a confessargli, mentre sorseggiava il caffè un attimo dopo. «Mi hai fatto soffrire. Non lo fare mai più.»

E ci ripensò per tutto il giorno, a quanto fossero state inopportune le sue parole. Esordire con un rinfaccio, proseguire con un rimprovero e concludere con una minaccia. Possibile che a ventotto anni ancora non avesse capito come si doveva parlare a un uomo e con quali cautele? Era certa di avergli fatto venire l'ansia, ce n'era un barlume nello sguardo fugace che le aveva rivolto sulla porta un attimo prima di salutarla. Anche se non era stato sbrigativo o scortese, Lea temeva che sarebbe sparito di nuovo, e mentre attraversava il vicolo del Divino Amore per raggiungere l'autobus, con i tacchi che s'incastravano ripetutamente tra i sampietrini, si malediceva per aver rovinato tutto.

Di nuovo quel dolore al petto, quel senso di spaesamento che solo lui era capace di procurarle.

In realtà, Lea stava sottovalutando la solitudine che Giacomo si portava dentro, forse da quando suo padre era scomparso, o da quando aveva lasciato Milano e la sua ballerina se n'era andata via sulle punte. Una solitudine diversa da quella che aveva conosciuto negli anni del liceo e dell'università, e che si traduceva in un bisogno di conforto, tenerezza, stabilità. Tutto ciò che lei, ai suoi occhi, era sempre stata.

E infatti, quella sera stessa, le mandò un messaggio.

«Il mio letto continua a parlarmi di te. Hai lasciato qui il tuo odore, le tue molecole. Fortunate, stasera, le tue lenzuola, che ti avranno tutta intera. A meno che tu non abbia voglia di raggiungermi.»

Non se l'era fatto chiedere una seconda volta. Al diavolo le strategie, i consigli di Bianca su come tenere sulle spine un uomo che ti interessa. Al diavolo la paura di non farcela, di perdere di nuovo tutto. Aveva bisogno di lui, del suo corpo, di nuovo dentro, di nuovo suo, di finire su quel letto e di non alzarsi più.

A volte tutto era calmo e si guardavano a lungo negli occhi. Non le era mai capitato di guardare qualcuno così intensamente, di tenere fermo lo sguardo in un paio di pupille, come fossero uno specchio, e cercarci qualcosa di essenziale, capire solo guardandole che è quella ricerca il sentirsi vivi, reali.

Lea tornava a lavorare con in bocca il sapore di quelle notti. E quando in biblioteca le arrivava un messaggio del tipo «Rubiamo un po' di tempo per noi?» non aspettava altro che tornare in quel riparo sotterraneo in cui Giacomo non aveva paura di arrendersi. E a volte, anche alla luce del giorno, sembrava disposto ad aprire le porte dei suoi tormenti, implorandole quasi di restare. Una mattina stava cercando di togliere una macchia di caffè dal divano quando Lea gli offrì il suo aiuto. Gli svelò una serie di trucchi e si mise a ripulire la casa da cima a fondo.

«Siamo sicuri che a fine giornata tu non mi chieda di pagarti?» scherzò lui docilmente, in fondo confortato dalla sua presenza familiare e al tempo stesso insolita. Ma sembrava quasi una forzatura a quella che era la sua vera indole, una voglia di normalizzazione che in fondo non gli apparteneva. Giacomo era il fuoco delle sue notti, ma non era addestrato per scaldare il gelo delle sue giornate. In quel periodo viveva in un mondo sospeso, come se l'impegno a costruire qualcosa di solido lo svuotasse di ogni altra energia: dimenticava tutto di continuo, le chiavi di casa, le bollette da pagare; il sabato e la domenica non aveva voglia di uscire, restava in boxer e maglietta tutto il giorno. Non beveva più come prima, si faceva solo qualche canna la sera per rilassarsi, e se Lea gli domandava cos'era che gli spegnesse lo sguardo, lui rispondeva: «Ho solo bisogno di depurarmi» ben lontano dalle giustificazioni razionali e filosofiche con cui aveva sempre spiegato ogni comportamento.

C'era un alone di tristezza nei suoi occhi, come se il fatto di concederle di passare più tempo insieme non fosse una conquista ma una resa. Pareva aver sostituito alla lotta e alla ribellione il disinteresse nei confronti di ciò che lo circondava.

In quei momenti, a lei faceva paura, e le tornavano in mente le parole di Bianca: «Non puoi stare con qualcuno che non ama la vita. Ti porterà all'inferno con lui». E una mattina l'inferno era già lì. Roma soccombeva sotto un'afa soffocante e i giornali, come ogni anno, titolavano che quella sarebbe stata l'estate più calda del secolo. Era sabato, Lea si era svegliata inquieta ma piena di buoni propositi, aveva pensato che forse l'unico modo per scuoterlo era fargli cambiare aria, e così era andata da lui con l'idea di proporgli una breve vacanza; la meta l'avrebbero decisa insieme.

Con sua sorpresa lo trovò perfettamente vestito, con i pantaloni lunghi nonostante il caldo e la barba accorciata. I libri che stava editando perfettamente impilati sul tavolo della cucina.

«Mi è scaduta la carta di identità, devo andare a rinnovarla. Mi serve per la Grecia» le disse.

Lea si sentì come un'equilibrista in bilico sulla corda a mille metri d'altezza, pronta di nuovo a cadere. Era lui che stava per prendersi una vacanza, e forse lontano da lei.

«Andrò ad Antiparos tra dieci giorni. Io le passo lì le mie estati. Matteo tornerà dal Venezuela e mi raggiungerà il 3.»

E io? Pensò, ma non disse niente, mordendosi l'interno delle guance.

Un attimo dopo furono le sue parole a tirarla via da quella fune, a prenderla in braccio per impedirle di cadere. «Perché non vieni con me?» le chiese con un'espressione dolcissima che lei non avrebbe mai dimenticato. «Quando arriverà Matteo ci stringeremo. La casetta che prendo sempre, più o meno da una decina d'anni, ha un divano letto in soggiorno. Sarebbe bello se ci fossi anche tu.»

Ci sono amori che aprono spazi e altri che quegli spazi li riempiono. Amori che spalancano finestre, facendo entrare il vento, la pioggia, la neve; e altri che si preoccupano solo di proteggere, di tenere al riparo dalle intemperie. Giacomo era stato uno di quegli amori dolorosi, da porte aperte e mai richiuse. Era colato negli interstizi delle mattonelle, nelle crepe dei muri, non con l'intento di colmare o livellare, piuttosto con la voracità di un'infiltrazione. Eppure, il loro era stato un legame indissolubile, di quelli che si nutrono nell'oscurità dei ricordi.

All'aeroporto di Singapore c'è un traffico lento, composto. Il volo per Roma è completo. Lea è seduta davanti al *gate*, ha appena superato i controlli di sicurezza e tiene in mano il passaporto e la carta di imbarco. Ascolta la voce di suo marito nel messaggio vocale che le ha appena mandato sul telefono per tranquillizzarla prima del volo. «Ora pensa a me» le dice. «Pensa a noi due che facciamo il bagno, all'odore pungente di *lychees* che c'è al mercato di Arab Street il sabato mattina nel chiosco che ti piace tanto; pensa alle nostre coperte calde, ai film che ci emozionano, alla musica che ascoltiamo qualche volta la sera, a te che mi leggi tutti i tuoi libri; pensa a quando ti rimprovero se metti in disordine o se non trovo i vestiti... qualcosa mi dice che se continui a sopportarmi, significa che non sono poi così esasperante come lamenti...» la voce di Vittorio, ripetitiva, ipnotica, riempie lo spazio, mentre le lacrime le rigano il viso.

Lea sapeva perché non era mai riuscita a dire nulla a Vittorio della sua storia con Giacomo; Vittorio non conosceva la vera origine del malessere che la tormentava quando si erano conosciuti, o a cosa fosse davvero dovuta tutta quell'inquietante magrezza; Lea sapeva per quale motivo aveva preferito fargli credere che avesse radici lontane, familiari, sulle quali aveva pensato di mantenere il riserbo. Se Vittorio avesse visto che lì, in fondo ai suoi occhi, c'era ancora lo sguardo di quell'uomo, imprigionato nell'ambra, stampato su una roccia come i resti di un fossile, non avrebbe mai avuto il coraggio, o il desiderio, di farsi avanti; se solo avesse saputo che molti di quei ricordi se ne stavano ancora conficcati nella sua testa, come schegge di un proiettile che non l'avevano uccisa ma che non si potevano rimuovere, l'avrebbe tenuta a distanza. Perché se ai pochi altri amori della sua vita era stato riservato il compito di levigare le parti aguzze, Vittorio era chiamato a rimettere insieme frammenti, a ridare una forma a qualcosa che era appena andata in frantumi, e che, forse, una forma vera e propria, non avrebbe potuto più averla.

Può capitare a un aereo in fase di decollo di avere un calo di potenza, che i motori lo tradiscano e che perda rapidamente quota puntando verso terra. La partenza è il momento che Lea teme maggiormente. Mentre stringe le dita intorno ai braccioli del sedile, con lo sguardo rivolto alla faccia tranquilla della hostess orientale seduta al suo posto accanto al portellone d'ingresso, pensa che in fondo anche nelle storie d'amore il decollo è la fase dove si rischia di più.

Gli amori appena nati hanno quell'aria appassionata, in bilico tra coraggio e incoscienza, che crea negli altri correnti di invidia e ammirazione. Gli amori appena nati lacerano gli spazi, rompono tutti gli equilibri, e nelle loro partenze repentine e fagocitanti sognano il raggiungimento dell'alta quota facendo progetti sulle rotte da seguire e senza preoccuparsi troppo dei vuoti d'aria o degli sbalzi di pressione. Ma la maggior parte degli amori dura tre mesi. Soltanto uno, forse, tutta la vita.

All'aeroporto, quel giorno d'inizio agosto del 2008, lei e Giacomo sembravano due adolescenti per la prima volta in viaggio. A Lea veniva da ridere per qualsiasi cosa, la partenza le aveva messo addosso una specie di euforia, e anche Giacomo sembrava come rianimato, aveva un sarcasmo giocoso, faceva le facce buffe quando chiedeva informazioni, sembrava per la prima volta felice.

La gente doveva guardarli con una certa gelosia, anche, perché era chiaro che avevano l'entusiasmo delle prime scoperte, la voglia di non lasciarsi la mano neanche un secondo. E non potevano essere più diversi: lui si era presentato al *check-in* con le ciabatte, una maglietta verde militare con dei disegni rossi, i bermuda consumati da anni di salsedine e lavaggi, e lo zaino in spalla riempito solo dell'essenziale, due stecche di Marlboro che spuntavano come pennacchi; lei, con i suoi capelli ramati, raccolti in una coda liscia e lucente, indossava una tuta bianca perfettamente stirata e aveva una valigia piena di vestiti che non avrebbe mai indossato, nella borsa creme solari protezione 50, per quell'incarnato troppo chiaro anche per i raggi di città, e vulnerabile rispetto alla pelle di Giacomo, così scura, spessa, selvaggia.

Quando l'aereo si staccò da terra, la solita vertigine travolse Lea, anche se la sua mano era stretta intorno a quella di Giacomo ed era come pensare di avere un paracadute. Mentre gli edifici dell'aeroporto, le case con i tetti scuri, le macchine e i TIR diventavano minuscoli, lillipuziani, lei gli confessò di avere paura, anche se sentiva che l'eccitazione era più forte del timore di cadere. E lui trovò una risposta che ebbe in un attimo il potere di distrarla: «Fai bene, perché io sono certo che morirò giovane, e di morte violenta. Perciò non è mica tanto sicuro salire su un aereo con uno come me.» Poi le prese il viso nelle mani e la baciò, con la stessa irruenza dei motori che acceleravano allontanandosi dalla pista.

Le prime nuvole cancellarono il contenuto degli oblò e portarono qualche leggero scossone. Mentre le loro bocche giocavano a mangiarsi, Lea pensò che morire in quel momento sarebbe stato tanto ingiusto quanto appropriato.

Antiparos era la sua isola. Giacomo la conosceva quasi meglio della sua libreria. Un grande coccodrillo di sabbia, roccia e cespugli, gremito di case in pietra bianca, che galleggia nell'Egeo accanto al suo gemello, Paros, e in mezzo alle altre Cicladi, ma che in qualche modo si distingue per la sua insospettabile vita notturna, per la sua ambivalenza: le spiagge dolci di sabbia chiarissima che si alternano a insenature rocciose, più scure, aspre, dove aleggia un'atmosfera da riti tribali; e le distese di pietra gessosa, che fanno pensare a un paesaggio lunare.

Appena approdati al porto, affittarono un motorino e raggiunsero la casa che Giacomo prendeva tutti gli anni da quando aveva scoperto l'isola: un parallelepipedo bianco in muratura in mezzo a una distesa di terra e cespugli, non lontano dal centro del paese. Una costruzione spartana, che però concedeva il lusso di poter raggiungere il mare in pochi passi, attraversando una striscia di calce e scendendo una manciata di gradini in pietra. Lì, oltre la sterpaia e qualche pianta di alto busto, c'era una piccola spiaggia di sabbia dorata, irraggiungibile in altro modo se non dal mare. Poco più in là, una piccola chiesa bianca con la porta di legno azzurro, come la staccionata intorno che impreziosiva l'intero scenario.

Il proprietario della casa aveva montato un'amaca a ridosso degli scogli, appesa tra due ginepri, vicino ai gradini che conducevano alla spiaggia.

All'interno della casa c'era un piccolo salotto, con un angolo cottura, un frigorifero dell'anteguerra e un divano che, volendo, diventava un letto cigolante a due piazze. Le stanze erano due: una più grande, con un letto matrimoniale, e uno spazio più piccolo, comunicante, arredato con un letto per bambini, un lampadario rosa e una fatina disegnata sul muro. Il bagno era dalla parte opposta del salotto, piccolo, di poche pretese, ma con una finestrella che era un riquadro di piante cielo e mare, un ritaglio di beatitudine.

All'esterno c'era un barbecue, dove subito Lea immaginò romantiche grigliate, e sotto un pergolato ricoperto di rampicanti, un tavolo con una lunga panca comoda e delle sedie. Lo spazio delle nicchie tra le quattro colonne e il tetto era stato occupato da alcuni nidi di uccello.

«Quando piangono, fanno un baccano infernale, specie la mattina presto, ti perforano i timpani» le disse Giacomo mentre lei, intenerita, era salita su una sedia per vedere se si poteva distinguere qualche timido movimento in quell'intreccio di aghi.

«Il proprietario mi ha detto che sta pensando di fare delle modifiche per impedire in futuro agli uccelli di fare il nido.»

«Che crudeltà» commentò Lea, scorgendo un passerotto quasi senza piume ancora adagiato vicino al guscio.

C'era vento, ma il sole, padrone in un cielo senza nuvole, aveva reso rovente il viale di calce bianca dove Giacomo un attimo dopo si mise a correre in costume per raggiungere il mare e fare un bagno, una lunga e avida nuotata fino al largo.

Aveva disfatto in fretta la sua sacca, sistemato la spesa, e in un attimo quel luogo minimale si era riempito del suo disordine, aveva assunto la sua personalità. Nel frigorifero, la frutta era scomparsa dentro i contenitori e in bella vista c'erano una confezione di birra e del formaggio spalmabile già aperto, dove erano cadute alcune briciole di pane.

Tuttavia, all'appello mancavano i libri. «Immaginavo le tue estati piene di letture» gli aveva detto Lea prima di partire, stupita di quella scelta.

«Quando vado ad Antiparos, voglio solo la natura. L'acqua di mare, la sabbia. Quest'anno mi basta aggiungerci il sapore della tua pelle.»

Eppure era corso via fino alla spiaggia a prendersi quel primo bagno senza neanche chiederle di accompagnarlo.

Quando lei lo raggiunse, era appena tornato sul bagnasciuga. Non c'erano suoni, a parte il soffio del vento che gli aveva increspato la pelle. Non sembrava che guardasse nessun punto preciso nel cielo o nel mare, ma aveva uno sguardo intenso, lievemente crucciato, come se ci fossero dei vecchi conti in sospeso tra lui e quella terra.

«Com'è l'acqua?»

«Una culla» rispose, senza cambiare espressione.

Di sera salirono al paese, infilandosi in una via piena di negozi che vendevano stoffe, sandali, bracciali e stringhe di cuoio. Nella luce fioca dei lampioni, le stradine ciottolate e le case antiche, con le loro nuvole di bouganville e le porte di legno dai colori pastello, assumevano un'atmosfera fiabesca. Si fermarono in una taverna più appartata. L'aria era densa di odori di spezie e di olio fritto. Ordinarono della retsina e del polpo al vino, che Giacomo le consigliò come il piatto più buono del menù. Il vino era gelato, con un sapore intenso di resina di pino; Lea non ricordava di essere mai stata più in pace con il mondo ed elettrizzata al tempo stesso. Non aveva mai neanche fatto il bagno di notte prima di quella sera. L'idea di immergersi in una distesa di acqua scura come la pece, senza poter sapere cosa ci fosse sotto, l'aveva sempre terrorizzata. Ma quella notte le mani di Giacomo potevano tutto, anche trascinarla di corsa fino alla spiaggia davanti casa, lungo la striscia di calce illuminata dalla Via Lattea, che attraversava il cielo proprio sopra le loro teste, e sfilarle via in pochi gesti tutti i vestiti.

Il Meltemi era calato all'improvviso, il mare era piatto e brillava come se tutte le stelle ci fossero cadute dentro. Come un amante li accolse, e in breve si ritrovarono a nuotare in uno spazio scuro, fatto solo di acqua e cielo. Il freddo pungente dell'impatto con l'acqua si era dissolto, i muscoli non erano più così contratti. Lea si era lasciata andare, galleggiava con i capelli da medusa che danzavano intorno alla sua testa.

Giacomo tornò verso riva, dove si toccava, si mise a camminare sul fondo, le prese una mano e la trascinò lentamente verso la spiaggia. Lea poteva sentire nell'acqua il rumore sordo dei suoi passi sulla sabbia, del suo corpo che creava piccole dighe tra le onde. Riusciva a distinguere quasi tutte le costellazioni, non le era mai capitato di vederle così chiare. Pensò all'ordine delle cose, come glielo aveva spiegato lui negli anni, al fatto che fosse scritto nel cielo liquido, nelle congiunzioni astrali, nelle vibrazioni dei numeri. Poi si sentì accarezzare la schiena dai primi granelli di sabbia, la testa riemerse dall'acqua mentre il corpo si adagiava sulla riva. Quando si ritrovò completamente fuori, sdraiata sul bagnasciuga, non fece in tempo a sentire il freddo posarsi sulla pelle, perché il corpo di Giacomo l'avvolse per primo in un abbraccio.

Le sensazioni tattili di quei momenti sono ancora vive nella sua mente, come il sapore liquoroso della sua bocca. «Ti amo» avrebbe voluto dirgli mentre lo sentiva scivolare dentro come un pezzo mancante, e si avvinghiò alla sua schiena, perdendo a poco a poco la percezione della notte tutta intorno.

Sulla collina di Aghios Ioannis, nella parte sud orientale dell'isola, c'è una cava che Giacomo, in quei giorni, ci teneva a farle conoscere. Scende fino a quasi cento metri di profondità e racchiude un luogo dorato, fatto di stalattiti antichissime. La raggiunsero la mattina seguente, in motorino, con addosso ancora la salsedine e la magia della notte appena trascorsa, i capelli pieni di sabbia.

Una vecchia signora in un chioschetto di legno vendeva i biglietti per la visita. Giacomo fece un commento sul fatto che almeno la natura avrebbe dovuto essere accessibile a tutti, senza pedaggi.

«Sono 411 gradini» le disse. «Una volta li ho contati.»

Sembrava davvero di essere nelle viscere della terra, ma ciò che colpì Lea maggiormente furono le iscrizioni sulle pareti e sulle stalattiti. Avevano quasi tutte una data. Le più recenti erano state fatte con penne o pennarelli, le più vecchie sembravano incise.

«Ci sono scritte di poeti, sovrani e ambasciatori» le spiegò Giacomo. «Tutti quelli che nei secoli sono passati per questa grotta, come noi adesso» e così dicendo, tirò fuori un pennarello dallo zaino, un pennarello indelebile, come se il gesto, apparentemente impulsivo, che stava per compiere, in realtà fosse premeditato. E si avvicinò a uno spazio libero per lasciare la sua testimonianza.

«Ma che fai? Non credo si possa.» Lea controllò se c'era qualcuno intorno che poteva vederli, e intanto si chiedeva se fosse la prima volta, se lui non l'avesse già fatto, magari in compagnia di altre donne. Altre scritte, altre date. «1 agosto 2008» avrebbe titolato il contenuto di ciò che stava per scrivere quel giorno: una formula matematica, una specie di equazione per lei del tutto incomprensibile: $(\partial + m) \psi = 0$.

«Cos'è?» domandò, continuando a guardarsi intorno con circospezione.

«L'equazione di Dirac.»

«E chi è?»

«Paul Dirac, il fisico che la formulò nel 1928. Un'*equazione d'onda*, che riguarda il fenomeno della possibile correlazione quantistica tra le due particelle di cui ti ho parlato. Gli ignoranti della fisica la chiamano l'equazione dell'amore.»

Fece una pausa. «Se fossimo due particelle quantiche,» continuò in tono giocoso «ora che siamo venute in contatto, dovremmo essere considerate un unico sistema, di fatto inseparabili per l'eternità.»

«Mi piacerebbe che non usassi il condizionale.»

Lui sorrise, ma sembrava già pentito di essersi spinto così oltre, perché lei si fece ancora più seria. Era in vena di confessioni e stava rientrando in contatto con il dolore che aveva provato per lui: «Ci sono stati momenti, in tutti questi anni,» gli disse «in cui mi sembrava di leggere il tuo nome dappertutto. Nelle strade, negli articoli di giornale, pareva che tutto il mondo si chiamasse come te. Forse è proprio questa la fisica quantistica, la possibilità di sentire presente nella tua mente qualcuno che fisicamente non c'è».

Giacomo sembrava spiazzato, preso dal bisogno di svicolare, d'altra parte era sempre stata la sua specialità.

«Il cervello ha un filtro che gli consente di incamerare un determinato numero di dati e di eliminarne altri» le rispose, con lo stesso tono da contabile che aveva al liceo. «Il cosiddetto filtro delle cose irrilevanti, che induce a concentrarsi solo su ciò che ci interessa.»

«Hai una spiegazione scientifica per tutto?» lo pungolò Lea.

«Non io, gli studiosi che hanno provato a illuminarci su come funziona l'universo.»

«E l'amore? Che cos'è? È davvero riducibile a un'equazione?»

«No. Qui la matematica non c'entra.»

L'aveva fissata a lungo, e quella pausa fu per lei come lanciare la pallina nella boccia del pesce rosso al luna park ed essere quasi certa di non aver sbagliato la mira. Era in attesa che cedesse, che si arrendesse alle leggi del sentimento. Doveva solo ammettere che il cuore non era imbrigliabile in sterili regole, e sperava anche di scorgere un leggero pentimento nei suoi occhi, per tutti i tormenti che le aveva causato, ma lui proseguì: «L'amore è chimica. L'attrazione tra due persone dipende da come si combinano alcune sostanze nel nostro corpo. Dopamina, ossitocina, ferormoni...».

Lea scosse la testa, sbuffando: «Sai essere davvero noioso, non so cosa ci trovo in te. Però mi hai dato l'idea per un romanzo: *Il destino di due particelle quantiche*. Non sarebbe male, no?» aggiunse con un sorriso rammaricato.

«Hai appena rubato il titolo alla fotografia di Matteo, ma provaci, sono curioso di sapere cosa ne verrebbe fuori.»

«Non sono sicura di avere il talento. Mi hanno pubblicato un raccontino su una rivista, niente di più.»

«La maggior parte di quelli che scrivono non ha alcun talento, fidati. Leggo ogni giorno della roba improponibile.»

«Mi stai dicendo che posso scrivere anch'io, tanto non serve avere la stoffa?»

«Ti sto dicendo che credo in te» rispose lui, serio, avvicinandosi e cercando il suo contatto, come se tutta quella chimica di cui aveva parlato poco prima si stesse sprigionando.

La bocca di Lea cominciò a stirarsi in un sorriso intenerito, mentre le labbra di Giacomo si facevano sempre più vicine. «E ti sto dicendo che non vedo l'ora di sapere che fine fanno le particelle quantiche del tuo romanzo.»

«Vorrei tanto saperlo anch'io.»

E il bacio che si scambiarono lì, al riparo di quella grotta, era sì vorace e impaziente come tutti gli altri, ma era anche morbido e calmo, e sapeva di mare.

Quando tornarono a casa, desiderosi solo di appagare i loro corpi lontano dalle rocce e dalle pietre appuntite della cava, non fecero in tempo a raggiungere la camera da letto perché l'attenzione di Lea venne catturata da un passerotto che era caduto da uno dei nidi insediati sotto la tettoia.

«Dobbiamo fare qualcosa» disse in tono concitato.

Giacomo stava per prenderlo in mano, ma lei glielo impedì.

«Che intenzioni hai?»

«Lo rimetto nel nido.»

«Se lo tocchi, i genitori non lo riconosceranno più, non gli daranno più da mangiare.»

«E chi te l'ha detto?»

«Lo so. Da bambina, se mi capitava di trovarne uno, creavo un nido artificiale, magari con una scatola di scarpe. Ce lo mettevo dentro, poi lo posizionavo sotto una lampada per tenerlo al caldo e lo nutrivo con delle molliche di pane. Sai quanti ne ho salvati?»

Giacomo sorrise, forse intenerito. «Molliche di pane» ripeté. «Non avrai intenzione di farlo anche adesso?» le chiese poi, sarcastico.

«Sì, vorrei salvarlo.»

«Lo salviamo se lo rimettiamo nel suo nido» disse, come se non avesse ascoltato le sue motivazioni. «Sappiamo esattamente da dove è caduto.» E senza farsi troppi scrupoli, lo raccolse in un palmo.

Il passerotto era secco, spelacchiato, tremava. Lea lo osservò con pena e rassegnazione mentre Giacomo saliva su una sedia per rimetterlo al suo posto.

Quando riposò i piedi a terra, aveva voglia di baciarla, ma lei era ormai triste e indispettita e andò a sdraiarsi sull'amaca.

Per qualche minuto si lasciò dondolare con gli occhi rivolti ai frammenti di cielo che spuntavano tra le fronde.

«Mi fai un po' di spazio?»

Lea rimase immobile, senza però impedirgli di adagiarsi al suo fianco.

«Sei la mia bambina, tu» le disse lui, sfiorandole una guancia con le dita mentre dondolavano.

«E tu sei cattivo» gli rispose lei con un tono infantile e un sorriso trattenuto nel broncio.

«Voglio un po' di molliche di pane, si può?» continuò Giacomo, pigolando in un modo talmente buffo che riuscì a farla sorridere.

Il suono improvviso di un campanello e la voce del comandante, che dal microfono annuncia l'incontro con una turbolenza, sono come uno scossone per Lea, la fa uscire dai suoi ricordi per farla rientrare nell'abitacolo.

La paura comincia a salire, le mani sudano, una leggera emicrania. Si volta verso il sedile accanto, che ora è vuoto. La presenza di Vittorio saprebbe rassicurarla.

Ripensa al giorno in cui era tornato a casa con l'opuscolo di un corso tenuto da un dottore cinese che aiutava proprio a superare la paura dell'aereo. La faccia scettica che aveva Vittorio durante le prime sedute dentro quel bugigattolo del Clark Quay – il tratto del lungofiume che separa il Colonial District da Chinatown – quando il medico in questione aveva insegnato loro la tecnica di respirare unendo il pollice con l'anulare per sfruttare le onde teta del cervello ed entrare in armonia con il battito del cuore. Vittorio era così buffo mentre seguiva le istruzioni e al tempo stesso tenero per il semplice fatto che fosse lì solo per lei. Era stato durante quel corso che Lea aveva sentito parlare per la prima volta del *So Wen*, l'antico testo cinese dei riti, e della teoria dello Shen, tutte informazioni che poi sarebbero finite nel suo romanzo.

«Ci pensi?» gli aveva detto Lea alla fine del corso. «Siamo

tanti piccoli Shen provenienti da un unico grande contenitore e un giorno faremo ritorno all'universo. Tante piccole particelle ignare di essere strettamente connesse le une alle altre.»

Vittorio l'aveva osservata con un'espressione incerta. «Mi auguro solo che con tutti i soldi che abbiamo speso la prossima volta che volerai non ti precipiterai subito sulle gocce.»

«Se tu sarai al mio fianco, non ce ne sarà bisogno.»

L'aereo continua a ballare. Lea prova a respirare unendo le dita come le è stato insegnato. Sente il cuore battere e immagina lo Shen che alberga in esso, la particella di luce che tiene viva la sua missione. Secondo quel dottore, nulla accade per caso e attraversiamo questo mondo cercando di seguire un percorso. Che senso aveva avuto per lei Antiparos e quello che Giacomo le aveva fatto provare?

Fu l'arrivo di Matteo a cambiare tutto. Un elemento estraneo che s'inserisce in un sistema apparentemente in equilibrio e ne altera l'essenza. Il motorino venne sostituito da una Mehari rossa, che aveva nello stereo, ficcata lì da chissà quanto tempo, una cassetta di Mina, e con quel fuoristrada andarono a prenderlo al porto, il giorno dopo.

Arrivava con la chiatta che parte da Paros alle cinque del pomeriggio. Mentre l'imbarcazione faceva manovra per l'attracco, Matteo, con la sua faccia impertinente e i riccioli biondi scompigliati dal vento, sorrideva all'amico sbracciandosi dal ponte.

Non era solo, si era portato una polacca che viveva ad Atene, una che di nome faceva Angelika ma che di angelico non aveva nulla. Anzi: dei capelli nero corvino, un tatuaggio tribale che le attraversava una spalla e un pantaloncino jeans strappato al punto da lasciarle scoperto mezzo sedere scolpito. Non sembrava la sua ragazza, ma neanche una semplice amica.

Non era la prima vacanza che avevano trascorso lì tutti e tre insieme, e Lea se ne rese conto quando li vide salutarsi sulla banchina del porto. Nei loro gesti c'era uno slancio quasi cameratesco, una complicità che la fece subito sentire di troppo.

Poi, in macchina, sopra le parole di Mina e della sua *Città vuota*, Matteo si mise a decantare le lodi di Angelika che aveva portato con sé un bottino ineguagliabile di sostanze stupefacenti. Per quanto droghe e alcol non avessero mai trovato in lei un terreno fertile, Lea pensò che forse con Giacomo sarebbe stato divertente. Ma una cosa era certa: quel bottino preannunciava ritmi molto diversi da quelli che avevano vissuto fino a quel giorno.

La casa si riempì di altro disordine. Le creme e i trucchi di Lea in breve si ritrovarono stipati in fondo all'armadietto del bagno, sovrastati dalla strabordante trousse di Angelika, piena di cosmetici da supermercato, bottiglioni colorati e qualche vistoso pezzo di bigiotteria preso alle bancarelle. Aveva piazzato la sua borsa sul letto singolo, nella cameretta rosa, quella con la fatina disegnata sul muro, promettendo che avrebbe lasciato il campo libero dopo tre giorni, quando sarebbe partita alla volta di Santorini per raggiungere un altro gruppo di amici. «Tre giorni in cui sarò la vostra bimba e dovrete prendervi cura di me» mugolò, in un inglese molto sensuale, mentre si spalmava dell'idratante sulla pelle liscia e olivastra.

Matteo le guardò il seno piccolo e tonico e poi, rivolgendosi a Lea, disse: «Allora ci si rivede, eh?».

Erano passati otto anni dal loro primo incontro a cena, nel centro di Roma, insieme con Giacomo, e c'era un fondo di sfida, o di provocazione, nel suo tono di voce, che si accentuò quando aggiunse: «Ti ha portato nella sua isola. Non è mica da tutte».

«Mai pensato di sottopormi a una gara» rispose lei, secca, nonostante si fosse ripromessa di mantenere l'armonia in casa.

Matteo si alzò e la fissò dritta negli occhi, poi raggiunse

Giacomo al barbecue per dargli una mano con il fuoco. Lea li osservò chiacchierare rimanendo in disparte, ma al senso di esclusione che aveva avvertito in macchina, si aggiunse anche quello di pericolo.

Dopo cena raggiunsero la piazzetta centrale del paesino ed entrarono in un locale di pietra bianca, a loro si unirono una coppia di francesi, che Angelika conosceva, e due ragazzi messicani amici di Giacomo e Matteo. L'isola, che fino a quel momento era stata l'incantevole scenario di un romantico passo a due, pareva aver cambiato volto e aprirsi ai meccanismi più complessi del gruppo.

Uno dei francesi raccontò la favola di una principessa greca che s'innamora dei forestieri che vengono a trovarla ogni estate. A ognuno concede un pezzo di cuore. Quando i forestieri ripartono, se lo portano via. La principessa muore dopo aver lasciato andare l'ultimo pezzetto di cuore con l'ultimo forestiero che non è riuscita a convincere a restare con lei sull'isola. Giacomo freddò la melodrammaticità di quella favola con una battuta: «Il cuore dovrebbe essere come una lucertola» disse. «Che quando le staccano la coda, si ingegna per farsela ricrescere.» Risero tutti, tranne Lea.

Giacomo sembrava preso dai nuovi arrivati al punto da essere diventato più parco di attenzioni nei confronti di lei, che invece cercava il suo sguardo, tentando inutilmente di catturarlo con sorrisi di complicità. Ma lui era come elettrizzato, distratto. Doveva essersi calato qualcosa subito dopo cena. I suoi occhi liquidi fuggivano da un punto all'altro senza sosta.

«Ne vuoi anche tu?» chiese Angelika a Lea, mostrandole una bustina di polvere bianca che spuntava dalla borsetta.

«Non è roba per lei» s'intromise Giacomo, senza lasciarle il tempo di rispondere.

«Faccio quello che voglio» lo fulminò Lea risentita.

«Giacomo il paparino. Che dolce!» commentò Angelika passandogli un dito sul mento. Per tutta risposta Giacomo glielo morse. Questo gesto fece alzare Lea dal tavolo dicendo ad Angelika che era pronta a seguirla in bagno per il tiro che le aveva proposto.

«Piccola dispettosa» la redarguì Giacomo.

«Solo perché mi voglio divertire anch'io?»

«Tu non sei così.»

«Tu invece sei più moralista di quel che pensavo.»

«Mi preoccupo solo per te.»

«Mi sembra un po' tardi.»

Matteo sfoderò un sorriso ebete: «Non vorrete litigare proprio adesso». Allungò un altro bicchierino sul tavolo in direzione dell'amico, dopo aver solleticato il gomito di Lea con un gesto confidenziale, come una matricola che ha superato tutte le prove ed è stata finalmente ammessa nella confraternita delle vacanze.

Giacomo buttò giù il terzo *shot* di vodka, annuendo, mentre Angelika strizzò l'occhio a Lea in cerca e in segno di approvazione.

Quando più tardi le ragazze tornarono dal bagno, Angelika aveva voglia di ballare. Possedeva una forza trascinante in grado di coinvolgere tutto il locale. Lea per un attimo invidiò l'energia che sprigionava, quella disinvoltura che a lei invece sembrava preclusa.

«Allora, andiamo a scatenarci?»

Giacomo fu il primo ad alzarsi, fece un cerimonioso inchino e le porse il braccio. Lea era gelosa dell'atteggiamento naturale, allegro che riservava ad Angelika. Aiutato dall'alcol e dalla droga, con quella ragazza sfacciata e leggera diventava leggero anche lui, pienamente a suo agio.

Poco più tardi raggiunsero una piccola discoteca vicino al mare che si chiamava "La Luna". Un posto spartano e improbabile, con un bancone di legno, una pista circolare e dei tavolini tutt'intorno. Era lì che Giacomo aveva ballato per la maggior parte delle sue notti greche in passato, con Matteo, Angelika e tanta altra gente di passaggio. E ora erano tutti lì, insieme, e c'era anche Lea, a saltare e muovere le braccia assecondando la musica.

A un tratto Matteo la tirò a sé mentre ballavano. Era ubriaco, eccitato dalla situazione aperta, dalle sue possibili trasformazioni, come se con Giacomo fosse naturale poter condividere tutto, persino una donna. Lei non avrebbe fatto eccezione.

Lea sentiva un tamburo nel petto. Era il galoppo senza meta della cocaina. Pensò che se qualcuno avesse avuto il suo cuore sarebbe morto. Sentiva la mente lontana, staccata dal resto, forse era questo che la faceva sopravvivere? E il fatto che Giacomo ballasse lì, vicino a loro, per nulla infastidito dalle mosse provocanti dell'amico, la mise a disagio, gettandola in un ulteriore stato di paranoia. Si ricordò di quella sera di otto anni prima, quando le aveva proposto un'esperienza a tre con una semisconosciuta. Immaginò che l'avrebbe lasciata tranquillamente andare a letto con Matteo e che magari si sarebbe anche eccitato all'idea di starsene lì a guardare. Così si irrigidì, si allontanò dal gruppo e smise di ballare.

Non era più sicura di quello che le accadeva intorno, temeva che fosse frutto del suo vaneggiamento. Andò a sedersi sul muretto basso che circondava la pista, col respiro corto. Giacomo le si avvicinò senza smettere di ballare, agitando le braccia al ritmo della musica. «Non ti volevi divertire?» disse caustico. «Dài!» le ordinò allungando le mani per riportarla in mezzo agli altri. Ma Lea scosse la testa, opponendo resistenza. «Sono stanca.»

Cominciava ad albeggiare. Giacomo propose di continuare la festa nella *loro* spiaggia. Aveva uno stereo a casa, potevano farsi anche un bagno.

E così tornarono nel parallelepipedo bianco che li aspettava a ridosso del mare. Si erano uniti a loro anche i francesi e i messicani. Tirarono fuori delle bottiglie di vodka e di rum.

Lea li osservava, esausta, mentre si apparecchiavano sul tavolo altri drink e qualche canna. Si scusò, dicendo che sarebbe andata a dormire.

Quando si lasciò cadere nel letto, era troppo assonnata per prestare attenzione alle loro risate, ma le mancava il peso del corpo di Giacomo accoccolato vicino al suo, e avrebbe voluto tornare di là e gridargli: «Quanto deve durare ancora questa recita? Se vuoi liberarti di me, perché non me lo dici in faccia?». Si addormentò soffocando il rigurgito di rabbia che le premeva sulla gola.

Si risvegliò poche ore dopo. A parte il cinguettare straziante degli uccelli che reclamavano il loro cibo, la casa era piombata in una pallida quiete. Ma il letto era ancora vuoto. Lea si affacciò sulla cameretta della fatina e vide che anche il letto di Angelika era rimasto intatto, con i suoi vestiti ancora sparpagliati sopra; sentì il sangue farsi più denso, e allora raggiunse il salotto.

Il corpo di Matteo giaceva nudo in diagonale sul divano letto. Una gamba di Angelika gli arpionava i fianchi nascondendolo alla vista. Lei gli dormiva accanto e aveva indosso solo il pezzo di sotto di un costume.

Fuori, sulla panca, se ne stava sdraiato un messicano, russando con la bocca aperta, incurante dei cinguettii. Di Giacomo non c'era traccia.

Lea si voltò verso il mare e lo vide che dondolava sull'amaca, con una gamba penzoloni. Era sveglio, le braccia incrociate dietro la nuca.

«Sono le undici e tu non sei ancora andato a dormire?»

«L'orario è una convenzione. Dovremmo tutti imparare a dimenticarcene di tanto in tanto.» Aveva la bocca impastata e gli occhi ancora annebbiati dalla droga.

«Quindi passerai le settimane che restano come stanotte? O non si può parlare di settimane, visto che il tempo è una convenzione?»

«Eri così anche a vent'anni».

Lea si trattenne dall'impulso di dargli uno schiaffo: «Così come? Vecchia? Noiosa?».

«L'hai detto tu» e alzò le mani come a discolparsi. «Non ho voglia di discutere. Perché non ti sdrai qui vicino a me?»

«Pensavo di non essere più tra i tuoi desideri» rispose Lea, ma il suo tono era già più indulgente, si era persino lasciata prendere una mano.

«Spigolosa, ecco cosa sei» rise lui.

«Senti chi parla... Ho il dovere di ricordarti che...»

«Dovere, dovere...» la interruppe lui, tirandola a sé. «Proviamo per una volta a immaginare che non ci siano doveri? Soltanto slanci, desideri?»

Lea si lasciò cadere sull'amaca. Affondò nel suo petto, cercando di scacciare ogni brutto pensiero.

«La vita ci mette così poco a portarseli via» continuò lui. «La vita si porta via tutto, Lea, e non è programmata per restituire.»

«E a te cosa avrebbe portato via?»

Ci mise un po' di tempo a risponderle. «Niente di essenziale, a parte i miei sogni.»

«Non credevo che uno razionale come te potesse ammettere di avere dei sogni.»

«È possibile anche che si smetta di sognare quando muore qualcuno che ti ha insegnato a farlo.»

Lei sollevò la testa per incontrare i suoi occhi, che d'improvviso si erano fatti piccoli e tristi. «Ti riferisci a tuo padre?» gli domandò.

«Mio padre non c'entra.»

Giacomo guardava il mare.

«E di chi parli?»

Fece un sospiro. «Di Lorenzo.»

«Lorenzo, il tuo amico della foto di quando eri ragazzo? Non mi hai mai raccontato niente di lui.»

Dal modo in cui continuava a fissare l'orizzonte si capiva che oscillava tra il desiderio e la paura di farlo.

«Cosa gli è successo?»

Un lampo di fastidio attraversò lo sguardo di Giacomo. Nella sua luce sembrava esserci un riflesso lievemente crudele, come se lei potesse aver avuto una qualche responsabilità in tutta quella misteriosa vicenda.

«Lorenzo amava la letteratura, la filosofia» le disse. «Era il ragazzo più brillante che io abbia mai conosciuto.»

«Dovevate essere una bella coppia allora.»

«Inseparabili… quasi» e su quel *quasi* lei avvertì un'ombra di rimorso.

«Cosa gli è successo?»

Prima di saltare giù dall'amaca fece un lungo respiro. «È successo che la vita è una stronza» rispose, ed era chiaro che stava per rientrare in casa troncando la conversazione. «Può anche avere un paio di occhi belli come i tuoi ed essere davvero tanto stronza da meritare di morire.»

«Ma di chi parli?»

Il suo sguardo era fermo, ma atterrito. «Ho esagerato un po' stanotte. Con l'alcol e con il resto» ammise, cercando di assumere un'aria più bonaria. «È quasi mezzogiorno, ho bisogno di riposare.»

«Hai detto che l'orario è solo una convenzione.»

«Io dico un sacco di stronzate, Lea. E tu dovresti imparare a riconoscerle.»

Giacomo posò la testa sul letto e crollò al punto da sembrare morto. Le ore che seguirono furono per Lea una specie di prigione. Non poteva prendere la macchina, né avviarsi a piedi sotto il sole, non le era ancora nemmeno così chiaro quale fosse la strada fino al porto. Ovunque cercasse di accomodarsi, in casa o sulla veranda, c'era qualcuno che le dormiva o le russava praticamente addosso. Quando gli altri si risvegliarono erano passate da poco le cinque, e Lea accolse i loro primi gesti – rallentati, disfatti, puzzolenti, seguiti da poche chiacchiere confuse – come una liberazione. Sentiva però l'esigenza di recuperare la magia della prima sera e si adoperò per trovare un angolo soltanto per lei e Giacomo, apparecchiandolo con del caffè e della macedonia di frutta che aveva preparato per riempire il tempo dell'attesa. Ma Giacomo non si degnò di toccare cibo.

Poco dopo s'infilarono tutti in macchina per raggiungere una spiaggia a ridosso di una piccola striscia di terra, una microisola di nome Dipla. Sistemarono lo stereo, gli asciugamani e le loro cose a bordo di un canottino di gomma e si avviarono con l'acqua fino al petto, avventurosi, selvaggi.

Giacomo prese una mano di Lea dentro l'acqua, le sorrise. Forse voleva ritrovare anche lui l'intesa che li aveva accompagnati sull'isola, almeno così sperava Lea, trattenendo ogni possibile malumore per una sorta di sfida con se stessa. Voleva – doveva – essere in grado di affrontare qualsiasi difficoltà e quella era una buona prova. Addomesticare le insofferenze e controllare l'insicurezza. E il pensiero che presto o tardi lei e Giacomo sarebbero stati di nuovo soli l'aiutava a rilassarsi. Intanto camminava silenziosa sopra le alghe e accennava qualche sorriso; il gruppo era come sedato, stava ancora cercando di riprendersi dalla notte appena trascorsa.

Quando arrivarono alla spiaggia, dall'altra parte del canale, il mare sembrava uno specchio dorato e il sole stava per finirci dentro. «Questo è un paradiso» disse Matteo, lasciandosi cadere sulla sabbia calda e allargando le braccia.

Lo era senz'altro fino a prima che arrivassi tu, pensava Lea, osservando Giacomo che era corso a buttarsi di nuovo in mare. E dall'acqua ora si era voltato a guardarla. Ma Lea fece finta di non comprendere quell'invito e si sedette sul bagnasciuga.

Per quanto avesse voglia di tornare a giocare con lui tra le onde, sapeva che quello era il momento di fermarsi e attuare una strategia. Non poteva più permettersi di sbagliare, quella vacanza era la sua terza occasione. Negli anni non aveva fatto altro che cercarlo e per una volta doveva trovare il modo che fosse lui ad andare verso di lei.

Capì che la sua mossa era quella giusta solo quando lo vide avvicinarsi con uno sguardo stupito.

Le raggiunse i piedi, nuotando a mo' di squalo vicino alla riva, glieli afferrò con l'intento scherzoso di trascinarli dentro e c'era una sfumatura venerante nell'espressione che aveva, di fronte alla quale lei, sorridendo, per la prima volta oppose resistenza.

Giacomo salì fino alle ginocchia, le baciò i polpacci. Se Lea non avesse parlato, probabilmente lui avrebbe continuato a provocarla, e sarebbero tornati a casa per fare l'amore e niente di tutto quello che poi accadde in quella notte avrebbe avuto luogo.

Ma lei parlò, e sbagliò la mossa successiva.

«Dimmi che non usciamo stasera» gli chiese in tono quasi supplichevole.

«È il compleanno di Costas, usciamo per forza.»

«Ma io sono a pezzi.»

«E io mi sono svegliato tre ore fa e ho voglia di vivere, Lea. Questa è la mia vacanza.»

«Vivila con me, allora. Credevo fosse anche la nostra.»

Lui le rispondeva ancora dolcemente: «Facciamo che ti riporto a casa non appena ti viene sonno e ti rimbocco le coperte nella camera della fatina. Poi ti raggiungo quando abbiamo finito. Sei la mia bambina, tu».

«Vorrei essere la tua donna» gli disse. «E vorrei che restassi con me.»

«Sono venuto qui per stare anche con Matteo e gli altri, e per rilassarmi.» Era ormai già distante mentre glielo ribadiva con assoluta sincerità, pronto a uscire dall'acqua per tornare nel gruppo, a farsi un tiro della canna che gli avevano appena finito di rollare, incurante dell'ansia che Lea sentiva crescere dentro di sé.

Quello che accadde nelle ore successive, nella memoria di Lea è diventato fumoso.

Dopo il tramonto, lasciarono Dipla e risalirono in macchina. Le parole di Mina riempivano l'abitacolo: «*E improvvisamente ti accorgi che il silenzio ha il volto delle cose che hai perduto*». Osservandolo mentre guidava, si rese conto che quelle parole lo stavano attraversando senza scomporlo. Non c'era già più.

E non c'era nemmeno dopo, quando raggiungensero un locale sulla spiaggia e una musica più trascinante tirava le fila delle tensioni di gruppo. Non c'era quando lasciò che fosse il messicano a riaccompagnarla a casa perché doveva andare a prendere un altro amico dall'altra parte dell'isola. E c'era ancor meno quando Lea, agitata dal silenzio di quel rifugio isolato e minacciato dai rumori notturni, prese in un gesto impulsivo una delle pasticche colorate dalla sacca di Angelika e decise di tornare indietro e camminare da sola nella strada buia per ritrovare il locale dove li aveva lasciati. E di colpo lo vide, in lontananza, che se ne stava sdraiato su uno di quei grossi cuscini buttati sulla sabbia, mentre Angelika gli ballava sopra come un'abile *stripteaser*; vide anche Matteo che, ballando a sua volta, le si strusciava sulla schiena, e il mare che s'infrangeva sulla scogliera alle loro spalle, la schiuma delle onde illuminata dalla luce della luna. Lea rallentò il passo e la distinse ancora più chiaramente, mentre s'inginocchiava davanti a Giacomo, con quella faccia tagliente, da puttana. Vide le mani di lui stringerle il viso e le sue labbra posarsi su quelle di lei. Vide Matteo, in piedi dietro di loro, che rideva divertito. Vide, o immaginò di vedere, la lingua di Giacomo muoversi intorno a quella di Angelika e le mani di Matteo sulle sue cosce nude. Altri amici che si avvicinavano, altre mani che le sfioravano la pelle. Immaginò, o forse vide, gli occhi di Giacomo famelici e al tempo stesso svuotati che si posavano su di lei senza scomporsi, e le sembrò un incubo, forse esasperato dall'effetto dell'acido che si era calata. Un incubo che le tolse il respiro.

Tornò a casa ad aspettare la fine della notte. Sperava che il sole arrivasse prima di loro. Voleva fuggire, fino alla banchina del porto per salire sopra il primo traghetto disponibile. Un odore di marcio si spandeva per le stanze della casa: era la macedonia che aveva preparato sul tavolo e che era ormai andata a male. Prese il piatto che la conteneva per svuotarlo nel campo, con gli occhi pieni di lacrime: tutta la sua vita stava andando a male. E in quel momento si accorse del passerotto che stava tremando agonizzante sotto il nido da dove era caduto due giorni prima. Lo fissò per un po' senza fare niente. Era la prima volta che vedeva morire un animale che non fosse un insetto.

Poi staccò un foglio da uno dei quaderni di Matteo, faticò un po' a trovare una penna, e infine, di getto, si mise a scrivere.

«Mi sto rivolgendo al ragazzo con cui ho fatto il mio primo bagno sotto le stelle,» scrisse «perché all'uomo che stanotte ho sorpreso in un locale con un'altra, non vorrei proprio dire nulla. Quell'uomo non merita neanche una parola.» Le lacrime cadevano sul foglio, dilatavano l'inchiostro, annerivano gli spazi bianchi tra le lettere. «Per quanto ferita, me ne vado finalmente libera da qualunque rimpianto, ma soprattutto dalla mia ostinazione nell'averti a tutti i costi inseguito per tutti questi anni. Non ti ho mai visto così lontano da quello che sono. Sono stata un'idiota a credere all'idea di poter condividere la mia vita con te, di poterti offrire qualcosa. Qualunque cosa io possa offrirti, non avresti occhi per vederla o non sarebbe quella giusta per te. P.S. Stanotte è caduto l'uccellino dal nido. Mi è morto praticamente davanti, di stenti, e in un attimo si è riempito di formiche. Certe cose non si possono toccare senza fare loro del male.»

Gli lasciò la lettera sotto il cuscino. Non si curò di chi potesse leggerla. Mentre l'alba ricopriva di riflessi dorati le distese di Antiparos, imboccò la strada che dalla casa di Giacomo conduceva al porto. Pianse per tutto il tragitto, mentre fuggiva per la terza volta dall'uomo che le aveva intristito l'anima. Ripensò alla principessa nella favola che aveva ascoltato sull'isola, e mentre salpava dalla barca che collegava ogni ora Antiparos al suo gemello, Paros, pensò che il suo cuore non era una lucertola, e che nulla, di quel pezzo mancante, sarebbe mai più ricresciuto.

Lui non la chiamò né le scrisse dopo quella lettera. Come ogni volta, del resto. E il fatto che non si facesse vivo fu la prova che l'avesse letta e che non si fosse preoccupato troppo per la sua scomparsa.

Lasciarlo in quel modo era stata la cosa più difficile che avesse mai fatto. Nei momenti di debolezza veniva assalita dai dubbi, dai ripensamenti. Era sparita senza dargli modo di replicare, di difendersi. Lui era strafatto quella notte e lei non aveva dimostrato neanche un briciolo di elasticità. Ma le rimbombavano in testa le parole di Bianca: «Per fortuna che eri sotto acido. Se fossi stata lucida, non lo avresti mandato a quel paese così in fretta». Ma Lea non riusciva ad avere lo stesso sguardo dell'amica; lo vedeva come un uomo perso, incerto, e sentiva il bisogno di soccorrerlo. Forse per capire le ci voleva più tempo di lui, ma era certa che nessuno meglio di lei avrebbe potuto comprendere il suo lato oscuro, se solo lui le avesse dato una possibilità di accesso.

Bianca parlava di ferite narcisistiche, che risuonavano dentro l'armatura da cui Giacomo si sentiva protetto. Secondo lei aveva chiuso con l'amore ancora prima di incontrarla. Anche se a suo modo, con lei, ci aveva provato. Ma in un rapporto a due bisogna entrare nudi, non con indosso scafandri di difesa. Ed era bastato un soffio a farlo ritrarre. Da brava psicologa, era capace di andare avanti per ore con la sua analisi; parlava di uomini alfa, ambivalenti e di modelli relazionali non auspicabili, senza sapere nulla di cosa volesse davvero dire accogliere un uomo nel proprio corpo e avere l'impressione di ricongiungersi a se stessi. Bianca non poteva sapere cosa significasse passare le notti in bianco a leggere il suo profilo su Facebook, muto per tutto il mese d'agosto; non riuscire più a mangiare e nel frattempo consumarsi nell'attesa di una risposta.

Poi, i primi di settembre, un messaggio sul cellulare. Giacomo le inviava un allegato nella casella di posta: il Concerto numero due di Chopin. Nient'altro.

«È sadico» diceva Bianca «e se lo chiami sei masochista, un'autolesionista pura: due perfette categorie freudiane, ecco cosa siete» aggiungeva poi, nella speranza di strapparle un sorriso. «E intanto mangia, non vedi che stai scomparendo?»

Persino le carte non davano buone notizie. La madre di Bianca, una vedova che leggeva i *tarot* e che praticava meditazione trascendentale in netto anticipo sui tempi, si complimentava con Lea per il coraggio che aveva avuto nel dire no all'abisso, senza però esserle di conforto. «Perché quello è un abisso, tesoro» diceva, rimettendo a posto le figure che nei tarocchi erano uscite capovolte. «Non ti riprendi più se ci cadi dentro.»

Il profilo Facebook di Giacomo, ai primi di settembre, tornò ad animarsi, e da quei giorni divenne per Lea un'ossessione. Poteva vedere a che ora si collegava, chi gli scriveva. Era pieno di ragazze carine che postavano commenti e aggiungevano *like*. Bianca e sua madre non perdevano occasione per suggerirle di eliminarlo dalla lista degli amici, ma quella rimozione, anche solo virtuale, lei non riusciva neanche a prenderla in considerazione. Piuttosto finiva per spiarlo, per dedurre o costruirsi nella testa i pezzi mancanti di quell'esistenza a lei ormai estranea.

Quando arrivò a pesare quarantacinque chili, Bianca convinse la madre di Lea a iscriverla al corso di sceneggiatura alla London Film Academy. Cambiare aria le avrebbe fatto bene, diceva. E imparare a scrivere film veri, invece di quelli immaginari sulla vita di Giacomo, sarebbe stato senz'altro più utile.

La mattina della partenza doveva esserle sembrata persa, come quell'uccellino che Giacomo aveva raccolto e rimesso sul nido. All'aeroporto Bianca le strinse il cappotto, si raccomandò con lei di chiamare ogni volta che le fosse stato possibile e di non farsi rattristare dalle nebbie londinesi. Ebbe lo stesso atteggiamento materno anche il giorno del matrimonio, quasi due anni dopo. Mentre le sistemava i fiori nei capelli, le diceva di sorridere agli invitati che per l'occasione era riuscita a trascinare fino a Bali: un paio di vecchi amici come testimoni e i suoi genitori, che a quindici anni dal divorzio ancora non avevano recuperato una parvenza di cordialità.

E fu proprio durante la sua ultima notte da nubile che Lea trovò il coraggio di confessare a Bianca che lei e Giacomo erano rimasti amici su Facebook, pur senza parlarsi mai, e che ogni tanto le capitava ancora di controllarlo, di pubblicare foto della sua vita esclusivamente per lui, immaginando le sue reazioni nel vederle, o sperando di riaccendere in lui la curiosità al punto da riallacciare la comunicazione. Poi era successo qualcosa che non la faceva più dormire la notte, e ora che stava per sposarsi, aveva bisogno di parlarne con qualcuno.

Qualche mese prima lui aveva postato il Concerto numero due di Chopin con un commento: «Sei ancora qui, e forse non te ne andrai mai». Quel messaggio l'aveva sconvolta, e si era aggrappata al dubbio che potesse essere in realtà rivolto al padre per non prendere in considerazione l'ipotesi di ricontattarlo. Si ricordava di quando Giacomo glielo aveva suonato la prima volta dopo averle parlato di lui. Ma a un passo da una scelta che avrebbe dirottato la sua vita definitivamente altrove, non riusciva a smettere di chiedersi quale fosse in verità il significato di quella frase.

«Questa è una cosa importante, Lea» la redarguì a quel punto Bianca. «Non è una giornata che serve per scattare fotografie da pubblicare poi su Facebook per punzecchiare qualcuno che già da un pezzo non dovrebbe più avere alcun peso nella tua esistenza... Devi cancellarlo sul serio, dalla tua vita e da ogni diavolo di social network. Vittorio ti ama, ti ha insegnato di nuovo a sorridere, e io sono felice che vi sposiate, anche se ti trasferirai a Londra in pianta stabile e non ci vedremo più tanto spesso. Ma penso che è quello che tu vuoi, e allora io sono contenta. Perché è quello che vuoi, non è vero? Bada bene, Lea, se non è così, gira i tacchi e vattene. Ma se decidi di restare e di raggiungere lo pseudoaltare balinese che hanno allestito là fuori, allora te lo devi togliere dalla mente.»

Mentre Bianca parlava, Lea ripensò a quel tardo pomeriggio in cui, dopo quattro interminabili ore di lezione sul *middle point* – che nella sceneggiatura rappresenta un momento di illuminazione per il protagonista, che intravede una possibile soluzione al suo problema – era corsa sotto una pioggia che veniva giù in uno scroscio violento e aveva cercato riparo sotto la tettoia della fermata di Piccadilly Circus. Vittorio teneva una copia dell'*Economist* sottobraccio, ancora miracolosamente intatta e indossava un impermeabile scuro di gabardine. Era la prima volta che lo vedeva: un uomo apparentemente calmo, sicuro di sé, senza misteri; i capelli chiari, pettinati da un lato e le guance lisce, come quelle di un ragazzo. La ventiquattrore di cuoio squadrata, che di lì a breve le avrebbe raccontato di una laurea negli Stati Uniti e di una brillante carriera in uno studio legale, e negli occhi un guizzo di comprensione. Sembrava volesse dirle: mi dia la mano, si appoggi al mio braccio, non vada oltre, mi domando come abbia fatto a resistere tanto a lungo, con quale coraggio.

Ci sono persone che passano una vita intera ad aspettare uno sguardo così, e Lea lo aveva trovato. Vittorio era il suo *middle point*.

Sì, Vittorio era sempre stata la sua possibilità di andare

avanti, e mentre Bianca parlava, Lea intuì che non poteva rischiare di perderlo per un fantasma che l'avrebbe privata del lieto fine.

Proprio come in uno di quei film hollywoodiani che Giacomo avrebbe detestato, il mattino seguente Lea raggiunse l'altare sulla spiaggia, nel suo abito leggero di sangallo bianco. Per un attimo sentì l'eco di un pianoforte, del concerto di Chopin, poi chiuse gli occhi e ne scacciò via il ricordo con la stessa determinazione che aveva avuto all'alba, cliccando su RIMUOVI DAGLI AMICI la faccia impertinente dell'uomo che aveva segnato la sua vita per quasi vent'anni.

L'aereo sta attraversando l'Oceano Indiano. Nessuna perturbazione ad agitare l'abitacolo. Di solito Vittorio, in quella tratta, si addormenta. Adesso il sedile è vuoto. Per fortuna, pensa per un verso Lea. Non potrebbe sopportare qualcuno che russa al suo fianco in uno spazio così intimo, da sempre riservato a lei e al suo uomo. D'altro canto, guardando il buio oltre l'oblò, pensa anche che se l'aereo dovesse davvero cadere, non avrebbe nessuno a cui dire un'ultima parola, con cui condividere la paura, cui chiedere conforto. Morirebbe sola.

Come sola sta andando incontro al futuro che ha sempre sognato. Non è il momento di lasciarsi turbare da presentimenti negativi. Sta tornando a Roma per pubblicare il suo romanzo, e ancora non le sembra possibile. La speranza di una vita che diventa realtà. Non le è successo altre volte, non è abituata. Eppure sa che quando il nero oltre l'oblò si tingerà di azzurro, nessuna ombra potrà davvero agitarla. Ora tra lei e la terra ci sono diecimila metri che aprono un varco nelle sue sicurezze, ma non deve abbandonarsi alla perversione di creare un romanzo nel romanzo.

Quando aveva fatto una lista delle case editrici cui spedire il manoscritto, aveva pensato alla possibilità di rincontrarlo. Di nuovo gli occhi di quell'universo-mollusco di Einstein erano tornati a posarsi su di lei, su ogni limatura del testo, su ogni scelta di parole o aggettivi. L'antico bisogno di cercare un'approvazione.

Dalla notte prima del matrimonio non ha più saputo nulla di lui, per quel che la riguarda potrebbe anche essere in Africa a fare il missionario o aver fatto una brutta fine; era un uomo ferito, in fondo, a tratti depresso.

Lea aveva persino tolto la Gandini dalla lista degli editori per evitare qualsiasi contaminazione. Giacomo è come una di quelle cicatrici che ogni tanto pizzicano, quando fuori è umido. Si sfrega le mani sulle braccia per allontanare il formicolio che sente serpeggiare sulla pelle. Quella che ha accolto il suo libro, la De Carlo, è una casa editrice di nicchia, dove probabilmente lavorano editor giovani e pieni di entusiasmo, lontani dal disincanto. Non sta correndo alcun pericolo, se l'aereo su cui viaggia atterrerà sano e salvo. E per scacciare l'idea che ciò possa non accadere, prende la boccetta delle gocce di ansiolitico e se le fa scivolare sotto la lingua, anche se ha promesso a Vittorio che avrebbe provato a resistere. Ma ha già dovuto tenere fede a troppi giuramenti che avrebbe voluto infrangere. E in breve le si chiudono gli occhi, senza più l'ansia di non sapere dove li riaprirà.

Quando si sbarca a Singapore, all'accoglienza c'è un cartello: *Se non sei fuori di qui in 15 minuti, hai diritto a un rimborso.* Ma la vera certezza è che s'impiegherà anche meno tempo per uscire dal Changi con il bagaglio riconsegnato e il passaporto già vistato, anche se la provvisorietà di quell'aeroporto è un paradiso dove si potrebbe sostare per l'eternità. La provvisorietà di Fiumicino, invece, è un'attesa incerta e snervante davanti a un nastro bagagli che gira a vuoto, facce disorientate degli addetti ai lavori che non sanno dare indicazioni precise ai passeggeri e una donna delle pulizie che ciancica una gomma da masticare appoggiata a un carrello sgangherato.

Lea è seduta su una panchina di metallo, in attesa di vedere spuntare la sua valigia nera. Osserva il pavimento di linoleum, con le piccole chiazze di sporco, i fossili di chewing gum. Non ne aveva mai notati così tanti prima di quel giorno. A Singapore le gomme americane sono illegali, non si possono acquistare né tantomeno importare. Il pavimento del Changi è una distesa di soffice moquette rossa con dei ghirigori dorati, talmente impeccabile che quando ci si cammina sopra non ci si può non chiedere come facciano a mantenerla sempre pulita.

Quando Lea esce dall'aeroporto, dopo aver atteso per quasi un'ora il bagaglio, ripensa al presidente Lee Kuan Yew, alla prima volta che lo ha visto materializzarsi davanti a lei, alla festa dei Van Der Meer. Una serata così prevedibile tanto quanto è stato imprevedibile l'incontro con quella donna, Lin Yu.

Riesce a vederlo anche ora, nitidamente. Ha uno sguardo attonito e le cammina a fianco. Davanti alla fermata dei taxi, c'è una fila scoraggiante di persone, e uomini loschi che le si avvicinano per proporre servizi di trasporto abusivi.

Bianca ha il cellulare spento. Lea sperava di vederla sbucare da qualche parte con la sua faccia elettrizzata che ama le sorprese, invece si è dovuta mettere in fila nell'attesa di un taxi che sembra non arrivare mai.

Roma le sembra molto più trascurata di come la ricordava: le facciate di alcuni palazzi sono scrostate e le padelle satellitari deturpano l'estetica urbana. Alcuni tratti hanno i contorni della desolazione. C'è una Cinquecento parcheggiata lungo un marciapiede, cui hanno portato via tutte e quattro le ruote. È rimasta sospesa sopra cumuli di pietre spesse, come una carcassa, un rottame tirato a lucido. Bianca e Andrea, con i loro tre figli, abitano nei pressi di piazza Vittorio. Lea non lo ricordava un quartiere così multietnico. Ci sono più orientali di quanti ne abbia visti a Singapore tutti insieme in un solo posto. Il taxi fa fatica a trovare un punto in cui fermarsi. Lea si domanda come faccia Bianca, con la sua Passat multivolume, a sopravvivere in quella giungla ogni giorno.

È arrivata davanti al vecchio palazzo in stile umbertino. Respirando chiude gli occhi, in cerca degli odori del passato, ma un fetore di piscio e di immondizia la investe. Qualcuno ha aperto il portone, si è appena fatto buio, ma al cellulare Bianca continua a non rispondere. Lea inizia a chiedersi se non le sia successo qualcosa.

All'ultimo piano, davanti alla porta dell'appartamento, c'è un silenzio irreale. Dopo aver lasciato cadere a terra la valigia, si porta le dita alle tempie e poi suona il campanello. Un rumore di passi, una mano femminile che spunta dallo spiraglio nel buio, e una luce si accende di colpo su un nugolo di facce familiari che dal salotto le grida: «Sorpresa!».

Sono le facce di sua madre, con gli occhi lucidi, di Bianca, di Andrea e dei bambini.

Più tardi, mentre apre il vecchio divano letto, pensa che forse la stanza di Stella che Bianca le aveva offerto, con gli elfi disegnati sul soffitto, non era poi una cattiva idea.

Nel soggiorno regna un'atmosfera postbellica: l'enorme frigorifero, ricoperto di calamite, disegni e messaggi, troneggia in cucina con il suo fastidioso ronzio, e un osso del cane, tutto rosicchiato, le è appena finito sotto un piede. Dalla zona notte, si sente la canzone *All'alba sorgerò* di *Frozen* e la voce squillante di Bianca che dice: «Stella, non penserai di vederlo per la centesima volta a quest'ora?». Lee Kuan Yew ha ancora la stessa espressione sgomenta che aveva nel taxi, mentre sposta una confezione di pannolini da una sedia per accomodarsi pacatamente sopra e gustarsi la scena.

A Singapore sta per spuntare l'alba. Quella mattina Lea avrebbe dovuto presentarsi al Mounth Elisabeth Hospital per la prima ecografia, che le avrebbe spalancato la possibilità di trovarsi un giorno anche lei circondata da ciucci e biberon. L'appuntamento con la dottoressa Jong era stato fissato per le dieci. Vittorio a quell'ora non potrà non pensarci. Ma per quanto le manchi il silenzio ovattato della sua stanza, e Vittorio stretto al suo fianco, in quel momento pensa che non esista un altro luogo al mondo dove vorrebbe trovarsi che non sia il salotto di Bianca. Poi si chiede se sarebbe in grado di rimboccare le coperte a qualcuno, o se non abbia ancora bisogno di qualcuno che le rimbocchi a lei.

«Allora come va con Vittorio?» le chiede Bianca il mattino seguente, insinuandosi nel traffico del Lungotevere con la stessa sfacciataggine di uno scooter.

«Non la ricordavo, Roma, così... incasinata» commenta Lea, fissando la serpentina di lamiere oltre il finestrino.

«Cambi discorso?»

«Cosa?»

«Di Vittorio, non mi stai raccontando nulla. Da quando sei arrivata non ne hai fatto parola, mi devo preoccupare?»

«Ma no, va tutto bene.»

«Non lo so... hai una faccia che non mi convince.»

«Forse perché ho dormito poco e sono ancora intontita dal fuso orario.»

«Ce l'avevi anche ieri.»

«Che cosa?»

«La faccia che non convince. Io ti conosco. Sei sicura che è tutto okay?»

«Tanto quanto quel furgone che sta cercando di girare a destra nel vicoletto, è sicuro che non ci passa» risponde, indicando il fiorino bianco della rivendita del pane davanti a loro.

Poi però, come se il vecchio istinto di metterla a parte di qualsiasi pensiero in un attimo avesse ripreso il sopravvento, la guarda e sospira.

«Su, Lea, spara.»

«Sarei un'ingrata se ti dicessi che non sono poi così felice di vivere in paradiso?» ammette con un sorriso stanco.

«Ma lo è davvero?»

«Sì. Lì nulla sembra impossibile, ma ogni cosa ha il suo prezzo. Tranne trovare un rimedio all'umidità che qualche volta è davvero insopportabile.»

«Ne hai parlato con Vittorio?»

«È felice del suo lavoro e sta facendo del suo meglio, anche se ha degli orari improponibili, lanciato com'è nella carriera. E poi c'è stato il libro finora, e se non fossi andata a vivere lì, non avrei mai potuto scriverlo. C'è sempre un lato positivo.»

«E ora che il tuo lato positivo sta per essere pubblicato in Italia, che cosa succederà?»

Lea non fa in tempo a tentare di formulare una risposta che Bianca inchioda di colpo, tenendo un palmo premuto contro il clacson. «Che cazzo fai, coglione?» grida. «Ma tu guarda come guida la gente!» poi sgattaiola via da quell'ingorgo con uno scatto che fino a qualche anno prima non avrebbe avuto.

«Troia!» le strilla qualcuno, gesticolando con un braccio fuori dal finestrino, e Lea osserva la scena ripensando quasi con ironia alla calma serafica degli abitanti di Singapore, che passano le giornate andando sì di fretta, ma sempre in modo composto e rispettoso. Mentre si allontanano da quegli insulti, Lea riflette sul fatto che sono anni che non dice una parolaccia. Le amiche che frequenta a Singapore, poi, forse non ne hanno mai nemmeno pensate. Eppure non prova fastidio, né pena, di fronte a quel concerto di clacson e a quella sfilata di facce esasperate e compresse.

«Sei proprio sicura di voler tornare in questo inferno?» le

domanda Bianca un attimo prima che la voce monocorde del navigatore satellitare dica: «Destinazione raggiunta».

La sede della casa editrice De Carlo è nel quartiere Prati, in un vecchio palazzo arancione con un enorme cortile interno, al centro del quale è stato piantato un pino che ora svetta nel cielo senza esitazioni, sovrastando i tetti circostanti. Lea lo supera, accompagnata da un timore quasi reverenziale, e raggiunge il secondo piano della palazzina B.

La porta è aperta e affaccia su un luogo grigioazzurro di carte, scaffali, locandine di libri. Lea ha sempre amato lo stile delle loro copertine, l'eleganza minimale nella scelta delle immagini.

Una segretaria la sta osservando da un'affollata scrivania con aria interrogativa, mentre tiene incollata a un orecchio la cornetta di un vecchio telefono. «Mi scusi un momento» dice nel ricevitore un attimo prima di coprirlo con le dita. «Chi cerca?»

«La signora Cotronei. Sono Lea Federici, avrei un appuntamento.»

«È l'ultima porta in fondo. La sta aspettando.»

Grazia Cotronei non ha l'aria di una direttrice editoriale, quanto piuttosto di un'insegnante delle elementari: uno sguardo benevolo e paziente sotto un caschetto castano, un tailleur grigio antracite e delle décolleté azzurre a racchiudere due piedi piccoli e sottili. Non avrà più di quarant'anni. Non appena Lea la vede, un po' della tensione che ha accumulato fino a quel momento si allenta.

La donna le viene incontro sulla porta con un sorriso accogliente, anche se la stanza è talmente piccola che avrebbe potuto anche risparmiarsi la fatica di alzarsi dalla scrivania. L'odore della carta è quasi pungente.

«Posso offrirti qualcosa?»

«Nulla, grazie.»

«Innanzitutto, complimenti» le dice. «Non conosco Singapore e mi hai fatto venire voglia di visitarla.»

Lea comincia davvero a rilassarsi, sorride, e ha l'impressione che la sua intera esistenza non sia stata altro che l'attesa di prendere parte a un momento del genere.

«Hai fatto proprio un gran bel lavoro.»

Lea arrossisce, abbassa lo sguardo. «Ti ringrazio.»

«Non devi ringraziarmi, lo penso sul serio, altrimenti non saresti qui.» E mentre sorride, tira fuori da un cassetto un plico di carta. «Avrai modo con calma di valutare il contratto che ti proponiamo. Hai per caso già un agente?»

Un agente. Lea sorride tra i denti, non ci ha mai neanche pensato a contattarne uno. «No, non ce l'ho.»

«Be', ti consulterai con chi riterrai più opportuno allora.»

E anche se Lea vorrebbe firmarlo subito, senza nemmeno leggerlo, pacatamente risponde: «Certo, lo farò».

«A segnalarmi il manoscritto è stato un nostro editor» le spiega poi la Cotronei, sfogliando le clausole che hanno messo per iscritto. «Il nostro progetto è che ci lavoriate insieme in questi due mesi, per aggiustare il testo prima della pubblicazione, che è prevista, come ti dicevo via mail, per metà gennaio. Lui lavora da tanti anni in editoria, ha molta esperienza e abbiamo la fortuna di averlo recentemente arruolato nella nostra squadra.»

Lea si sente confortata da quelle parole, non vede l'ora di conoscere la persona che la guiderà nel suo percorso di esordiente.

«Tra l'altro ti conosce» aggiunge però, un attimo dopo, la Cotronei, e le sue parole sono come vetri che cadono sul pavimento: «Mi ha detto che è stato lui a interrogarti al tuo primo esame all'università. Pensa, i casi della vita».

Lea improvvisamente torna con la mente e con il corpo a tre anni prima, a quando uno tsunami si era avvertito fino a Singapore, e sente come se il pavimento sotto la sedia la risucchiasse in un vortice oscuro, le sue membra, le ossa, ogni organo interno che si scioglie e scivola via in un imbuto. Deglutisce, senza riuscire a proferire parola. Ha l'impressione che il sangue scorra più lento e che il cuore si sia messo invece a battere più forte per impedirle di svenire.

La direttrice deve aver notato il suo repentino cambio di espressione: le guance, che prima sorridevano, ora le sono ricadute ai lati della bocca, e tra le sopracciglia le si è formato un solco, una piega di costernazione.

Con un po' di imbarazzo, la donna chiarisce: «Sto parlando di Giacomo Valenti» e per riempire l'improvviso silenzio, si alza dalla scrivania. «Ma è chiaro che non te lo ricordi. Anche se sembri una ragazzina, saranno passati ormai degli anni. Doveva già essere qui, vado a vedere che fine ha fatto» e un attimo dopo esce dalla stanza.

A quel punto Lea rimane sola. Lo sguardo rivolto agli scaffali alle spalle della scrivania, ma perso nel vuoto. Non riesce neanche a muoversi, ha le gambe di legno, ed è come se quella stanza angusta all'improvviso le si stringesse addosso, come le reti dei pescatori che intrappolano i pesci.

Si passa nervosamente una mano tra i capelli, prova a sistemarseli spostandoli su un lato, e intanto pensa alla stanchezza che deve avere accumulato sul volto, alle rughe del contorno occhi che quella mattina, allo specchio, le erano apparse moltiplicate. Quante volte aveva fantasticato sulla possibilità di rivederlo. Quante volte aveva desiderato che accadesse e sperato di non desiderarlo mai più. Quante scene immaginate per strada, tra la gente, in un locale o in un negozio. Quante battute ripetute nella testa, limate fino a trovare l'intonazione giusta. Ora le sembra di non avere più una voce, e nemmeno la faccia adatta, perché un incidente di percorso glielo rimette davanti con una prepotenza inaspettata.

Quando Giacomo compare sulla soglia con sottobraccio quello che lei immagina sia il suo manoscritto, è come se il tempo tornasse bruscamente indietro. Ma non alla Grecia o al monolocale in via dei Serpenti, o all'appartamento nel vicolo del Divino Amore; molto più indietro: al primo anno di liceo, alle ripetizioni di matematica nella stanza in fondo al corridoio della casa dei suoi genitori. Lei che tirava giù l'orlo della gonna per coprire la cicatrice sul ginocchio e Giacomo che nascondeva i brufoli della fronte sotto un ciuffo più lungo. L'uomo che le dice «Ciao, Lea» tendendole la mano per un saluto formale, ha il distacco e la ruvidità di quel ragazzo di diciannove anni, che percepiva il mondo come un luogo ostile, e al tempo stesso la sicurezza di una persona forse non del tutto appagata dai traguardi raggiunti, ma fiera della propria coerenza nelle scelte compiute: i capelli ancora folti e lunghi, una barba screziata di grigio e più corta, che restituisce l'idea di una cura meticolosa; gli occhi, due spilli tra fessure allungate e socchiuse, le palpebre più appesantite; e una camicia bianca con il collo alla coreana, neanche troppo sgualcita.

«Stai pure comoda» aggiunge, prima ancora che lei abbia la forza o il tempo di azzardare altri movimenti, oltre a quello incerto di allungargli una mano che non riesce più a stare ferma.

«Ciao» gli risponde, e la voce le viene fuori quasi arrochita.

Un brusio le è appena entrato nelle orecchie, e ha come la sensazione che i rumori intorno si siano attutiti. Percepisce solo le parole della Cotronei che dice: «Ecco, è lui, Giacomo Valenti» come se ci fosse bisogno di ribadirlo. «Se non vi dispiace, vi lascio soli a discutere del libro» conclude prima di andarsene. «Vado nel tuo ufficio, Giacomo. È stato un vero piacere, Lea. Ti lascio in buone mani.»

Mentre i due si salutano, Lea avverte l'impulso improvviso di stringere le dita intorno all'anulare dove indossa la fede. Se la stringe nei polpastrelli, per rilassarsi e cercare nella sua solida circolarità la forza e il controllo che da sempre Vittorio le trasmette.

Un attimo dopo, il suo nuovo editor le si siede di fronte, e quando la porta della stanza si richiude, distende le labbra in un sorriso pacato. «Quanti anni sono passati?» chiede.

Sarebbero sette ad agosto, potrebbe rispondergli, ma si limita a un generico e imperativo «tanti» e lo fa cercando di non lasciar trasparire alcuna emozione. Infine trova il coraggio: «Pensavo fossi ancora alla Gandini» dice. «Non immaginavo di trovarti qui» e ricorda il momento in cui a malincuore aveva deciso di depennare la Gandini dalla lista delle case editrici cui spedire il manoscritto.

«La Gandini è cresciuta molto in questi ultimi anni. È diventata una realtà complessa» chiarisce Giacomo. «Crescita e complicazioni vanno spesso di pari passo. Qui mi sento più libero, più stimolato. Alla fine mi sono solo spostato di qualche isolato nello stesso quartiere. Non come te, che sei finita dall'altra parte del mondo» conclude, con uno sguardo intenso che la costringe ad abbassare il suo.

Riprende a parlare dopo una breve pausa, dando un'occhiata al manoscritto, ora chiuso sul ripiano della scrivania: «A giudicare dal tuo libro, Singapore deve essere un posto alquanto straniante. Ma funzionale a una vita piena di agi». La sua voce calma, il modo in cui si è abbandonato sulla sedia, con le dita incrociate a guscio sotto il petto, le restituiscono un senso di ulteriore spaesamento. Avverte una provocazione nel suo tono, suggerita da quella insolita loquacità.

«Una realtà complessa. E crescita e complicazioni vanno di pari passo, come hai detto tu» rintuzza Lea, come animata da un rigurgito di risentimento che sale su. Quello che fino a qualche minuto prima doveva essere uno tra i giorni più belli della sua vita comincia a trasformarsi in un incubo. La sirena di un traghetto che si allontana si mescola alle note del sirtaki nelle orecchie di una ragazza che, con gli occhi pieni di lacrime, aveva macinato chilometri di rabbia e delusione. In tutti questi anni aveva preso le distanze dalla ragazza che lasciava quel ponte, ma ora teme che si possa sovrapporre di nuovo a lei, e si agita sulla sedia come per evitare di farle posto e per imporsi di non lasciarsi schiacciare.

Giacomo apre il manoscritto ed entra nel suo ruolo di editor navigato. «L'ho letto diverse volte» inizia con un tono pacato. «E vorrei discutere a grandi linee di quello che nella struttura non mi convince. Nelle parti che possono andare ho evidenziato delle correzioni, dei suggerimenti. Se ingraniamo, non dovremmo metterci troppo tempo» e inforca un paio di occhiali da vista con la montatura in osso che gli conferiscono un'aria più attenta, distante, mentre si mette a sfogliarlo.

«Come vedi, troverai diversi scarabocchi» cerca di risultare spiritoso. «Vorrei partire dal titolo, se non ti dispiace.»

«Di solito non è l'ultima cosa?»

«Certo. E premetto che avremo tempo per trovarne uno che possa piacere a entrambi, ma prendo quello che hai scelto a pretesto per spiegarti quale penso sia il limite di questo romanzo.»

«Il limite?» ripete Lea, stringendo il bracciolo della sedia, senza rilassare le spalle. Non saprebbe dire se è più spiazzata dalla situazione surreale in sé o dal senso di superiorità che trapela dallo sguardo di Giacomo.

«*Diario di un'expat* rimanda all'idea di una commedia romantica» le spiega «e non lo è. O meglio: a tratti rischia di sembrarlo. Alcune scelte sono scontate, altre opinabili, come il fatto che alla fine la protagonista decida di sposarsi con il suo amico avvocato e di rimanere a vivere lì, anche se quel *lì* è un luogo che così poco le corrisponde. Sono sicuro che avevi in mente di realizzare qualcosa di più sofisticato di un romanzo rosa.»

Lea si sente subito profondamente infastidita dalle sue parole. Già da quel primo discorso, è evidente che non sono allineati.

«Che c'è di male nella letteratura rosa?» domanda Lea, che sa bene chi ha davanti. Ed è la prima volta che lo incalza in modo così assertivo in un terreno che non è il suo.

«Nulla, a parte il fatto che non mi interessa. Ma non è questo il punto. Per virare sui toni leggeri della commedia, tu appiattisci i tuoi personaggi, gli togli spessore. Non c'è una grande evoluzione in Amelia, la protagonista. Sembra non prendere mai davvero consapevolezza di sé. A tratti ricorda una bambina che ha bisogno di essere rassicurata, schiava di un'idea dell'amore romantico che la porterà a sentirsi sempre prigioniera, in qualunque parte del mondo decida di abitare. Anche l'uomo che alla fine riesce a conquistarla è un personaggio monolitico, piuttosto privo di lati oscuri. Schiavo anche lui del bisogno di controllare sempre tutto, di incanalare la sua vita in un programma. I personaggi funzionano quando si muovono su più piani, quando nascondono traumi o paure che ne determinano i comportamenti. Quando partono da posizioni opposte.»

E mentre lui le parla, in quel modo serio e articolato, ma anche un po' pungente, da dietro gli occhiali la guarda intensamente, allusivo, come se non ci fosse solo il romanzo al centro del suo discorso, e Lea si chiede se sia solo l'editor a parlare. Il senso di allarme che aveva cominciato ad avvertire un attimo prima che lui entrasse nella stanza, trova ragione d'essere, perché si sta prefigurando una guerra. Per quanto desideri vedere il suo romanzo pubblicato, capisce chiaramente che la strada da percorrere è piena ostacoli.

«Anche perché,» continua lui «la parte più interessante del libro riguarda Singapore, il suo Presidente, per come l'hai immaginato tu. Dalla tua descrizione sono riuscito a figurarmelo in modo molto nitido, mentre girava in bicicletta seguito dalla scorta, fermandosi a controllare anche le più insignificanti aiuole di periferia. Presumo sia vera la storia della sua inseparabile valigetta rossa, di cui tutti, prima della sua morte, ignoravano il contenuto, e dove poi hanno trovato un taccuino sul quale aveva appuntato anche il minimo cavillo di quel suo mondo-giardino.»

Se il tono di Giacomo si è fatto via via più morbido, Lea non molla la presa, resta rigida e diffidente. «È quello che ho letto sui giornali e che mi ha raccontato la gente di lui» si limita a rispondere.

«Non sarebbe male come titolo *L'uomo con la valigetta rossa*» aggiunge Giacomo.

«Mi fa pensare a un romanzo nostalgico sul comunismo.»

Giacomo sorride: «E Singapore non è forse l'emblema del capitalismo? Non sarebbe male, no? È dal massimo conflitto che nascono le storie più interessanti, quelle che lasciano il segno. Hai studiato sceneggiatura, dovresti saperlo».

Certo, lo dicevano sempre anche alla scuola di Londra: «Non esiste un grande film senza un grande conflitto». Lea elenca nella mente *Blade Runner*, *Chinatown*, *A qualcuno piace caldo*, tutti titoli dove le parti in campo, in maniera diversa, lottano strenuamente contro i loro nemici, e intanto Giacomo sta sfogliando il suo manoscritto, dove pagine intere mostrano una riga ondulata lungo i margini, a sottolineare che quelle parti vanno interamente riscritte. Si è rimesso di nuovo in cattedra, soltanto che ora lei non vuole più permetterglielo.

«Che cosa vuoi da me?»

«In che senso? Sto cercando solo di fare il mio lavoro».

«Costringendomi a scrivere un altro libro?»

«Ma no, mi stai fraintendendo» è diventato arrendevole. Cerca di correggere il tiro: «Vorrei solo provare a valorizzarlo. Ho amato molto alcuni passaggi, come il momento in cui lei, ferma nel traffico tra macchine di lusso, vede gli operai di un cantiere stipati come bestie dentro una camionetta aperta, il loro sguardo rassegnato e pericoloso, come lo descrivi molto bene in quella scena. Mi interessa approfondire quei contrasti che rivelano le falle di un sistema apparentemente perfetto e sui quali tu, a mio avviso, non hai indagato abbastanza».

L'irritazione di Lea diventa sempre più palpabile: «Non avevo in mente di scrivere un romanzo politico, se è questo che intendi».

Giacomo inarca le sopracciglia, ora sembra interdetto. «Nessun romanzo politico. Vorrei solo che andassi un po' più a fondo nelle cose» e insiste sulla parola "fondo" con un'espressione sempre più allusiva. «In alcuni snodi hai saputo farlo molto bene. È interessante l'idea dell'amore che ne viene fuori: regalare all'altro la capacità di comprendere se stesso. E il fatto che Amelia creda che la sua missione su questa terra sia quella di vivere un amore spirituale, la rende di una tenerezza disarmante. Oltre che di un' ingenuità invidiabile.» E adesso i suoi occhi sembrano parlare direttamente di lei.

«Paul Valéry diceva» continua Giacomo «“confesso che non afferro quasi nulla di un libro che non mi opponga resistenza”. E per “resistenza” intende quel qualcosa che sappia sfidare il nostro desiderio di comprensione immediata. In alcuni passaggi sei spicciola, esplicita, finisci per fornire troppi elementi al lettore, non lo sai sfidare. Ma troverai tutto scritto ai margini.»

Negli anni, la specialità di Giacomo era stata quella di metterla di fronte ai suoi limiti. L'illusione di essere migliore di com'era, ecco cosa le aveva sempre tolto. «Troverai tutto scritto ai margini» le sta dicendo ora, e Lea rimane immobile e ripensa a quella ragazzina di quattordici anni che era rimasta sbalordita dalla capacità che aveva avuto Giacomo nell'individuare a colpo d'occhio l'errore nella sua equazione. Era stato l'unico gesto davvero chiaro che le avesse riservato in tutti quegli anni. Da lì in avanti, non aveva fatto altro che sottrarsi. Se c'era stato un errore da qualche parte, lui non aveva più avuto la premura di indicarglielo. E di tutto quello che erano stati, adesso le è finalmente chiaro un aspetto fondamentale: la resistenza. L'amore in fondo è un gioco di resistenza. Lei si era esposta, lui no. E se quella di Giacomo era stata una difesa, nel timore che nulla potesse crescere tra loro, nulla potesse durare né approfondirsi, nel difendersi non aveva potuto neanche rivelarle il suo mistero, metterla a parte del suo lato più oscuro e più vero. E gli amori che si nutrono di continui fraintendimenti sono anche quelli che presto o tardi finiscono sconfitti.

Lea lo fissa dritto negli occhi: «Stai cercando di darmi di nuovo lezioni?».

«Non mi permetterei mai» risponde Giacomo. Sono sicuro che ci sono un sacco di cose che potresti insegnarmi tu, invece» aggiunge, rimanendo calmo. «Ad esempio come si possa riuscire a vivere in uno stato dittatoriale dove il sesso orale è stato "decriminalizzato" nel 2007, ma solo tra eterosessuali sopra i sedici anni di età.»

Lea avverte un bruciore sulle guance. Giacomo si è preparato, e quelle cose non le ha trovate nel suo libro. Sembra un'ulteriore allusione al fatto che non lo consideri all'altezza delle sue aspettative: «A questo punto è chiaro che il romanzo non ti è piaciuto. Mi hai fatto chiamare qui solo per crocifiggermi?».

«Assolutamente no, non sono certo un sadico.»

«Mi sembra invece di averne avuto qualche prova in passato...» si lascia sfuggire Lea, cedendo a una recriminazione che avrebbe preferito evitare.

«Hai scritto qualcosa di molto valido» insiste lui, cercando di rassicurarla, e rimanendo concentrato solo sul presente. Ma lo sguardo di Lea si fa sempre più ispido. Conosce le regole drammaturgiche, sa che una lusinga precede sempre un ostacolo. «Mi hai appena chiesto di stravolgere il finale, di ribaltare tutta la storia, non capisco cosa resti dell'idea di amore di Amelia.»

«Ma no, io vorrei solo vedere una protagonista più battagliera e artefice delle sue scelte.»

Di tutta risposta Lea accenna una risata beffarda: «Ma figurati, sentiamo, cosa dovrebbe fare allora secondo te?». Non è il terreno di Giacomo quello delle storie sentimentali e Lea vuole vedere fino a che punto sia davvero capace nel lavoro che fa.

«Amelia, con la sua idea di amore puro, ce la vedi davvero sposarsi con quell'avvocato e fare quella vita? Il finale va rivisto, oppure vanno rese più credibili le dinamiche che la spingono a una scelta simile. Non mi sono mai piaciute le storie di martiri, e non le pubblichiamo qui dentro.»

Ed è come se le avesse dato un colpo di grazia: «Forse c'è un equivoco» scuote la testa piccata. «E io non ho capito bene cosa fate. Cosa fai tu, qui dentro. Non è un romanzo schierato questo, non ha un'aspirazione intellettuale. Se non sono in sintonia con la vostra linea editoriale, perché sono qui?»

Giacomo abbandona la schiena sulla sedia e si lascia andare a un sospiro.

«Il mercato è cambiato, Lea. Anche una casa editrice come la nostra deve allargare i suoi orizzonti, raggiungere il grande pubblico... Tu ci sembri un buon apripista». L'uomo che si nutriva di poesia parla di leggi del mercato. Una bestemmia per il giovane che era stato, e un insulto verso di lei. La sua spocchia si era trasformata in rassegnazione paternalistica. È lì che si era abbeverato il suo cinismo, nel senso di sconfitta. Giacomo si era arreso; anche lavorare per un editore di nicchia richiede i suoi compromessi, e lei non è per niente sicura di voler essere uno di quelli.

«Consideri tutto quello che ho scritto solo uno spunto per arrivare a qualcos'altro» ribatte. «E comunque, pur modificandolo, il mio lavoro per te resterà sempre troppo commerciale.»

A quel punto Giacomo cambia espressione. «Che vuoi dire?» biascica, con un'espressione smarrita che la infastidisce ancora di più. «Non è così.»

Ma per quanto abbia intenzione di recuperare terreno e riportare la questione su un piano strettamente professionale, per lei è troppo tardi: il passato e il presente non possono più procedere su due binari distinti. È come se una nuova donna si stesse impadronendo delle reazioni scatenate da quell'incontro, una donna lontana dalla misura che lei ha imparato a indossare negli ultimi anni come un'armatura dentro la quale proteggersi. Nella sua storia con Vittorio si è modellata su altri toni: mai una lite chiassosa, nessuno scontro infuocato. È vero: «Solo i grandi conflitti possono dare origine a grandi storie». Quell'incontro sta facendo riemergere, in un solo colpo, tutta la sua rabbia e la sua vera natura. Giacomo torna a essere il suo antagonista, e senza antagonista non esiste dramma.

Vorrebbe scaraventare a terra tutti quei libri, afferrarlo per la camicia e gridargli contro: *Chi diavolo ti credi di essere? Pensi di poter tornare nella mia esistenza come se nulla fosse? Mettere le mani nella mia intimità e plasmarmi a tuo piacimento, per giunta con lezioni di psicologia spicciola?*

Ma non fa nulla di tutto questo, si limita a fissarlo, respirando profondamente. Poi, da donna nuova e adulta quale è diventata nel breve tempo di quella conversazione, prende il contratto e gli dice: «Credevo di voler pubblicare con voi e che questo contratto fosse solo una formalità, invece ora avrei solo voglia di stracciarlo».

«Sarebbe la prima volta che faccio scappare così un autore» commenta lui, recuperando l'antica protervia con un sorriso che contribuisce ad acuire il bisogno che Lea sente di prenderlo a schiaffi.

«Te ne faresti una ragione. Sono sicura che non ti caccerebbero per questo.» *D'altra parte*, vorrebbe aggiungere, ma si guarda bene dal farlo, *quanti altri autori ti sei scopato come hai scopato con me?*

Vorrebbe affondargli le dita nelle guance, graffiarlo dappertutto, fargli male. E la cosa che più la rende furiosa e la destabilizza è il fatto stesso che desideri farlo, che provi ancora dei sentimenti così eccessivi nei suoi confronti, perché sa che dietro tutto quel bisogno di violenza si annida il potere che da sempre lui è in grado di esercitare su di lei. No, non è un capitolo chiuso: ciò nonostante non vuole dare prova del suo limite, si alza dalla sedia come se scottasse ed è pronta a salutarlo professionalmente.

Giacomo rimane impietrito dall'altra parte della scrivania.

Gli occhiali ancora inforcati. Le allunga il manoscritto: «Dimmi almeno che ci vuoi pensare».

Lea lo prende, in un gesto di cortesia, ma freddamente risponde: «Non siete l'unica casa editrice interessata al mio romanzo».

Non sa per quale ragione se ne sia uscita con quella bugia. Se ne va senza aggiungere altro. Attraversa il corridoio e comincia a riprendere fiato soltanto fuori, nel cortile dell'edificio, e fissando l'enorme pino, si mantiene in equilibrio fino al marciapiede.

Intravede Bianca in lontananza. È in macchina e la sta aspettando. Intanto dal finestrino contratta con un venditore ambulante di accendini, e né lei né Andrea hanno mai toccato una sigaretta.

Quando il marocchino intasca i soldi e la saluta col suo gioioso «Buona giornata, principessa» Bianca si accorge dell'espressione contratta sul volto di Lea.

«Ma che hai?» le chiede. «Sembra che tu abbia appena visto un fantasma.»

Una base trapezoidale di plastica lucida sorregge un grande contenitore in vetro smerigliato, accanto al quale, come un'appendice, spunta un recipiente più piccolo, a forma di cilindro, con un foro sul coperchio per lo sfiato. Al centro della base, una manopola argentata indica la velocità. Di fianco, sul tavolo, ci sono una mezzaluna per schiacciare, emulsionare, un disco per affettare e tritare, un paio di fruste a spirale. Oltre il vetro smerigliato, la lama d'acciaio a S ruota implacabile e riduce in poltiglia rondelle di carote e zucchine, che mescolandosi assumono un color kaki sbiadito. Lea non riesce a distogliere lo sguardo dalla materia solida che si trasforma in una specie di liquido denso. La cifra di una famiglia è avere un robot da cucina, si ritrova a pensare. Non ha mai imparato a cucinare. È Vittorio, tra i due, che passa più tempo ai fornelli, che sperimenta ricette, ma sicuramente insieme non hanno mai avuto bisogno molto di più di un frullatore, con cui ogni tanto si concedono un frappè di banane o tritano il ghiaccio quando hanno voglia di un mojito fatto in casa, dopo aver discusso a lungo se la ricetta originale preveda il ghiaccio a cubetti o tritato. Forse questo vuol dire essere una coppia: perdere tempo su questioni liquide, punti di vista fluidi, mentre gli ingredienti della vita si amalgamano e si modificano concretamente. Niente a che vedere con i passati di verdure, gli omogeneizzati per i bambini, il tritato di cipolla ed erbette per il soffritto, la panna da montare e la granella di nocciola per le torte di compleanno. Niente a che vedere con quel tempo scomposto, quella sovrapposizione di momenti frenetici che è l'ora di cena a casa di Bianca.

«Ti ha fatto tornare apposta da Singapore» dice, piena di risentimento mentre con la sua massa di capelli ricci, le spalle massicce, le tette strizzate in una tuta rossa, saltella da un piede all'altro con Luisa, la figlia più piccola, in braccio. «Secondo me ha insistito per farti pubblicare il romanzo solo per rivederti. Sei sempre stata per lui come un topolino per un gatto già sazio.»

Le parole di Bianca raggiungono l'attenzione intermittente di Lea come spilli su un palloncino. Sente un calore avvampare sulle gote: «È questo che pensi? Che se non fosse stato per lui, non sarei mai arrivata alla pubblicazione?».

Bianca non si scompone: «Non sto mettendo in dubbio le tue capacità, ma quante altre case editrici ti hanno risposto?». Ha una faccia irritante. «E sai qual è il problema? Che invece di stracciare il contratto e tornartene subito da tuo marito, tu hai lo stesso sguardo disorientato che avevi sei anni fa».

Luisa scoppia a piangere, come se avesse percepito nel tono inquieto della madre l'avvicinarsi di uno scontro.

«Ma ti rendi conto che parli come una suocera?» attacca Lea, mentre Bianca cerca di distrarre la bambina con un pezzo di pane. «Dovrei tornarmene al focolare domestico per proteggere il mio matrimonio e fuggire le tentazioni? Davvero credi che io non sia in grado di controllarmi?» e mentre lo dice, il suo tono diventa stridulo, ben lontano dalla pacatezza che si era imposta di adottare negli ultimi anni. «Sono qui per il libro, nient'altro. Giacomo ha un nome nell'editoria, non credo si prenda la briga di pubblicare un romanzo solo per togliersi un capriccio.»

«Non c'è bisogno che ti scaldi...»

«Non mi permetto di giudicare la tua vita» guarda la bambina che si sporge oltre la spalla della mamma e sputa come una mitragliatrice piccoli bocconi di pane che finiscono nella padella «e mi aspetto che tu faccia altrettanto. Vittorio mi raggiungerà qui i primi di luglio, abbiamo già deciso di affittare una casa a Porto Santo Stefano. Mancano poco più di due mesi e ti assicuro che vorrei che passassero il più in fretta possibile, ma certamente non perché mi preoccupi l'idea di lavorare con il signor Valenti.»

Lea è troppo stanca per stare a tavola con loro e finire di cenare e Bianca insiste perché si trasferisca nella camera di Stella. «Dormirai sicuramente meglio» le dice con dolcezza nel tentativo di cancellare la tensione di poco prima.

Al centro di un mondo popolato di elfi e fatine, Lea torna con il pensiero alla casa di Antiparos e alla ultima notte passata con Giacomo. Poi, il suono di un messaggio sul cellulare si insinua tra i suoi ricordi.

È Vittorio. «Non riesco a dormire» le scrive. «In questi cinque anni è la prima volta che mi ritrovo a letto da solo. Non abbiamo neanche potuto parlare bene al telefono. Ci tenevo solo a dirti che ti ho pensata molto oggi, al tuo primo incontro di lavoro, e sono orgoglioso di te.»

Lea deglutisce, sperando di mandare giù anche il senso di pericolo che ora avverte più chiaramente. Non è stata del tutto sincera con la sua migliore amica, non le ha detto dello scontro che lei e Giacomo hanno avuto e del fatto che sta seriamente pensando di mollare tutto e di tornarsene a Singapore. Ma se non l'ha ancora fatto, è perché non è convinta che sia la cosa giusta. Deve davvero rinunciare al libro? E lui perché è così ostile? Non ha trovato un po' di stabilità, non ha una donna, o dei figli? Che cosa ha provato nel rivederla? L'ha attesa a lungo, come da dietro a una trappola, o il suo interesse per il romanzo è sincero?

La mattina seguente, Lea riapre gli occhi ed è sola. La casa è avvolta nel silenzio. In cucina c'è un biglietto: «Il caffè è sul fornello, i biscotti nella credenza. Dormivi come un angelo e allora abbiamo fatto tutti molto piano per non svegliarti». Si versa il caffè e raggiunge la finestra del soggiorno che affaccia sul balcone.

Dei gerani morti fanno capolino da vasi colmi di terra asciutta. Lee Kuan Yew li sta accarezzando con un'espressione sconsolata, mentre il sole tinge di colori sgargianti il traffico cittadino. Alle spalle di Lea, buttata all'ingresso, c'è la borsa con dentro il suo manoscritto. Non sa ancora cosa ne sarà di lei nei prossimi giorni, se riprenderà un aereo o se deciderà di restare per riaprirlo. Ma fuori dalla finestra c'è la sua città che l'aspetta, e non ha certo intenzione di rientrare per l'ora di pranzo.

I sampietrini hanno da sempre il potere di riconciliarla con il mondo. È il pensiero di una lunga storia alle sue spalle a consolarla, l'idea che per quei vicoli ci abbiano camminato migliaia di persone da tempi lontanissimi.

Quella che una volta era la sua casa, in via del Moro, quel giorno ha le serrande sollevate su una quotidianità nuova, e prima di lei chissà quante altre vite avranno lasciato le loro tracce sulle cementine d'epoca, che sicuramente ancora rivestono i pavimenti del bagno e della cucina; quel bagno dove lei aveva passato le notti a vomitare, la camera dove Bianca la chiudeva per costringerla a studiare e lo specchio del salone, dove cercava di incoraggiarsi prima di uscire di casa e affrontare un esame.

La salumeria all'angolo vende sempre gli stessi prodotti artigianali, che trasudano la fatica di mani sapienti che si tramandano le loro tecniche da generazioni. L'insegna forse è sempre quella dal dopoguerra. In vetrina ci sono le specialità per i turisti: buste di pasta di tutti i tipi, bianca rossa e verde, a forma di farfalle o di falli colorati, e in quella sorta di volgarità c'è tutta l'autenticità dei romani rugantini.

Lee Kuan Yew non ha smesso di accompagnarla. Anche lui sta osservando quella vetrina, con uno sconcertato divertimento, come se stesse riflettendo sulle sinergie di due popoli tanto distanti che però insieme, nell'antichità, hanno affinato i loro saperi.

Con lui si avvicina al Tevere, osserva il panorama da un muretto di pietra. Roma è caotica, disordinata, ma di una bellezza che trascende. L'acqua del fiume che scorre in basso la porta per un po' lontana dal manoscritto che pesa nella sua borsa e che non ha il coraggio di aprire, la allontana dalla possibilità di poterci lavorare insieme a Giacomo e di permettergli di rientrare ancora una volta nella sua vita. La riporta a Vittorio, alla sua voce calma, ipnotica, al bisogno improvviso di telefonargli. Ma quando preme INVIO sul cellulare per una videochiamata, e vede riflesso nello schermo il suo viso in attesa del collegamento, si accorge di avere un'espressione che tradisce tutti i suoi dubbi e le sue paure. Si chiede se sarà in grado di tenere celato tutto questo, come ha celato il motivo della sua inquietante magrezza sin dal giorno in cui si sono incontrati. Sta per premere TERMINA CHIAMATA ma la faccia stanca di suo marito fa improvvisamente capolino accanto alla sua.

È sdraiato sul letto, avvolto in un accappatoio bianco. Lea disattiva il suo video dal cellulare, in modo che solo lei possa vederlo, e dice la seconda bugia da quando è partita: «Accidenti! Questo cavolo di telefono non va!».

«Che cavolo ti succede… accidenti!» scimmiotta lui.

E solo in quel momento Lea realizza che la spalliera del letto su cui Vittorio è steso non è la loro, non si trova nella loro stanza. Lui solleva la schiena dal cuscino, allontana il telefono e allarga la visuale. «Ho preso una camera in albergo. A casa non riesco a dormire e almeno per una notte ho bisogno di riposare» le spiega, spegnendo sul nascere ogni sospetto.

«Magari mi nascondi qualcosa» gli dice Lea. Come è vero che le nostre colpe le vediamo riflesse negli altri.

«Io? Tu piuttosto. Davanti a me c'è uno schermo nero, chissà dove sei.»

«Davanti a un Tevere sempre più inquinato in attesa di tornare da quei terremoti dei figli di Bianca.»

«Una buona palestra, per una futura mamma» sorride lui. «A proposito, ho ritirato i risultati del mio spermiogramma.»

Lea fa una pausa, si schiarisce la voce. «E...?»

«A quanto pare, i miei spermatozoi sono in ottima forma, nonostante l'età che avanza» le dice con un sorriso fiero, mentre un rivolo di sudore gli scivola lungo le tempie. Anche l'aria condizionata degli hotel a volte esce sconfitta dall'umidità di Singapore.

All'idea di un futuro pieno di bambini, adesso anche Lea sente le mani sudare. «Degni del loro produttore» risponde però, simulando una voce tutt'altro che incerta. E subito dopo, a disagio, per cambiare discorso, gli chiede: «Come lo passi il tempo in albergo?».

«Guardo Colette Wong su Fox Sports.»

«Tu che guardi un programma di sport? Ma se non ti è mai piaciuto.»

«Guardo una donna che parla di sport» precisa stringendosi nell'accappatoio.

Lea si sforza di sorridere: «Stai cercando di farmi ingelosire?».

«Se servisse a farti tornare più in fretta, sì» poi in tono più sbrigativo: «Come sta andando con il tuo libro?».

«C'è un po' di lavoro da fare...» risponde, mentre riaffiora il suo tormento e cerca di capire cosa raccontargli dell'incontro in casa editrice. Cosa potrebbe dirgli? Che sta pensando di tornare indietro? Che pubblicare il romanzo d'improvviso non è più quel traguardo così imprescindibile? Ha bisogno di prendere tempo, si limita a un generico: «Sto ancora valutando le condizioni del contratto e le intenzioni dell'editore».

«Vuoi che gli dia un'occhiata? È il mio mestiere.»

«Stiamo parlando delle cifre e delle condizioni dell'editoria italiana, t'indigneresti.»

«Stai parlando con uno che è scappato dall'Italia vent'anni fa.»

Lea ora intravede nell'inquadratura del telefono anche il secondo cuscino di quel letto d'albergo, perfettamente stirato. Ed è la puntuale rassicurazione che da quell'uomo gli arriva. Ma sta lì anche per dirle: «Sei solo tu che hai paura di farlo, di finire in un altro letto con il sospetto che poi non troveresti più il coraggio di tornare indietro».

«Ora devo proprio andare, mi aspettano per pranzo.»

Terza bugia di quelle giornate romane.

Lea rientra a casa solo nel tardo pomeriggio, dopo aver girato per il centro di Roma in compagnia di Lee Kuan Yew. A Bianca dice di aver lavorato in biblioteca e di aver faticato a concentrarsi. Mentire sta diventando un meccanismo dietro il quale proteggersi.

Bianca ha una faccia diversa da quella che aveva il giorno prima. Si è lisciata i capelli con la piastra, ha messo l'ombretto sulle palpebre e indossa una maglietta verde smeraldo che dà risalto ai suoi occhi grigi. È la faccia di una madre di famiglia che ha comprato due biglietti per il teatro il giorno stesso in cui Lea le ha detto che sarebbe venuta, sapendo che avrebbe lasciato i suoi figli in mani sicure, e forse anche perché non è più il caso di spendere soldi in babysitter. Contrariamente a quello che accade nella città del futuro, in quella porzione di mondo i tempi sono cambiati per tutti. E ora non è più soltanto geografica la distanza che le separa. Ogni mese il conto corrente che Lea ha alla DBS riceve il mensile dalla HSBC di Vittorio, e quello che hanno speso Bianca e Andrea per il teatro, sommato alla cifra che avrebbe chiesto loro una babysitter per la serata, è più o meno quello che Lea ha buttato nella giornata in taxi, senza troppi pensieri.

«Le Cirque du Soleil non poteva attendere altri dieci anni» le dice l'amica, appoggiando le pentole sui fornelli. «E oggi è l'ultimo giorno che si esibiscono a Roma, ci credi che sono emozionata?»

Lea riesce a vederlo chiaramente, e la cosa la intenerisce. Non pensava che tre figli potessero indurre una donna a emozionarsi in quel modo per una serata a teatro. Quante ambizioni, quante battaglie presagivano, quanti sogni facevano loro due da ragazze. Ora sembrano cancellati e sostituiti dalle piroette che faranno gli acrobati al circo.

Sono appena passate le otto e Lea si ritrova in una sorta di epicentro sismico: Stella e Paolo, suo fratello più piccolo, si contendono i pezzi di un puzzle che giace incompleto sul pavimento del salotto; i resti di una cena bruciacchiata sembrano esplosi in giro per la cucina, mentre la televisione, a tutto volume, rimanda a una sparatoria convulsa. Nonostante tutto quel caos, la mente di Lea non ne vuole sapere di tenersi lontana dal pensiero di Giacomo. Sta tornando prepotentemente, si insinua tra le cose che Lea è chiamata a svolgere, come imboccare una bambina di diciotto mesi recalcitrante e assonnata, al punto da farle ignorare i rimproveri della sorella più grande, Stella, che la osserva dalla soglia.

«Ma non lo vedi che Luisa non ne vuole sapere? È inutile insistere con quella pappa. Mamma avrebbe già risolto con un biberon.»

Sebbene Bianca, prima di uscire, abbia dato a Lea un libriccino di favole africane e si sia raccomandata di non far vedere ai bambini troppa televisione, pochi minuti più tardi si ritrovano tutti e tre sul divano con l'interfono collegato alla camera di Luisa. Mentre i bambini si anestetizzano davanti a una squadra di giocattoli animati, Lea tira fuori il portatile dalla borsa e va a fare un giro su Facebook.

C'è una nuova richiesta di amicizia tra le notifiche. È la stessa fotografia di Giacomo che era stata pubblicata nell'articolo sull'importanza di leggere, sette anni prima. Un dejà vu. Allontana lo schermo e cerca di distrarsi. Torna alla TV, si avvicina a Stella e si concentra anche lei sul cartone.

Quando, molto dopo, Bianca e Andrea rientrano in casa con ancora negli occhi le mirabolanti acrobazie della compagnia circense più famosa al mondo, li ritrovano tutti e tre addormentati davanti alla televisione accesa, dove i cartoni animati hanno lasciato il posto alla scena erotica di un film di dubbio gusto, mentre il portatile di Lea si è scaricato e la nuova richiesta di amicizia si è dileguata con i titoli di coda.

La mattina seguente è un sabato, e mentre Lea fa colazione insieme ai bambini in cucina, proprio come se fosse una quarta figlia, le torna in mente il paradosso del gatto di Schrödinger, un fisico austriaco di cui Giacomo una volta le aveva parlato.

Il curioso esperimento, in realtà solo teorico, prevede un gatto chiuso in una scatola, collegata a una macchina a sua volta composta da un contatore Geiger e da un congegno in grado di immettere nella scatola un gas velenoso. Il contatore Geiger contiene una minuscola porzione di sostanza radioattiva, talmente piccola che, nel giro di un'ora, può o non può rilevarne la presenza e quindi far scattare o meno il congegno. Esiste la stessa probabilità che il gatto viva o che muoia, e visto che è impossibile saperlo fintanto che la scatola rimane chiusa, il gatto si trova in uno stato indeterminato: sia vivo che morto. Soltanto aprendo la scatola, questa "sovrapposizione di stati" si risolverà.

È un paradosso, ma il senso dell'esperimento è che l'osservazione determina il risultato dell'osservazione stessa.

Mentre il cioccolato in polvere nella tazza di latte caldo si scioglie e Stella, che le è seduta a fianco, le dice: «Sei una copiona, zia, tu dovevi prendere il caffè». Lea fissa la sua borsa chiusa, buttata sul divano, sapendo che lì dentro ci sono il suo manoscritto, il computer e la richiesta di amicizia di Giacomo in attesa di una risposta. Lì dentro c'è un libro di successo oppure un inedito che resterà per sempre in un cassetto; c'è una famiglia da costruire dall'altra parte del mondo oppure il prosieguo di un disastro. Il punto è: lei che cosa vorrebbe davvero che ci fosse lì dentro?

Finché non apre quella borsa, il suo contenuto è il gatto della scatola di Schrödinger.

Quello stesso giorno si ritrova a pranzo con suo padre, in uno di quei vecchi ristoranti del centro, con le boiserie di legno alle pareti, i camerieri che servono l'aperitivo in eleganti divise bordeaux e un'atmosfera nostalgica di privilegi lontani.

L'architetto Federici è appena arrivato con il Frecciargento da Venezia, indossa un maglione di cachemire arancione acceso, ha una moltitudine di rughe in più sulla faccia e una chioma sempre più bianca e rada. I suoi occhi però sono vivi, e il suo sorriso più giovane di quando Lea era piccola. Quella Adua, o *la tipa lì*, come la chiama sua madre – che nel frattempo è diventata una signora che colleziona acquarelli e che gira su un piccolo motoscafo tra i canali di Venezia – deve aver trovato la chiave per trasformare suo padre da uomo frustrato, esasperato dai debiti e da un lavoro che non riesce più a svolgere con la stessa frequenza, in un uomo soddisfatto e tutto sommato ottimista.

Durante il pranzo, salta fuori il discorso di sua madre. È stata Lea a chiederglielo, l'atmosfera rilassata, le battute allegre l'hanno spinta a una maggiore confidenza.

«È il mio tormento» ammette lui, ed è la prima volta che glielo dice in termini così sinceri. «Tu lo sai com'è» continua, e intanto Lea pensa: no, non lo so, papà. In realtà non conosco la tua ex moglie che ti assilla da vent'anni sugli alimenti, sulle cose sbagliate che fai e anche su quelle giuste, conosco solo una madre che si è ritirata a vivere in campagna, che si preoccupa della salute dei suoi gatti e che ascolta musica folk mentre lavora a maglia intere collezioni di sciarpe e cappelli che poi vende molto di rado; conosco una donna ancora piacente, che ha smesso da tanti anni di tingersi i capelli, che adora le scollature provocanti e ama sfogliare gli album fotografici di quando eravamo una famiglia. Non conosco davvero la donna che si ostina a portare il tuo cognome anche quando va a fare la spesa dal droghiere o a farsi una ceretta dall'estetista e che qualche volta parla di te come se le vivessi ancora accanto e che quando strappa con veemenza la gramigna dalla terra del giardino pensa che le piacerebbe poterlo fare anche con quei pochi capelli che ti sono rimasti.

«Si può sbagliare un matrimonio» le dice suo padre «ma non un divorzio.» Ed è il verbo "sbagliare" ad accendere in lei un campanello d'allarme. Lei è tornata in Italia per il libro, la sua pubblicazione la qualificherà come scrittrice, non si può permettere di prendere la decisione sbagliata.

Mentre suo padre le racconta di un'ultima telefonata con sua mamma, Lea pensa a Olga, la prima moglie di Picasso, e a quella lontana giornata di sole in cui lei e Giacomo erano usciti dalla loro tana di via dei Serpenti per andare a una mostra. Mano nella mano, mentre lui le raccontava che Olga, fino all'ultimo, si era fatta chiamare la signora Picasso, forte del fatto che all'epoca non esisteva il divorzio e che tutte le compagne che si erano avvicendate poi nella vita dell'artista, dandogli altri figli, non potevano portare davvero il suo cognome, legittimamente, come aveva sempre fatto lei, con rabbia e orgoglio, ostinazione e follia. A riprova del fatto che esistono donne che hanno bisogno di un uomo accanto per sentire di avere un'identità, un'identità che muta come i colori di un camaleonte quando, per sopravvivenza, si adatta al paesaggio in cui si trova. Lea guarda l'arancione vivo del maglione di suo padre, il braccialetto azzurro di stoffa che spunta dalla manica, uno di quei braccialetti della fortuna che si vendono d'estate nelle bancarelle sulla spiaggia e che sua madre non gli avrebbe mai regalato; e per la prima volta si rende conto che l'uomo che le siede di fronte non è l'architetto Federici della sua infanzia, ma una felice miscela di sfumature.

Lea si domanda se abbia intenzione di diventare una signora Picasso a Singapore oppure la scrittrice Lea Federici, autrice del *Diario di un'expat*, che, aderente solo a se stessa, s'impregna dei propri colori, poca importanza dove. Ed è in quel momento che prende la sua decisione.

Alla fine del pranzo rientra in macchina e sa cosa fare. Tira fuori dalla borsa il cellulare e il manoscritto. Giacomo le ha lasciato un numero sulla copertina. Non è più lo stesso di sette anni prima, quello che Lea conosce ancora a memoria, è un numero diverso, con troppi zeri.

Decide di scrivergli un messaggio e di farlo con poche parole.

«Ti lascio il contratto firmato in ufficio e mi metto a lavorare sul testo cercando di seguire le tue indicazioni.»

Ripone il cellulare nella borsa e la sistema sul sedile accanto. Il destino del gatto di Schrödinger ha preso la sua strada. Lea mette in moto, e con una di quelle macchinette arrivate finalmente anche a Roma grazie al *car sharing*, si destreggia in mezzo al traffico del sabato pomeriggio, seguendo la strada che porta a casa di Bianca. Ha deciso che passerà i mesi che l'aspettano a concentrarsi solo sul romanzo, ma che non accetterà nessuna richiesta di amicizia. Il profilo di Giacomo su Facebook è una voragine di ricordi scanditi da un ritmo pericoloso e lento. Una scatola che preferisce non aprire.

Mentre raggiunge piazza Vittorio, un *bip* sul telefono l'avvisa dell'arrivo di un messaggio. Lea ha un sussulto. Possibile che già mi risponda? si chiede, avvertendo la stessa piccola scossa di quando poteva anche aspettare ore un cenno di risposta o un invito a rivedersi, di quando quel messaggio poteva anche non arrivare mai. Nella distrazione di questo pensiero per poco non tampona il taxi che ha di fronte.

Le tremano le dita, scorrendo le parole sullo schermo, con la macchina ferma di fianco ai cassonetti e la puzza di immondizia che riempie l'abitacolo.

«Sono contento che tu abbia deciso di darmi fiducia» le scrive. «Non appena sarai pronta con la prima revisione, mandamela a questo indirizzo: gvalenti@decarlo.it; fermo restando che, per qualunque dubbio o chiarimento, resto a tua disposizione.»

Quanta formalità in quello che scrive. Eppure Lea ci legge una forma di apertura. Era stato così ermetico in passato che anche solo la scelta di quelle parole: "Fermo", "resto", "fiducia", "disposizione" le suggeriscono l'immagine di una roccia su cui sperare di poter trovare un appiglio.

Bianca vuole credere all'atteggiamento maturo e professionale che Lea sembra aver assunto, senza rimarcare i pericoli della decisione presa. E vuole che l'amica scriva nella stanza di Stella, che usi liberamente la sua scrivania, mentre Stella farà i compiti in soggiorno per tutto il tempo che servirà. La bambina cerca di opporre resistenza, non ci sta a questo sopruso, fa i capricci, si ribella. Ma Bianca sa come rimettere in riga i suoi figli.

«La zia deve scrivere un romanzo importante,» le dice «e tu, lasciandole la scrivania, l'aiuti a rendere concreto il suo sogno.»

Stella è furba, sottile: «È così bello continuare a sognare» le risponde, guardando Lea con una freddezza spiazzante.

«Sì, ma ancora di più diventare persone concrete» risponde prontamente Bianca. «E ora tu le lasci quella scrivania, altrimenti nemmeno il tuo sogno di diventare una cavallerizza si concretizzerà.»

A quel punto Stella si arrende e, piccata, esce dalla stanza.

«Niente è più efficace di un meschino ricatto» commenta ironica Bianca una volta sole. «Hai promesso di farmelo almeno leggere» aggiunge, osservando il manoscritto di Lea ancora chiuso sopra il ripiano della scrivania.

Lea annuisce con un'espressione grata e colpevole. Vorrebbe poter dire: non hai mai trovato un ricatto che funzionasse anche con me, a parte quel fioretto che mi hai costretto a fare quindici anni fa. Non ti è mai davvero riuscito di rimettermi in riga. Ma quando solleva lo sguardo, Bianca è già fuori dalla stanza. Lea è rimasta sola a fronteggiare il suo manoscritto e tutti gli spettri che ci vivono dentro.

«Non commettere l'errore di cercarmi tra le mie pagine» aveva detto un giorno a Vittorio, che aveva appena finito di leggerlo e che teneva ancora gli occhiali in bilico sopra il naso appuntito, come se fossero in bilico anche su tutte le sue perplessità. «Lì dentro c'è solo un fantasma, che ha le mie stesse paure, forse, ma non la mia vita.»

Osserva le pagine con una tempesta nel cuore: proprio ora che aveva finalmente preso le distanze da quella storia, si trova costretta a rimetterci le mani, a riconsiderare i suoi personaggi, Amelia, Francesco, l'uomo di cui s'innamora, e Lee Kuan Yew. Vede ai margini le annotazioni di Giacomo. Riconosce la sua calligrafia, il tratto nervoso, calcato. È forse la seconda volta, da quell'equazione, che si ritrovano in uno spazio così intimo. E mentre rilegge il manoscritto, la sua protagonista si ridisegna nel giudizio di lui: ora teme uno sguardo troppo severo, ora anela un'approvazione. Giacomo è tornato a essere il ragazzo misterioso della sua adolescenza, le siede accanto, di nuovo le dà ripetizioni. Di fronte a lei, scrittrice adulta, la scrivania di una bambina, con la casa di Barbie sotto i cassetti, ed è come se lui l'ascoltasse paziente e la guidasse tra incognite nuove, che non appartengono al mondo dei numeri, ma a quello più insidioso delle parole.

Nelle tre settimane successive Lea si ritrova a pensare al libro anche nei momenti in cui cerca di fare altro. È come una febbre. E le telefonate con Vittorio risentono di questa spossatezza, di questa distrazione perenne, e qualche volta si riducono a un mero resoconto delle giornate, ma hanno perso di autenticità, perché tutto quello che riguarda il romanzo Lea lo tiene per sé. C'è una distanza inedita tra loro, e Lea si porta dentro la ferita delle distanze. Vittorio sembra avvertirlo e, inaspettatamente, anche di fronte a un suo silenzio arriva puntuale la sua rassicurazione: «Due mesi passeranno in fretta» le scrive. «Ricordi? Me l'hai detto tu stessa, non sono niente.»

Bianca non fa più tante domande e i bambini cominciano a osservare la zia con una certa curiosità. Stella sta imparando ad accettare le regole di questa nuova convivenza: il fatto che le amichette non possano più fermarsi a dormire e che il soggiorno sia diventato il suo nuovo spazio di studio e di giochi.

La sera, le volte che Bianca e Andrea escono, Lea permette a Paolo di guardare i cartoni di guerra e a Stella di navigare con il suo iPad e di vedere *Frozen* tutte le volte che vuole. È il patto segreto e silente che hanno stipulato tra loro nel rispetto dei territori. Niente favole da leggere o inventare, ma almeno si ricorda di spegnere la TV quando i bambini si addormentano e di portarli a letto in braccio oppure prendendoli per mano perché già troppo assonnati per opporre resistenza. Poi ritorna al libro, che la fa stare sveglia anche di notte, fino alle quattro o alle cinque, con il lumino a forma di rosa acceso sulle pagine del manoscritto e Stella che qualche volta parla mentre sogna.

Nelle parti del romanzo in cui Giacomo si è limitato a limare, sostituire, spostare parole e aggettivi, il testo, così riscritto, sembra che funzioni meglio, e Lea purtroppo è costretta a riconoscere ancora una volta la sua bravura. Ma al tempo stesso riemerge dentro di lei l'antico conflitto che ha impedito per anni lo sviluppo della loro potenziale sinergia. Nelle parti dove è indicata una riscrittura, ci sono le sue "annotazioni ai margini" e qualche volta sono dure, arroganti. Leggendole, Lea ha l'impressione di ascoltare la sua voce, di vedere la sua faccia impertinente. Come quando scrive: «Retorico!»; «Per carità!»; «Debole!» eccolo, è lui, lo riconosce. Come una volta s'infilava nel suo corpo ora, con la stessa prepotenza, s'infila tra le sue pagine. Si prende la stessa libertà anche con gli altri autori o è solo con lei che si mette in cattedra? Lea se lo chiede, e intanto incassa i colpi, però riflette, e così i suoi personaggi, che si piegano, s'intimoriscono, ma poi prendono vigore, carattere, e reagiscono, rispondono tra le righe.

Dopo tre settimane di lavoro intenso, non le resta che mettere a posto il finale e approfondire qualche punto, ma decide comunque di inviargli il testo, e anche questa volta Giacomo le risponde subito.

«Mi devo vedere con un autore alle sei, ti va di raggiungermi per le otto in centro? Sono dietro via dei Coronari, in un posto che si chiama Lumière.»

Un paio d'ore più tardi Lea è davanti allo specchio del bagno, si è truccata in maniera accurata e si sta asciugando i capelli. Su una spazzola tonda, con un gesto morbido, arrotola ampie ciocche che le ricadono sulla schiena soffici e lucenti. Intanto, dentro quella cornice, come in un film, vede i frammenti delle varie trasformazioni del suo corpo: ricorda la floridezza dei vent'anni, le mani di Giacomo che impazzivano per i suoi seni turgidi e che si accendevano di passione ogni volta che scoprivano la tonicità del suo corpo, che aveva avuto un tracollo dopo la Grecia. In quel periodo le ossa spuntavano dalla maglietta, il seno si era svuotato e aveva perso due taglie, i pantaloni sembravano appesi su di un filo con le mollette. Ma nella vita con Vittorio, poco a poco, aveva ripreso chili e recuperato ciò che ora vede riflesso nello specchio: la sua rotondità e la sua bellezza, che con sottile vanità mette in evidenza nei vestiti che ha scelto per la serata. Una maglia grigia con un ampio scollo, una cintura alta di camoscio e dei semplici fuseaux neri per le sue gambe che gli esercizi in palestra hanno tonificato al punto da farla ancora competere con una ventenne.

Bianca entra nel bagno e la sorprende alle spalle, osservandola dal riflesso.

Quando Lea finalmente spegne il phon, sente l'amica dire: «L'importanza di un appuntamento è direttamente proporzionale al numero delle sfumature che può creare un ombretto sulle palpebre».

Lea sorride, ma il suo sorriso non è un'ammissione di colpevolezza: «Non ce la facevo più a vedermi sempre con i capelli legati» risponde. «La scrittura abbrutisce, qualche volta bisogna reagire.»

«E quindi accettare anche un appuntamento?»

«Dobbiamo solo parlare del libro.»

«Agghindata così e alle otto di sera?»

«Scrivere un romanzo non è un lavoro che ha orari. A forza di avermi in casa, dovresti averlo capito.»

«Scriverlo no, editarlo magari sì.» La faccia di Bianca si fa sempre più seria: «Attenta, Lea» la mette in guardia. «Certe volte mi sembri così fragile, una creatura senza pelle.»

«Cominci a parlare anche tu come una scrittrice?»

«Be', sai com'è, *a forza di averti in casa*.»

Lea lascia andare un sospiro pieno di parole inespresse, poi prende uno scialle nero dalla sedia, lo appoggia sulle spalle e dice: «Manca poco ormai. Presto tornerò a Singapore, la mia vita è lì».

Bianca non ha mai avuto uno sguardo così dolce da quando erano bambine: «Io vorrei solo vederti felice» ribatte. «Non mi è mai importato dove.»

Quando Lea parcheggia in corso Rinascimento un'altra piccola utilitaria che ha appena preso in prestito dalla città, chiedendosi chi entrerà in quell'abitacolo dopo di lei, chi si fermerà a cercare il riflesso della propria faccia nello specchietto retrovisore, magari solo per pettinarsi i capelli, di colpo avverte la rabbia di chi ha dedicato troppo tempo alla preparazione di un incontro. La donna incorniciata in quello specchietto ha lo sguardo di una creatura senza pelle che ha imparato a mentire. Ha ragione Bianca: quell'ombretto rivela tutto delle sue emozioni, delle sue paure. Ancora una volta gli ha dato troppa importanza, e lui non se la merita. Si inumidisce un polpastrello per cancellare il trucco dalle palpebre, si spettina i capelli, in uno scatto pieno di biasimo, ed esce dalla macchina per affrontare la città.

I lampioni irradiano una luce dorata e fanno sembrare tutto più morbido e caldo, come un ventre protetto, ma Lea si sente tutt'altro che al sicuro, e ancor meno quando, addentrandosi nei vicoli del centro, realizza che il locale dove Giacomo le ha dato appuntamento è lo stesso dove si erano ritrovati a bere rum con scaglie di cioccolato la sera che erano usciti insieme dopo il primo esame all'università.

L'insegna è cambiata, ma ci sono ancora le stesse poltroncine di velluto, gli stessi specchi pomposi, i lampadari di cristallo, la stessa atmosfera teatrale che aveva fatto da quinta al loro primo appuntamento da adulti. E in uno dei piccoli tavoli in fondo, c'è lui. È seduto composto, con una camicia bianca, lisa, i capelli lunghi, un po' arruffati, gli occhiali sottili e lo sguardo rivolto in basso, concentrato sul manoscritto aperto accanto a un bicchiere e su qualcosa che non è in quel luogo né in quel momento.

Tutto il resto scompare. C'è solo quel tavolo adesso, come se un occhio di bue lo stesse illuminando, e c'è il ricordo vivido di quando erano usciti dal locale per andare, a passi svelti sui sampietrini, incontro alla loro prima indimenticabile notte insieme.

Lea si ferma sulla soglia, ricaccia quell'immagine dentro di sé, insieme a tutte le altre, tra la pancia e il cuore, fa un respiro profondo e si avvicina.

«Ciao» gli dice, ed è rigida, forse anche goffa. Lui si alza, non la saluta con un bacio, la distanza che Lea mette tra loro glielo impedisce. Teneramente le sorride, e c'è qualcosa di triste nei suoi occhi, qualcosa di insolito.

Lea non dice nulla riguardo al posto, lo ignora, come se fosse la prima volta che ci entra, o la centesima, e non avesse nulla di speciale. Si siede con le mani strette a pugno sulle ginocchia e si mette in attesa.

«Prendi qualcosa?»

«Tu cosa stai bevendo?»

«Un rum.»

«Per me un tè caldo, grazie.»

Per quanto tenti di nasconderlo, anche lui è emozionato. Sta sfogliando il manoscritto, delle pagine a caso, giusto per tenere impegnate le mani mentre si guardano. «Il tuo romanzo mi stupisce sempre di più» le dice. Poi, nervosamente, s'interrompe e richiama l'attenzione della cameriera, ordina il tè. «Le servite ancora le scaglie di cioccolato?» chiede, e Lea stringe i pugni.

Quando la donna si allontana, lui torna a guardarla, e con un tono cortese, gioviale, che quasi non gli si addice, riprende il discorso: «Hai fatto molto in fretta. Sei stata brava».

Lea non sa cosa rispondere. Si era preparata a fronteggiarlo, a tenere testa alle sue critiche, si era preparata alla guerra. «Mancano ancora delle cose e non ho cambiato tutto quello che mi hai chiesto» gli fa notare.

«Certo, lo so. In alcuni passaggi mi è piaciuto il modo in cui hai mantenuto il punto. Mi hai convinto. Facciamo così: ora io ti rimando indietro questa prima parte, con altre piccole correzioni, e intanto tu arrivi alla fine, sei d'accordo?»

«E allora perché mi hai fatto venire qui stasera? Potevi semplicemente scrivermelo.»

«Pensavo che fosse il caso di parlare di quello che manca e, se c'è qualche perplessità, anche di quello che hai scritto finora.»

«Di solito lavori così, di sera davanti a un rum?»

È tornata aggressiva, come lo era in casa editrice, e sembra quasi che sia Bianca a parlare al suo posto.

Giacomo resta calmo: «Gli autori di solito li faccio venire a casa» risponde.

E questa confessione non fa che agitarla oltremodo, serrarla in una difesa ancora più rigida: «Noi invece c'incontreremo sempre la sera in un locale, con la gente intorno che parla e non si capisce niente?».

Ma lui continua a non scomporsi e ha sempre gli stessi occhi velatamente malinconici. «Non credo manchi molto, sai? Un paio di incontri al massimo. Possiamo vederci in casa editrice la prossima volta, se preferisci.»

È arrivato il tè. La cameriera lo serve sul tavolo insieme alle scaglie di cioccolato. Lea fissa le porcellane con il bordo dorato cercando di non lasciar trasparire alcuna emozione. «Potevamo fare tutto a distanza allora. Lavorarci via mail. Dovevo proprio tornare da Singapore?»

E senza accorgersene ha usato le stesse parole di Vittorio, come se ora ci fosse lui nella sua testa, la sua gelosia camuffata in distacco.

«Non era così scontato che ci trovassimo d'accordo, che non ci fosse da discuterne più approfonditamente.»

Lea prende la tazza di tè tra le mani, l'avvicina alle labbra, si rende conto che scotta e la riposa immediatamente sul piattino. Afferra una scaglia di cioccolato, neanche la guarda, se la mette direttamente in bocca, e per un istante velocissimo rivede la sua faccia di ventenne che morde il cioccolato tenendolo tra le dita in un gesto studiatamente seduttivo, e lui che le parla di fisica e di poesia, che la divora con lo sguardo. L'uomo che le siede davanti ha la barba screziata di grigio, gli occhi più stanchi, le palpebre stropicciate, ma non è meno pericoloso di quell'assistente universitario con cui lei faceva l'amore tutte le notti. «Allora» chiede, senza abbassare la guardia: «Cos'hai da dire su quello che hai già letto?».

«Le parti che hai tolto lo hanno reso più sfumato, suggerito. Per esempio qui...» e si mette a sfogliare il manoscritto.

Lea osserva Giacomo che accarezza il suo mondo di carta, che si sofferma con il dito sui punti che ha apprezzato maggiormente. Le legge alcuni passaggi dove crede sia il caso di lavorare ancora un po', e lei non riesce più a distogliere l'attenzione dalle sue labbra. Si muovono lente nell'articolare il discorso, si arricciano appena e qualche volta si piegano ai lati in una smorfia ipnotica. «Che cos'è per me la tua bocca» una volta gli aveva detto, citando il titolo di una raccolta di poesie di Cummings, completamente nuda sotto di lui.

«Ora ci lavoro di nuovo con calma e...»

«E troverò tutto scritto ai margini, giusto?»

«Giusto.»

Lea risolleva la tazza di tè, prova a prenderne un sorso. Usa cautela, ma si scotta ugualmente. Si morde le labbra, le tampona con la salvietta. Adesso è lui a guardarla in un modo che le ricorda il passato, e chissà quale frangente della loro intimità gli sta attraversando la mente.

Le allunga una mano al viso, mentre continua a guardarla. Lea si sente di cristallo, si scosta, ma lui ritrae la mano appena un attimo e le dice: «Hai del cioccolato qui» e finalmente la sfiora, proprio vicino alla bocca. Lea avverte un'altra piccola scossa, l'ennesima da quando l'ha rincontrato: le fa socchiudere gli occhi, ma si ridesta quasi subito. Le viene rabbia solo a pensarci. Si chiede: cosa inventerà adesso? Mi proporrà di andare a cena da qualche parte, ci proverà. Immagina che sia facile, non l'ho mai rifiutato in vent'anni, crede che non lo farò nemmeno adesso, anche se ho un marito che mi aspetta dall'altra parte del mondo.

Invece Giacomo non fa nulla di tutto questo, torna a concentrarsi sul libro, le chiede se ha qualche perplessità sul lavoro svolto finora.

«Ho pensato al finale» risponde Lea. «Senza matrimonio. Sono d'accordo con te, è prematuro. Loro si baciano, e quello è solo l'inizio di un nuovo percorso. Così il lettore si domanderà che cosa farà Amelia, se deciderà di accettare o meno le regole del posto. Vorrà dire che eliminerò gli ultimi due capitoli. Avevi ragione tu, sono andata troppo avanti.»

Adesso è Giacomo a deglutire, ha un'espressione seria, intensa. «Già» ripete. «Sei andata troppo avanti» e resta per un po' fermo a guardarla. Poi getta un'occhiata all'orologio, come se cercasse un appiglio, qualcosa cui ancorare l'attenzione e con un tono più distaccato le domanda: «C'è qualcos'altro che vuoi chiedermi? Se riusciamo a risolvere, almeno non facciamo tardi».

Sono tante le cose che vorrei chiederti, pensa Lea. Non ultima, il significato che volevi dare alla frase che hai appena ripetuto: «sei andata troppo avanti». E poi: che cosa ti aspetta là fuori? Dove andrai, con chi? Dove sei stato tutti questi anni? Dov'eri da ragazzino quando hai deciso che questa sarebbe stata la tua vita, che ne avresti sprecata almeno metà a nasconderti dai tuoi sogni, da me che ero pronta ad amarti come non avrei potuto amare nessun altro. Che cosa ti è successo di così terribile che ti ha fatto diventare l'uomo che ho conosciuto e forse la persona che sei?

Ma non dice nulla di tutto questo, resta in silenzio. Poi scuote piano la testa e con gli occhi bassi risponde: «Nient'altro».

«Ti mando tutto appena posso allora, intanto tu ti concentri sulle parti che restano e sul finale» tira fuori il portafoglio, mette venti euro sul tavolo, sopra lo scontrino. Sembra che abbia un'improvvisa fretta di andarsene. «Hai la macchina?» le chiede. «Sei in centro? Vuoi un passaggio?»

«No, grazie. Sono da Bianca, la mia amica del liceo, te la ricordi?»

Giacomo accenna un sorriso, e come un guerriero stanco le dice: «Bianca. Me la ricordo. Vuoi che ti accompagni da lei?».

«No, grazie. Resto ancora un po' qui, devo fare delle telefonate.»

Giacomo assume uno sguardo indecifrabile, poi si alza e, prima che se ne possa rendere conto, Lea si ritrova il viso stretto tra la sua mano e la sua guancia. Lui le dà un bacio caldo, vicino all'orecchio, le dice «ciao». E basta quel gesto a farla vacillare, a farle socchiudere gli occhi, mentre una mano bollente e invisibile torna a stringerle lo stomaco.

«Comunque complimenti» aggiunge. «Sei diventata quello che volevi essere.»

E in quell'ultima frase non c'è più l'esuberanza dei vent'anni, la spavalderia della giovinezza dello scapigliato assistente universitario, né il turbamento dell'anima sempre in lotta e in fuga da legami e luoghi comuni, che era in Grecia. Nell'uomo in piedi accanto a lei c'è una maturità dolente, l'ombra della frustrazione e del cinismo.

«E tu, cosa volevi essere?» gli chiede. Un lungo istante in attesa di una risposta che sprofonda nel silenzio, poi si volta e si accorge che Giacomo ha già raggiunto la porta.

Sola, fissando il bancone di legno dove il locale prende vita, pensa a quanti gesti incauti ha commesso, quanta intensità senza freni nello spazio di un tempo che li ha più volte uniti e separati. Sente che sta per tornare alle temperature del passato, e si domanda come possa conviverci ancora per quattro settimane senza uscirne ustionata.

Siamo gocce colorate sparse per il mondo, ognuna ha le sue sfumature, la sua tonalità. Possiamo raggiungere alti livelli di concentrazione e allora diventiamo una condensa, e ci accalchiamo nelle file, nelle piazze, c'incontriamo nelle scuole. Se ci osservassimo da un satellite, potremmo anche sembrare un'unica grande chiazza di colore. Tuttavia sappiamo che non è così, che presi singolarmente siamo tutti diversi, e assecondando questa convinzione rifuggiamo da una realtà tanto ignorata quanto elementare: da qualche parte, nel pianeta, esiste un'altra goccia. Potrebbe differire da noi nella razza, nel carattere, nella religione, ma ha la stessa nostra gradazione di colore, la stessa intensità, le stesse sfumature. Poche sono le gocce che riescono a ritrovarsi e a ricongiungersi. Poche sono quelle che, pur vivendo a distanza ravvicinata, hanno l'occasione di riconoscersi.

È questo che pensa Lea quando rientra in casa e trova Bianca e Andrea abbracciati davanti alla televisione. Stanno vedendo un vecchio film di Charlie Chaplin e già solo il fatto che ridano tutti e due davanti a qualcosa di così lontano nel tempo dice molto della loro vita insieme.

Bianca e Andrea fanno pensare a un giallo paglierino screziato di rosso. Bianca si volta, si affaccia dallo schienale del divano e dice all'amica: «Hai fatto prestissimo» e ha uno sguardo sollevato, da madre che si accerta del rientro in casa del proprio figlio.

Una volta in camera, Lea accende il lumino a forma di rosa della scrivania e apre il computer. Sul desktop c'è la foto di lei e Vittorio che si abbracciano in una spiaggia del Vietnam. Ricorda esattamente quando è stata scattata, da un pescatore sdentato che li aveva portati lì con una barca di legno blu tutta scrostata. Avevano riso come due ragazzini per tutto il tempo. Vedere quell'immagine ora la fa rabbrividire. Si affretta ad aprire il file del libro per allontanare la mente da qualsiasi pensiero che non sia il lavoro che deve svolgere.

Quella notte però niente le è più lontano dei suoi personaggi. Sembra che si muovano in un mondo dai contorni sfumati, come i protagonisti di un film muto. Sembra che non abbiano più nulla da dirsi.

C'è qualcosa in quel computer che la richiama a sé con molta più urgenza, qualcosa che lei non può più continuare a ignorare. E quando accetta la richiesta di amicizia di Giacomo, sa che quel gesto equivale al tentativo di riconoscere un colore.

Giacomo è sempre stato parsimonioso nella condivisione della sua vita privata su Facebook. Il Giacomo degli ultimi anni non ha cambiato atteggiamento, anche se ha caricato alcune foto della sua infanzia, degli anni della scuola, delle manifestazioni di piazza, dei momenti di svago, come se fosse diventato più nostalgico. E dalle poche cose che Lea riesce a intuire, non esiste una compagna fissa o qualcuna che l'abbia reso padre. Sono tante le donne che gli scrivono, che lasciano commenti, che lo taggano, magari a sua insaputa. Le salta all'occhio la foto di una passeggiata al mare con due ragazze che lo tengono per mano: è preso di spalle, mentre cammina, ha i jeans sdruciti, un maglione largo. Il mondo che lo circonda non è molto diverso da quello che Lea ha conosciuto negli anni dell'università. Sempre gli stessi intimi amici. Eppure, qualunque cosa decida di condividere, Lea ha l'impressione che lo faccia con lo stesso atteggiamento di chi osserva il mondo dall'alto, e lo vede nel suo essere teneramente e inesorabilmente minuscolo.

Le fotografie che ha caricato le ha divise per album. Ce n'è uno che porta il nome di Lorenzo: dentro ci sono le foto di classe, qualche scatto rubato a una festa. In quelle immagini inedite, Lorenzo appare magro e sparuto, come un uccello impagliato. Giacomo ha fotografato anche un libro sopra una scrivania e lo ha messo nell'album: è un titolo che ha pubblicato un paio di anni prima. Il suo post è: «Volevi diventare un editor per trovare il modo di incuriosire la gente attraverso buone letture. Saresti stato orgoglioso di questa storia, Lorenzo. L'avresti pubblicata anche tu». C'è anche la foto di loro due vicini ai resti del muro di Berlino, e sotto il commento di una donna che si chiama Giulia B e che dice: «Giacomo, ho provato a contattarti qui su Facebook, ma non rispondi. Ho bisogno di parlarti. Anche di lui». Lea clicca sull'icona della donna: un'immagine della Sagrada Familia di Barcellona. È curiosa, vuole sapere chi è.

Giulia B è castana chiara, ha i capelli lunghi e lisci, come i suoi. Anche lei ha una bocca che si nota: rossa e piena. Anche se la faccia è più allungata e segnata della sua, potrebbero sembrare sorelle. In realtà non sono neanche amiche virtuali e Lea non può vedere tutte le sue fotografie. Ma dalle informazioni che ha pubblicato, è chiaro che lei e Giacomo hanno frequentato lo stesso liceo, a Torino, che erano compagni di classe prima del trasferimento di lui a Roma. In quel momento le torna in mente una piccola confessione di tanti anni prima: «Somigli a una ragazza di scuola di cui ero perdutamente innamorato».

Lea torna agli album. Cerca in quei vecchi post le tracce della sua assenza, cerca qualcosa che le parli di quello che sono stati e che le tolga di dosso questo insopportabile senso di esclusione. Cerca Giulia B, vuole sapere se si sono rivisti, se si sono amati o se si amano ancora. Ma non trova nulla, né di lei né di sé. Poi incappa in un album che le toglie il fiato.

Giacomo si è preso la briga di fotografare la casa di Antiparos completamente vuota. Le stanze, il bagno, il barbecue, la spiaggia, la chiesa. Certi luoghi sembrano promettere che non cambieranno mai, che ci aspetteranno lì come li abbiamo lasciati.

Nella casa di Antiparos soltanto una cosa non è più la stessa: le nicchie sotto la tettoia dove gli uccelli facevano il nido ora sono un cumulo di pietre levigate. Il proprietario della casa le ha riempite di sassi per impedire agli uccelli di cercare riparo lì dentro, e vedere quei sassi incastrati sotto il pergolato dove facevano colazione è come tornare bruscamente indietro, ritrovarsi faccia a faccia con una ragazza che aveva il volto rigato di lacrime mentre osservava un passerotto morire, desiderando di scomparire anche lei dalla faccia del mondo.

Poco più giù, scorrendo lo schermo, c'è la grotta di Agios Ioannis e una fotografia che Giacomo ha scattato soltanto l'estate prima. Chissà cosa deve aver pensato quando ha ritrovato quella data incisa sulla parete della cava: 1 agosto 2008, e, subito sotto, l'equazione di Dirac: $(\partial + m)\ \psi = 0$. È ancora lì, e forse ci resterà per qualche secolo, per parlare di loro a chiunque, scendendo nella grotta per visitarla, le si avvicinerà.

Subito dopo la creazione dell'ultimo album, Giacomo ha pubblicato una canzone di Mina: *La voce del silenzio*. La ascoltavano in macchina durante quell'unica vacanza che avevano trascorso insieme. Lea guarda la data che compare sotto al post: è il giorno del suo matrimonio, il giorno in cui lei raggiungeva Vittorio su una spiaggia vestita di bianco. Osserva la faccia di Giacomo, i suoi occhi liquidi e inquieti che le sorridono dall'immagine del profilo, e una lama incandescente le affonda nel cuore.

Se ancora pensava a lei, a quel tempo, perché l'aveva lasciata andare? Che genere di uomo avrebbe deviato così il destino di una storia? E che genere di tormento poteva essere stato più forte del bisogno di qualsiasi confronto?

Era stato un vigliacco. Oppure l'aveva usata per continuare a nutrirsi del torbido di cui alcune persone hanno bisogno per vivere. Qualunque cosa fosse successa in passato, nel presente di quella sfida doveva concentrarsi solo sul suo lavoro e tornare alla sua vita il più in fretta possibile.

Giacomo ha lasciato trascorrere dieci giorni prima di spedirle la seconda revisione del manoscritto, segno che anche per lui, dalla sera che si sono rivisti, qualcosa è cambiato.

«La scienza non può svelare il mistero fondamentale della natura. E questo perché, in ultima analisi, noi stessi siamo parte del mistero.»

Glielo aveva detto lui, citando non ricorda neanche più quale fisico che aveva passato la vita a cercare di dare un senso alle cose.

E un senso Lea non riesce a darlo al perché Giacomo si sia limitato a piccole correzioni, qualche taglio. Ora è lì, impalata davanti alle pagine che restano da modificare.

E intanto i giorni passano, e le telefonate con Vittorio diventano sempre più complicate. Le tempistiche, stravolte dalla differenza d'orario, rovinano i loro incontri telefonici: ogni volta che lei lo chiama, Vittorio è impegnato, e viceversa. Lui va di fretta, è nervoso. Problemi sul lavoro, dice, stanno per affrontare una fusione importante. Lui e Angela Merkel passano al setaccio i documenti che servono per i contratti anche di notte, e sono sempre stanchi. Così come stanca comincia a essere anche Lea, di dormire in un letto troppo stretto, di non avere i suoi spazi e di trovare sempre il bagno occupato, anche se il calore di quella famiglia così numerosa la sostiene.

L'immagine di Vittorio e della Merkel che si aggrovigliano sotto le lenzuola la sorprende un pomeriggio, mentre si sta facendo una doccia. L'acqua le scivola sulla testa, tra i capelli, ma è come se ci fosse una bolla a racchiuderla, e dentro quella bolla la faccia di suo marito che viene dentro il corpo di un'altra, che grugnisce di piacere in quel suo modo doloroso e animalesco, ancora più intensamente di come gli riesce con lei. In un'altra immagine è in giacca e cravatta, a una di quelle cene formali cui è costretto a presenziare per questioni di lavoro, e c'è Lin Yu vicino a lui, l'urbanista malata di cuore, la donna cinese che Lea ha conosciuto a casa dei Van Der Meer, poco prima di partire. È elegante ed eterea, come lei la ricorda, ed è nel mirino dello sguardo di suo marito, nelle sue fantasie più nascoste. L'acqua continua a scorrerle sulla pelle, e ora riesce a sentirla, insieme alla paura di finire troppo lontana da quella vita consolidata, di diventare semplice osservatrice di un inevitabile collasso. Finché non si focalizza sull'espressione calma del volto di Lin Yu, sulla sua aria rassicurante, che di colpo ridimensiona quelle immagini e le riveste di un'aura di rispettabilità. Ora li vede impegnati in una conversazione innocente, su Singapore, sul suo bisogno di futuro, sull'importanza del passato, e l'ansia finisce per sciogliersi nell'acqua e colare via in un rivolo schiumoso tra le fessure dello scolo.

Avvolta nell'accappatoio, con i capelli raccolti nell'asciugamano, Lea torna davanti al computer per affrontare i suoi personaggi, desiderosa di tirare le fila della loro storia il più in fretta possibile, e in quel momento Stella la sorprende alle spalle.

«Mi leggi quello che hai scritto?» chiede affacciandosi sulla porta.

«Non ti piacerebbe, non è adatto a una bambina come te. Ma

ti racconto la storia degli Shen, se vuoi, i misteri dell'universo. Questa sì che ti può piacere.»

«Che cosa sono gli Shen?» domanda la bambina con una espressione affascinata.

«Devi immaginare l'universo come una grande pancia. Gli Shen fluttuano al suo interno illuminandola. Sono la nostra essenza, le scintille divine che raggiungono la terra il giorno in cui una vita viene al mondo. Secondo l'antica tradizione cinese, lo Shen abita nel cuore e in lui c'è la nostra missione, il compito che abbiamo qui sulla terra.»

«E cosa dobbiamo fare?»

«Ognuno una cosa diversa, anche se molta gente se ne dimentica.»

Stella ci pensa un po' su. «Zia, secondo te vale come missione imparare ad andare a cavallo per fare il percorso a ostacoli?»

«Credo proprio di sì» sorride Lea.

«E tu cosa devi fare, zia?»

«Intanto finire questo libro. E poi andare di là ad asciugarmi i capelli.»

Parlare di Shen con Stella è stato come aprire un varco luminoso che ha attratto i suoi personaggi e li ha convinti a fare ritorno. Quella notte c'è di nuovo linfa nelle dita di Lea che si rincorrono sulla tastiera del computer come non accadeva da tempo. E chiarezza sul destino dei suoi protagonisti. Ha trovato una nuova chiave ed è stato proprio Giacomo a suggerirgliela: ridurre tutto all'essenziale.

Quando alza la testa, si accorge che fuori ha cominciato ad albeggiare. Il giallo del palazzo di fronte si è impastato con il lilla del cielo e il riquadro della finestra ora sembra un dipinto. È la scenografia ideale per il racconto di un addio. Così Lea non perde tempo a rileggere quello che ha scritto, a soffermarsi sugli eventuali errori, ha solo urgenza di inviarlo, e per la prima volta, da quando l'ha rincontrato, spera davvero di non doverlo affrontare più, di lasciarlo per sempre, come sta per lasciare i suoi personaggi, nel mondo etereo e rarefatto delle cose immaginate.

Bianca ha ricominciato a lavorare alla Asl di San Giovanni e ha una faccia più aperta, soddisfatta. «Non siamo più fatte per stare a casa come le nostre nonne» dice. E mentre la sua vita si carica di nuove responsabilità, quella di Lea diventa improvvisamente più leggera. L'ansia del romanzo ha lasciato il posto al bisogno di riprendere un ritmo quotidiano: contribuisce alle faccende domestiche, fa la spesa e accompagna Bianca a prendere i bambini a scuola; e intanto cerca di non pensare alla risposta di Giacomo, che questa volta tarda ad arrivare, o al ritorno di Vittorio, che non è più così lontano.

Non ha più aperto Facebook da quella sera. Il bisogno di lui sta allentando la sua presa, uno spettro che con la luce del giorno sbiadisce, fa meno paura.

Se è vero che abbiamo tutti una missione, pensa Lea, forse quella di Giacomo era di tornare nella sua vita un'ultima volta per condurla alla fine del romanzo, per ridarle un equilibrio che proprio lui per vent'anni le aveva tolto. E quando arriva la sua mail, con in allegato l'ultima revisione del testo, Lea la apre con la netta impressione che sta per essere liberata.

«Ci siamo;» le scrive lui «ci abbiamo messo, anzi ci hai messo meno tempo di quello che temevo. Il romanzo ora funziona molto meglio; Grazia è davvero soddisfatta. Vorrebbe vederti domani per fare il punto sulla promozione. Abbiamo anche approvato il tuo titolo, ne abbiamo discusso e alla fine abbiamo deciso che *Diario di un'expat* è senza dubbio il più indicato. Ti rimando l'ultima versione corretta. Non ci sono annotazioni ai margini, questa volta. Mi sono limitato a ripulire il testo, alleggerire qualche passaggio. Per qualsiasi dubbio, non esitare a contattarmi.»

Please, do not hesitate to contact us, come c'è scritto in calce a una semplice contrattazione commerciale nelle vendite *online*. Sono due adulti ormai, che hanno preso strade diverse. Che non devono esitare.

L'istinto le suggerisce di andarsene senza guardarlo neanche un'ultima volta in faccia prima di lasciarlo alle sue Martine B, ai suoi problemi irrisolti; ma alla fine cede alla tentazione di aprire la chat di WhatsApp.

Giacomo è *online*, glielo dice lo stato riportato sotto il suo nome, accanto alla foto del profilo, la stessa di Facebook.

«Domani purtroppo non posso» gli scrive. «So che il romanzo è in buone mani, tenetemi aggiornata tramite mail. Sono felice che vi sia piaciuto.»

Lui è ancora connesso, e il segno riportato accanto al messaggio le comunica che lo ha letto in tempo reale. C'è sempre la scritta *online* ma non risponde.

Lea lo osserva dalla foto e lo immagina fermo a fare altrettanto, a fissare il suo *online* senza riuscire a muovere un dito. È un faccia a faccia virtuale che fa sudare le mani. Poi, compare ... *sta scrivendo* e Lea ha un tuffo al cuore. Ma arriva un messaggio insulso: «Ti auguro ogni bene» le scrive, e un attimo dopo sparisce. Lo stato *online* di Giacomo lascia il posto all'ora dell'ultimo aggiornamento e Lea resta con il cellulare tra le mani e la voglia di lasciarlo cadere per terra.

«Non avete mai messo il vostro amore alla prova della quotidianità» le dice Bianca, afferrando una confezione di biscotti e lasciandola cadere nel carrello.

«Ma perché mi parli di lui?»

«Perché ti conosco, Lea. Da quando hai finito il libro, ti sei spenta. So che è colpa sua, che è stato lui a ridurti così. Lo ha fatto ogni volta che vi siete avvicinati. Ma insieme, voi due, non ci siete mai stati. Probabilmente nella vita di tutti i giorni neanche andreste d'accordo, però non hai mai avuto modo di capirlo. E lui ti resta qui» e si indica la gola, mettendoci di traverso il tubetto di latte condensato che ha appena raccolto da un contenitore di cartone. «Chissà se riuscirai mai a mandarlo giù.»

E mentre Bianca si muove disinvolta tra i pacchi di merende e i prodotti in scatola di un supermercato romano, Lea riflette su cosa è diventato per lei fare la spesa negli ultimi anni, quando brancola tra le corsie dei *mall*, mentre cerca di orientarsi tra scritte in cinese e prodotti sconosciuti. Dopo così tanto tempo non si è ancora abituata all'idea che la pasta abbia tempi di cottura diversi e che i sughi siano troppo speziati. Ora che ci pensa, la quotidianità che ha con Vittorio, forse, sta proprio nel tentativo costante di non averne una. Ma quello che dice Bianca è vero: lei e Giacomo insieme non hanno fatto quasi niente, non sono nemmeno mai entrati in uno stupido supermercato.

«Guarda che ti sbagli. Questa volta Giacomo non c'entra.»

«Allora se non è lui, cos'è? Depressione? Problemi con tuo marito? Mancano pochi giorni. Vittorio sta per arrivare e ve ne andrete finalmente in vacanza, eppure non mi sembra che tu faccia salti di gioia.»

«Deve essere l'idea di tornare a Singapore» ammette Lea, seguendo l'amica fino alla cassa. «È come se lì non ci fosse nulla di mio. Da quando sono tornata mi rendo conto che questo posto mi manca. Mi manchi tu, i nostri amici. Persino mia madre, e ti ho detto tutto.»

«Dovresti parlarne con lui allora.»

«Non tornerebbe qui neanche morto. Sarebbe come ucciderlo.»

«E allora che fai? Preferisci morire tu?»

Lea osserva Bianca mentre sistema la spesa sul nastro scorrevole. «Devo dirtelo con franchezza» aggiunge, abbassando il tono di voce per non farsi sentire dalla cassiera. «Sei una donna intelligente, sensibile, bella, ma hai un grande difetto: in amore ti annulli, sei capace di dare via l'anima per niente. È come se dicessi alla persona che ami: ecco, questa è la mia vita, queste sono le chiavi, entra pure e fa' quello che vuoi, ma non te ne andare mai.»

«Davvero pensi questo di me?»

«Ti conosco dalla prima elementare, Lea. E poi sono o non sono una psicologa?» le strizza l'occhio.

In trent'anni, è la prima volta che Bianca dice qualcosa in grado di farla vacillare. E proprio in quel momento sente l'avviso di un messaggio in entrata.

Tira fuori il cellulare dalla borsa, e ciò che legge sullo schermo è ancora più forte dell'onda d'urto che hanno provocato le parole di Bianca.

«Grande notizia,» le scrive Giacomo «abbiamo anticipato l'uscita del libro: sarà fuori per Natale, e io voglio vederti, anche solo per brindare.»

Lea si blocca per qualche secondo. Le mani cominciano a tremare.

«È lui?» domanda Bianca.

«Hanno anticipato l'uscita del libro a Natale.»

«E…?»

«Mi propone di vederci per un brindisi.»

«E…?»

«E io vorrei capire.»

«Che cosa?»

«Contro cosa ho combattuto tutti questi anni.»

Bianca scuote la testa. «E una volta che l'hai capito?»

«Una volta che l'ho capito ci sarà la pace.»

Questa volta Lea non sarà debole come dice Bianca. Questa volta vuole che sia lui a prostrarsi, a chinare il capo di fronte alla forza di un desiderio, e farà di tutto per lasciarlo insoddisfatto. Ha scelto accuratamente un vestito nero che le sfina i fianchi: negli ultimi mesi, a furia di merendine e avanzi di omogeneizzati, ha messo su qualche chilo. Ma nessun orpello: niente piega, solo un filo di fard e di rimmel, un velo di lucidalabbra e un paio di stivali con i tacchi.

Quando raggiunge il locale del centro dove Giacomo le ha dato appuntamento, nella mente di Lea prende sempre più forma il proposito di centrare l'obiettivo: sedurlo, far crescere in lui il desiderio di poterla avere per poi fargli provare che cosa significhi sottrarsi, e il senso di frustrazione e di attesa che ne consegue. Ed è quel proposito che la fa camminare a schiena dritta, che la fa entrare nel locale con un'aria in grado di richiamare gli sguardi degli uomini seduti ai tavoli. «Da quella parte» le dice il cameriere mentre le indica la scala per raggiungere il piano di sopra. È lì che lui la sta aspettando.

Le volte che hanno cenato insieme si contano sulle dita di una mano. Soltanto ad Antiparos, in quella piccola taverna sopra al porto che odorava di frittura di pesce, si sono ritrovati loro due da soli, a ordinare vino e brindare guardandosi negli occhi.

Giacomo indossa una camicia color mosto con il colletto che spunta da un golf di cotone grigio; per una volta ha i capelli pettinati e lo sguardo impenetrabile. Ma fa fatica a mantenerlo tale quando la vede arrivare. Un'esitazione che lei riesce a cogliere a distanza e, nell'avvicinarsi, approfitta di quell'attimo per accentuare i suoi movimenti seduttivi mentre gli si siede di fronte.

La solidità che prova la fa sentire più alta. Anche se avverte dentro di lei una tensione di cui il corpo non riesce a disfarsi, cerca di ignorarla, perché vuole essere per lui una fortezza inespugnabile.

Giacomo sembra quasi in difficoltà. Le versa del vino, e avvicinando il calice al suo le dice: «Alla scrittrice», per poi abbassare subito lo sguardo.

Lea ringrazia. Sa che quella sera non ci sono ruoli professionali dietro i quali nascondersi. Ci sono solo due persone che si conoscono da vent'anni ma che davvero non si sono mai confrontate.

Rilassati, si dice Lea. *Per questa sera è nelle tue mani. Giocaci un po', e alla fine annientalo.*

E lui, per allentare la tensione comincia a parlare, allegro, divertente, come forse non lo è mai stato. Le racconta aneddoti sul suo lavoro, dagli autori con cui ha avuto modo di lavorare alle stranezze del mondo editoriale, a un paese dove la gente non legge più e solo i libri di oroscopi e ricette fanno battere scontrini.

Finché non dice: «Sarà difficile comprendere queste miserie per te che vivi in un posto dove la gente parcheggia direttamente in casa, in cima ai grattacieli».

Lea avverte un campanello d'allarme e risolleva la guardia: «Figurati, io uso solo i mezzi» gli risponde. «Non so dove trovi certe notizie...»

«Ho letto un articolo tempo fa, c'era la foto di un grattacielo...»

«E allora? Io non li ho mai visti, o forse non ci ho fatto caso. Ad ogni modo, non so tu, ma io preferirei affacciarmi alla finestra e vedere un bel paesaggio rurale piuttosto che un'auto di lusso.»

«E allora perché hai scelto proprio quel posto? Immagino che dalla tua finestra si veda soltanto una lunga distesa di grattacieli.»

«Ci tieni proprio a sapere che cosa si vede dalla mia finestra?»

Giacomo abbassa di nuovo lo sguardo, non risponde, sorseggia un po' di vino e le domanda: «E tuo marito di cosa si occupa?».

«È un avvocato.»

«Di destra e dispotico come lo immagino?» ride.

«E perché mai lo immagineresti così?»

«È più facile pensare di competere con qualcuno che si trova agli antipodi del tuo mondo, piuttosto che con chi ti somiglia almeno un po'.»

Un brivido le attraversa la schiena. «Non credevo si trattasse di una competizione.»

«Infatti non c'è gara. E se ci fosse, sarei squalificato in partenza.»

Impara a soprassedere, si esorta Lea. *Non addentrarti in questo discorso, è rischioso*. Ma non resiste: «A dire il vero, ti facevo più combattivo.»

«Sto pensando all'ipotesi di trasferirmi da qualche parte sul mare» replica ironico. «E di aprire un allevamento, che so?, di capesante; dicono che ce ne sia sempre maggiore richiesta sul mercato. E questo dovrebbe darti l'idea del livello di ambizione che ho raggiunto.»

Lea lo guarda. «Se trovi una donna disposta a seguirti fin lì, non sarebbe male.»

«Invecchiando, non è detto che non si impari anche ad apprezzare la solitudine.»

«Quindi tirerai su una famiglia di capesante.»

Giacomo scoppia a ridere e lascia andare la testa indietro, divertito: «Sempre meglio che allevare bambini. Non augurerei a nessuno di avere un padre come me».

«Perché? Non saresti un buon padre?»

«Sono sempre stato egoista, distratto, narciso e volubile. Molto volubile» risponde serio.

Lea si infastidisce, ma non ha intenzione di permettere al livore di tornare a prendere il sopravvento, e si concentra su una confezione di grissini, ne sfila uno dall'involucro opaco e se lo mette tra i denti.

«E tu? Non hai pensato ad avere dei figli?»

«Ci stiamo provando» risponde, dando un morso al grissino, senza poter evitare di dirlo con una certa freddezza.

«Sai, Matteo è diventato papà» racconta lui, come per uscire da un terreno minato e cercando di non lasciarsi rannuvolare dalla sua risposta. «Te lo ricordi?»

«Certo che me lo ricordo. Si è sposato?»

«No, e non so quanto potrà durare con la madre della bambina, ma come padre è davvero in gamba. Quando c'è, ci si dedica molto.»

La faccia di Matteo, quella faccia da schiaffi che aveva in Grecia mentre ballava in riva al mare attaccato alle cosce di Angelika, non riesce a lasciare il posto, nell'immaginario di Lea, alla figura più seria e composta di un padre con la figlia in braccio.

«È in Etiopia adesso, e le sue fotografie fanno il giro del mondo insieme a lui. Lasceranno un segno.»

«E tu?» domanda Lea.

«Io cosa?»

«Anche tu lascerai un segno?»

«Sto per pubblicare il caso editoriale del decennio. Certo che lasceremo un segno.»

Lea abbassa lo sguardo, mentre lui solleva il calice. «Un brindisi al romanzo.»

Lea non dà seguito al gesto.

«Al *Diario di un'expat*» rilancia lui, inarcando le sopracciglia in un'espressione disarmante.

«Anche *L'uomo con la valigetta rossa* non era male» risponde finalmente Lea, sollevando a sua volta il calice.

Alla fine della cena si ritrovano a passeggiare per i vicoli del centro come non capitava da molti anni. Giacomo ha insistito per pagare il conto, ha un modo di fare premuroso e signorile, forse un dono dell'età. Le cammina a fianco, tenendosi anche leggermente a distanza, con le mani infilate nelle tasche di un paio di vecchi pantaloni verdi che lo fanno apparire più robusto; le scarpe consumate, la barba che sotto la luce soffusa dei lampioni sembra più scura; e se sta covando il desiderio di sbatterla contro il primo portone, lo nasconde bene dietro l'aria innocua e distinta di chi ha deciso una volta per tutte di farsi da parte.

Nessuna grande rivincita, pensa Lea delusa, ora che il vino l'ha resa più leggera, ora che la sua fortezza è salva e tutti i soldati, che erano accovacciati dietro le mura pronti a puntare i cannoni o a sguainare le spade in caso di bisogno, osservano mestamente il nemico battere in ritirata.

Si chiede cosa se ne farà di tutte quelle armi inutilizzate, come imparerà a domare l'elettricità che non ha mai smesso di attraversarle la pelle per tutta la durata della cena. Camminando raggiungono corso Rinascimento e si avvicinano al vicolo del Divino Amore. Lea rallenta il passo quando si accorge che stanno per finirci proprio dentro, per raggiungere il suo portone.

«Ti sto forse accompagnando a casa?» gli chiede con un sorriso teso, mentre sente l'eccitazione crescere, e con quella l'istinto di rimettersi in guardia.

«Veramente volevo chiederti di salire» risponde lui, con la stessa naturalezza con cui in passato, ogni volta, tornava a riprendersela, e anche con quell'arroganza puerile, quell'intima certezza che lei non potrà rifiutare.

«Avevi detto che a differenza degli altri autori, a casa tua non mi ci avresti mai portato.»

«Per lavorare certamente no.»

Lea ha l'occasione che stava aspettando. La fermata dei taxi è proprio alle loro spalle, ce ne sono un paio in attesa. Ora deve solo riorganizzare le sue fila armate, ordinare agli arcieri di tenersi pronti, avvicinarsi a lui e con atteggiamento seducente far salire la chimica del desiderio al punto da sentirla, oltre la camicia, il maglione, i vestiti che ha indosso, e quando quella chimica arriverà a bruciarlo, quando lo spingerà a fare il primo passo, a quel punto rifiutarlo e allontanarsi a testa alta per tornare a casa di Bianca. E anche se si sente all'improvviso morbida e malleabile, anche se ha il timore che in un attacco frontale potrebbe uscirne sconfitta, non deve perdere il controllo e limitarsi a seguire la strategia che si è imposta.

Ma Giacomo la prende in contropiede: «Ho una cosa che ti appartiene e che vorrei restituirti» le dice.

Non è certamente una scusa. Non è da lui.

C'è davvero qualcosa di suo lì dentro, e non solo in senso metaforico: è qualcosa che lei deve aver dimenticato lì prima della vacanza in Grecia, solo che non ha la minima idea di cosa possa essere. «Potrei aspettarti qui» gli propone, esitando.

«E io potrei insistere. Ma solo ed esclusivamente per non dovertela restituire in mezzo alla strada.»

Entra, Lea, le dice la voce dentro di sé. *Portalo all'estremo, riprenditi ciò che è tuo e poi sbarazzatene una volta per tutte.*

C'è odore di vernice nel vecchio ingresso del palazzo. Giacomo preme un interruttore e una lampada a neon sfrigolante illumina un androne bianco, recentemente ristrutturato. Lea lo segue, facendo respiri lunghi e profondi e cercando di non far caso al tremore che ha cominciato ad assalirle le gambe.

Quando Giacomo apre la porta dell'appartamento, il passato è lì ad attenderla, in quella che una volta era l'anticamera del loro segreto riparo. La cucina, il soggiorno: non è cambiato nulla, anche se ogni angolo di quella parte di casa, contrariamente all'ultima volta che è stata lì, sembra vivo e abitato.

Giacomo ha spostato tutti i suoi vecchi libri, li ha sistemati in scaffali che prima non esistevano e che ora affollano le pareti del salotto. C'è un maglione buttato sul divano, persino una televisione.

«Non ce l'hai più il seminterrato?»

«Ci tengo il pianoforte, e mi limito a correggerci i manoscritti. Dormo, mangio e vivo qui ormai. È decisamente più comodo. E meno umido. Vuoi dell'acqua? Mi è venuta sete, forse la cena era troppo salata.»

Quella casa aveva rappresentato per lei un cumulo di aspettative. In via dei Serpenti si erano amati in un modo carnale e senza futuro, mentre lì lui l'aveva baciata tenendo le dita incollate alla tastiera di un pianoforte, le aveva fatto credere nella possibilità di un amore adulto, costruttivo. Invece era un ponte verso l'abisso, e a distanza di sette anni torna a vederlo, questa volta imponendosi di non attraversarlo.

Getta un'occhiata al frigorifero aperto e non può che notare le tracce di una piccola evoluzione: è pieno, in confronto alla landa desolata di tanti anni prima, c'è addirittura un contenitore accuratamente sigillato con del sugo e una bistecca. Giacomo tira fuori una caraffa d'acqua, e poi, dalla credenza, una bottiglia di rum.

«Bevi ancora molto?»

«Qualche volta, quando mi agito» sorride lui, versandosene una modesta quantità in un bicchiere. «Vuoi?»

«Va bene l'acqua, grazie.»

«In compenso ho smesso di farmi le canne» aggiunge scherzoso, mandando giù un po' di liquore, con occhi febbrili. «Dicono che è troppo da adolescenti.»

«Perché, ora saresti cresciuto?» gli dice istintivamente provocatoria, biasimandosi un attimo dopo per non essere stata più morbida come era nei suoi propositi.

Si volta verso il soggiorno per riprendere il controllo, e in quel momento nota che la fotografia di Matteo si è guadagnata l'unica parete libera, quella che collega il salotto alla camera da letto. Si avvicina.

È anche riportata in basso una targhetta con il titolo: *Il destino di due particelle quantiche.*

«È l'unica vera fotografia d'autore che possiedo» si affretta a spiegarle Giacomo. «Ed è un esemplare unico: Matteo non ne ha fatta neanche una copia.»

Di fotografie non ce ne sono altre, almeno al piano di sopra, e Lea si mette a osservare quei puntini azzurri, che una volta credeva avessero il compito di rappresentarli, e lo rivede ragazzino, concentrato sui numeri, veloce come un computer, freddo come un automa.

«Ero sicura che avresti scoperto un'equazione all'origine dell'universo» gli dice a quel punto, tradendo un po' della malinconia che l'ha appena sorpresa.

«Dammi tempo. Sono sicuro che se continuo a guardarti negli occhi, potrei anche avere un'illuminazione».

Ecco, ha sferrato una di quelle sue frasi da manuale, un po' banale forse, una frase che ora a Lea risuona del tutto inefficace. Mentre lui è sicuro che basterà, come è accaduto in passato: non l'ha mai considerata troppo esigente, questo in fondo lo ha autorizzato a coltivare il suo senso di superiorità, di invincibilità. Altrimenti non l'avrebbe invitata stasera, se non fosse ancora una volta sicuro del risultato. Lea lo conosce abbastanza per sapere che è quello che sta pensando, e vorrebbe dirgli: non hai idea di quanto ti sbagli.

Si addentra nel salotto convinta di potersi ritrarre al momento opportuno, ma ancora una volta le esce un tono insofferente e provocatorio: «Allora? Cosa mi devi restituire?».

Giacomo è calmo, continua a sorriderle: «Hai fretta di andartene?».

«Dormo da Bianca, temo che mi aspettino svegli.»

«Hai il coprifuoco, come un'adolescente?»

«Dài, sono curiosa.»

«Accomodati» le dice, indicandole il divano.

Lea rimane in piedi.

Giacomo si avvicina alla libreria: «Dovrebbe essere qui» e si mette a rovistare in una pila di carte e documenti.

Un attimo dopo si volta e le porge un vecchio quaderno.

«Cos'è?» chiede Lea. E solo rigirandoselo nelle mani nota la copertina di Dylan Dog, tutta pasticciata di colori, con gli angoli sollevati e i fogli dell'interno un po' ingialliti.

Non ha neanche il coraggio di aprirlo. Riconosce il cerchio disegnato con l'UniPosca azzurro sulla faccia del personaggio che tanto amava da ragazzina, e sa che lì dentro ci sono le sue equazioni, i nudi di donna, gli scarabocchi. Sa che lì dentro c'è il semestre più lungo di tutti gli anni del liceo.

Rivede i cerchi azzurri disegnati sulla loro pelle, le sue dita sottili ed emozionate che tengono in mano il pennarello e si avvicinano al dorso della sua mano con l'intento di marchiarlo, nella speranza di diventare per lui indelebile, e avverte lo stesso dolore al petto che aveva provato la prima volta che era fuggita, quel pomeriggio di tanti anni prima.

Durante la Seconda guerra mondiale, i singaporiani si aspettavano che i giapponesi attaccassero dal mare. Invece arrivarono via terra, dalla Malesia, a piedi e in bicicletta. Mentre camminava tra i vicoli del centro, poco prima, con quell'andatura così tranquilla e l'atteggiamento quasi remissivo, Giacomo era in realtà un giapponese in bicicletta, che si preparava a sferrare il suo attacco decisivo.

Ora Lea sente freddo alle mani, le parole tacciono, rovesciate. C'è solo l'immobile paura di sollevare lo sguardo, di fargli scorgere l'emozione che si annida lì dentro. Lui ha conservato il suo quaderno per tutti quegli anni, ma Lea non fa in tempo a pensarlo che Giacomo chiarisce: «L'ho trovato a casa dei miei, quando l'ho svuotata».

Lei incassa il colpo, ma questa volta stringendo il quaderno con i pugni che si riempiono di rabbia. «Ora devo proprio andare» dice, cercando di mantenersi in equilibrio fino alla porta dell'ingresso.

Allunga una mano per aprirla e sente la sua presenza alle spalle, calda e incombente, come se fosse lì lì per abbracciarla. Stringe la maniglia per farsi forza. *Non voltarti*, continua a ripetersi. *Vattene ora.* Ma sente come un gancio che le ha arpionato lo stomaco. Uscirà da quella casa, scenderà le scale e quel gancio continuerà a tirare. Tra una settimana raggiungerà Vittorio all'aeroporto, cercherà di sorridere insieme a lui, che è il depositario della sua purezza, e mentre parleranno dei progetti lasciati in sospeso, sa che quel gancio continuerà a tirare. E allora si sente come sopraffatta, perduta. E non può fare a meno di voltarsi. Prendere un lungo respiro e trovare il coraggio di tornare a guardarlo negli occhi.

Non può permettergli di vincere ancora una volta. Ha il quaderno tra le dita, vorrebbe tirarglielo addosso, farglielo ingoiare pezzetto per pezzetto, fargli sentire il sapore amaro, acre e salato che ha provato lei in tutti quegli anni. L'unica vittoria in cui può sperare è quella di una liberazione, e l'unico modo per uscirne è andare fino in fondo, viverselo, ma prendendo linfa dagli insegnamenti di suo marito: diventare un computer, non contemplare coinvolgimenti sentimentali e avere la stessa capacità calcolatrice che governa le scelte di Vittorio.

Giacomo la sta fissando intensamente. Ha le braccia arrese sui fianchi, in una posizione di languida attesa. Lea gli appoggia le mani sul petto e con rabbia lo spinge contro il muro. Vede i suoi occhi accendersi di stupore, un lampo di eccitazione che li attraversa.

Si avvicina alle sue labbra, gli respira nella bocca. «Non m'innamorerò di te un'altra volta» gli dice.

E lui, insolente e puerile, rimanendo fermo, con la sua voce piena di alcol: «Non devi».

Lea stringe le dita sul suo maglione, lo tira verso di sé. «Ma me ne stancherò» gli promette. «Ti consumerò al punto che non ne vorrò più sapere, che mi verrà la nausea solo a guardarti.»

«È quello che ti auguro.»

Dio solo sa il male che vorrebbe fargli, e che vorrebbe ricevere da lui quella notte, perché soltanto vivendolo potrà esorcizzarlo. Il bisogno che nutre nei suoi confronti non è mai stato così alimentato dalla necessità di procurare e procurarsi dolore. Non è mai caduto così in basso.

Le loro bocche cominciano a cercarsi, più avidamente che mai, come se volessero reciprocamente mangiarsi, possedersi, e Lea reagisce con forza all'invasione delle sue mani, sembra una gara a chi arriva a stringere per primo, conquistare, infierire.

Con una mano Giacomo affonda tra le sue cosce, con l'altra le strizza il seno, poi risale rapidamente al viso. Le dita che s'insinuano nella sua bocca, cercano la lingua, mentre lei si ritrae, perché non può soccombere, vuole dominare. E così anche le sue mani, che reagiscono a quella specie di lotta, lo cercano, con la stessa violenza.

In pochi istanti finiscono contro il tavolo cercando di strapparsi i vestiti di dosso; lui le spalanca le gambe, afferrandole per le ginocchia, vorrebbe slacciarsi i pantaloni ma lei glielo impedisce, e lascia che la cinta le sbatta contro, e sente il suo pene duro e dritto premerle addosso. Si bagna al solo pensiero di riaverlo dentro, ma è quella stessa attesa l'epicentro del piacere e allora riprende a divincolarsi. Inarca la schiena quando lui le morde un capezzolo, e sente un fluido caldo scivolarle sull'inguine. Poi si sporge in avanti, si aggrappa al suo collo, gli affonda il viso tra i capelli, prendendogli le spalle. «Ti odio» gli dice, mentre lui le alita nelle orecchie, cerca di nuovo le sue labbra, preme la bocca contro la sua, e in un balzo rabbioso l'afferra per i polsi, cerca di voltarla, di piegarla sopra il tavolo, anche se lei tenta di liberarsi.

Gli fanno male, le sue unghie che affondano nella pelle delle sue natiche, e ancora più male le sue dita che le hanno afferrato i capelli per tenerla ferma. Urla, fino a farlo smettere, indietreggiare. Poi, con il petto ansimante e le mani impuntate sopra il ripiano, volta la testa verso di lui, torna a guardarlo.

Si rialza, si asciuga le labbra con il dorso della mano, si scosta i capelli dal viso, intanto cerca di riprendere fiato. Un attimo dopo si allontana per addentrarsi nella camera da letto, il vestito scucito che le ciondola su un fianco. Lui resta per qualche istante con le mani strette a pugno, fermo a osservare la sua schiena nuda che si lascia inghiottire dal buio della stanza, poi, con uno scatto deciso, torna a riprendersela.

La scaraventa contro il materasso, le si getta addosso, le strappa via i vestiti che restano. Lea lo morde, lo prende a pugni contro il petto, si lascia mordere a sua volta. Morsi che la riempiranno di segni, che la fanno gridare, ancora e ancora, finché quelle grida non si trasformano in lunghi gemiti di piacere, finché non lo sente dentro, in un colpo solo, violento, che le paralizza il respiro.

Ora Lea si lascia domare, e diventa fluida, quasi inconsistente, ora s'irrigidisce per riprendere il controllo, dettare lei il ritmo, i movimenti da seguire, e mai, nella sua vita, mai si è sentita tanto istintiva e animalesca, tanto feroce e remissiva, ma padrona del suo corpo, della sua mente e dei gesti che sta compiendo.

È un intreccio senza pace. Non sa da quanto tempo vadano

avanti così, ma le sembra che tutto abbia una misura sospesa, ancestrale, come se avesse a che fare con qualcosa di più remoto, come se fosse già accaduto migliaia di volte, e non solo nei ricordi del passato o nelle sue fantasie più inconfessabili, ma molto, molto prima, e anche molto dopo.

E quando, con le mani aggrappate alla spalliera del letto, sente Giacomo che affonda dentro di lei negli ultimi colpi ravvicinati, Lea pensa di non aver mai provato nulla di simile, e non immaginava che il piacere potesse trovare tanta linfa in quel grado di brutalità. E quando poi lo sente gemere, in un modo che non ha nulla di umano, e tremare come una creatura sgusciata, tramortita dal freddo, mentre viene sopra le sue natiche e a poco a poco crolla, accovacciandosi con lei su quel che resta di un lenzuolo, le fa male ogni parte del corpo: i morsi, che a breve diventeranno lividi, la faccia, la cute, persino le punte dei capelli. E si sente piegata e abbattuta, mentre il seme di lui le si asciuga addosso. Ma nulla, di tutta la violenza che li ha animati e coinvolti fino a quel momento, nulla riesce a farle più male del gesto che lui compie un attimo dopo, quando allunga un braccio per afferrare il piumone che è finito ai piedi del letto e con fare accudente, con quel tessuto soffice, si preoccupa di coprirla. Le accarezza i capelli umidi e annodati, le dà un bacio morbido sulla spalla sudata: «Sei la mia bambina, tu» le dice, stringendosela al petto, senza immaginare che a rigare il volto di lei, nell'improvviso silenzio, ci sono tutte le lacrime che Lea non riesce più a trattenere.

«E poi ci sarà la pace» aveva promesso Lea a Bianca prima di accettare l'appuntamento. E ora, osservando il viso riflesso nello specchio dell'ascensore – il rossore sulle guance procurato dall'attrito con la sua barba, i capelli ancora aggrovigliati e l'alone rosato sul collo, che alla vista è quasi impercettibile ma che irradia piccole scariche di dolore a ogni minimo movimento – le torna in mente la targa di Changi Beach, in memoria di uno dei tanti massacri compiuti dai giapponesi nell'isola di Singapore. La storia insegna che la pace qualche volta porta sulle spalle il prezzo di una violenza inaudita, che snatura tutto quel che resta. Lea pensa a tutti i momenti in cui il suo amore per Giacomo l'aveva fatta sentire tanto in alto rispetto al resto del mondo, per scaraventarla poi, in un colpo solo, altrettanto in basso. E se era stato davvero amore, allora c'era qualcosa di sbagliato in lei, qualcosa in grado di restituirle, dal riflesso dello specchio, l'immagine di un'inguaribile vittima di se stessa. Qualcosa di irrimediabile.

Non ha aspettato nemmeno che si svegliasse, prima di uscire dal suo appartamento, quella mattina. Nella penombra della stanza, si è infilata una camicia rossa che ha preso dal suo armadio, insieme a un paio di jeans in cui sguazzava. Ha poi piegato il vestito strappato in una busta e ha lasciato sul tavolo della cucina il quaderno con la copertina di Dylan Dog insieme a un biglietto: «Scappo da Bianca. Troverò il modo di farti riavere i vestiti».

Era questo che voleva? Sparire? Perché aveva lasciato lì quel quaderno? Voleva farsi richiamare o voleva cancellarlo? Se lo chiede ora che sta per suonare il campanello della casa della sua migliore amica, con indosso un vestitino di Zara rimediato al primo negozio trovato lungo la strada e la faccia piena di vergogna.

Bianca, quando apre la porta, si sforza di apparire rassicurante.

«Mi dispiace» dice Lea.

«Ho detto che andavi a cena da tua madre e che lì saresti rimasta. Non ti abbiamo aspettato svegli, se è questo che ti preoccupa. Lo sapevo che non saresti rientrata.»

Poi le fa strada fino alla cucina. «C'è del caffè, lo vuoi?» le chiede, mentre traffica sui fornelli.

Lea si siede su uno sgabello, avverte un bruciore in mezzo alle gambe, respira. La luce è troppo intensa, quasi accecante, riflessa tutta su quel mobilio bianco, cosparso di impronte e disegni infantili.

«I bambini?»

«Andrea li ha portati allo zoo.»

«Avrei bisogno di dormire.»

«Immagino» risponde Bianca, andandole incontro con una tazza di caffè, ma senza sorridere.

«E anche di scomparire dalla faccia del mondo.»

«Immagino anche questo.»

Quando Lea apre la porta ed entra nella stanza di Stella, si sente improvvisamente inadeguata alla leggerezza e al candore che la circonda. Teme quasi, con quel che si porta addosso, di violare l'energia di quello spazio. Va in bagno, si fa una doccia.

Pochi minuti più tardi torna nella stanza, si siede sul letto e si accorge che lavarsi non è bastato, continua a sentire addosso lo stesso senso di inadeguatezza. Dove è finita la donna che aveva chiari i suoi obiettivi e la strategia da seguire? Perché sta guardando e riguardando il cellulare come faceva anni prima nella speranza di ricevere un messaggio? Una donna, padrona delle sue emozioni non si ritroverebbe a navigare su Facebook, ossessionata dal desiderio di spiarlo. Giacomo si è connesso un paio di volte quel giorno, ha pubblicato una frase nostalgica ed è stato *online* anche su WhatsApp. Ma non la cerca. E dopotutto perché dovrebbe farlo? Non era forse chiaro quel biglietto? Non era proprio lei che voleva sedurlo e poi lasciarlo? E allora perché non tenere fede a quel proposito e smettere di pensarci?

Al di là di quel pensiero, poco oltre, si spalanca un abisso che si chiama Vittorio, e le vengono le vertigini anche solo a ricordare il suo nome. Tanto che quando lui la chiama, quel pomeriggio, Lea gli risponde con un messaggio: «Mi è venuta la febbre. Sai, qui con i bambini, è un attimo beccarsi un malanno. Non riesco a parlare, se sentissi la mia voce ti spaventeresti. Ci sentiamo appena recupero un po' di voce».

Neanche da ragazzina era mai stata così vigliacca e bugiarda. E poco importa che ora cerchi di mascherare la sua bugia, di darle un'ombra di verità. Perché è febbre quella che sente, si dice. Nient'altro che un'ondata di febbre tutto quello che ha vissuto in quella notte. Affonda la testa nel cuscino, strizza forte gli occhi: *Dormi, ti prego dormi. Cancella tutto.*

Quella sera Stella vuole che Lea le legga una favola. «Mi piace la tua voce quando leggi.»

Sono passate da poco le otto quando la bambina le allunga un libriccino.

È tutto il giorno che Lea tenta di scacciare dagli occhi le immagini di quella notte, che le vengono ripetutamente addosso, e così si affida a una giraffa tutta storta, che le sorride in copertina, per cercare di distrarsi.

In quel libriccino c'è la storia di Twiga, una giraffa che si è perdutamente innamorata del sole e che ha deciso di spendere la vita nel tentativo di raggiungerlo. È persino convinta che la natura le abbia dato un collo così lungo proprio per facilitarla nell'intento. Twiga soffre, si dispera, non riesce a vivere senza di lui, ma non vuole nemmeno accontentarsi di ammirarlo da così lontano.

Quasi alla fine della favola, il cellulare di Lea si mette a suonare. E lei fa un balzo dal letto quando vede il nome di Giacomo comparire sul display. Poi si alza, si scusa con Stella, raggiunge in fretta la porta e va a rispondere in bagno.

Ha l'impressione che il cuore le sia schizzato in bocca, ma riesce lo stesso a simulare una voce tranquilla, quasi annoiata.

La voce di Giacomo invece è squillante, un tono allegro, spiritoso: «Non penserai di tornartene a Singapore con i miei jeans preferiti, vero?».

«Te li faccio riportare da un Pony Express nei prossimi giorni.»

«Avevo un'idea in mente.»

«Sentiamo.»

«Mancano pochi giorni, e poi, in teoria, dovresti ripartire, giusto?»

È l'espressione "in teoria" che la inebria di una felicità ancora più puerile di quella che deve aver provato Stella quando Bianca le ha regalato la favola di Twiga.

«Giusto.»

«Ti propongo di venire a stare da me. Da stasera stessa. Non abbiamo mai vissuto insieme, a parte quei pochi giorni ad Antiparos che immagino tu abbia fatto di tutto per dimenticare. Ho preparato anche qualcosa per cena. Anche se stanotte mi hai praticamente slogato un polso e ho faticato a girare il sugo nella pentola. Siamo grandi tutti e due, possiamo concederci una pazzia, no?»

E ora è quella sfida finale, molto più della proposta iniziale, che le fa spalancare il viso come un fiore nell'acqua, che la riempie di piacevoli sussulti. Sa di non potersi sottrarre a un suo richiamo, ma ugualmente risponde: «Devo pensarci».

«E che ci faccio con la cena?»

A Lea viene da ridere: «Non mi fido di un sugo che è stato preparato con un polso slogato».

«E a me chi lo dice che tu non venga qui con l'intenzione di mettermi fuori uso anche l'altro?»

Ma è chiaro, mentre si salutano, che Lea sta già pensando a prendere la valigia, a inventarsi un malore o qualcosa di serio che ha appena colpito sua madre e che la costringe a partire per Morlupo immediatamente.

«Dove hai messo la mia valigia? Nell'armadio di Stella non c'è.»

Bianca si volta, sorpresa e diffidente: «Non farlo».

«Vieni un attimo di là?»

E mentre piega i vestiti sul letto dell'amica, le dice: «Vado a stare da lui questi giorni che restano».

Bianca scuote appena il capo.

«Lo so. Lo so, ti prego di non dire niente. E di dire ad Andrea che vado a stare a Morlupo da mia madre finché non le passa la febbre, come ho appena detto a tua figlia.»

«Il problema non è certo Andrea.»

«È una cosa a tempo» si sente in dovere di spiegarle, infilando i vestiti nella borsa. «Mi concedo questi giorni. Consideralo uno sfizio che devo togliermi. Prima che Vittorio arrivi, me ne sarò stancata. È solo il suo corpo che mi manca, so che non può darmi altro. E poi l'hai detto tu stessa, siamo molto diversi e nella vita di tutti i giorni non ci sopporteremmo neanche, ma non abbiamo mai avuto modo di capirlo.»

«La vita di tutti i giorni non dura solo una settimana, Lea.»

Quante volte l'ha sfiorata il pensiero di una quotidianità da condividere con lui. Quante volte ha immaginato di trasferirsi in pianta stabile nella sua casa anche quando era raccolta in un seminterrato che puzzava di fumo. E tutte quelle volte ora le tornano in mente, mentre si ritrova davanti al portone del suo palazzo con il trolley in mano e lui è già lì per aiutarla. Le sorride e le fa strada fino alla porta dell'appartamento. Un attimo prima di entrare, nella memoria di Lea fa capolino anche il muso tutto storto di Twiga, quell'espressione ebete da giraffa che fissa il cielo trasognata. Pensa alle sue antennine che prendono fuoco, e si domanda come si possa essere tanto idioti da desiderare qualcosa di così inavvicinabile come il sole.

Poi si ritrova in cucina, davanti a una pentola di ravioli al sugo, il tavolo apparecchiato alla buona, una bottiglia di vino aperta, persino un cesto di pane al centro. C'è anche il vecchio quaderno di Dylan Dog vicino al suo piatto, come fosse un pegno d'amore che deve essere necessariamente restituito. E allora Lea si sente davvero come la ragazzina che era stata, e che faceva merenda insieme a lui nella cucina di sua madre. «Non ci provare a dirmi che quel sugo l'hai preparato oggi perché ce l'avevi pronto nel frigorifero ieri sera» scherza Lea, come se tutta la brutalità della notte appena trascorsa si fosse di colpo estinta in un'inspiegabile voglia di giocare.

«Quante bugie ci si deve inventare, eh?, per attirare la preda nella propria tana.»

Lea ha un sussulto, ma si impone leggerezza.

Quella sera si mettono a sfogliare insieme il vecchio quaderno, ricordando con nostalgia tutti i rimproveri e le imprecazioni di quei lunghi pomeriggi passati a studiare.

«Questo nudo non era affatto male» commenta a un certo punto lui, incappando in uno dei disegni di Lea modellati ai margini dei fogli. «E qui, come al solito, il passaggio dell'equazione è sbagliato. Sempre perché scrivi male gli 8 e li fai sembrare dei 2, ti capita ancora?»

Fanno delle prove di grafia, giocano con la penna e con la calcolatrice. Lea si diverte a metterlo alla prova, vuole vedere se ha ancora la stessa strabiliante capacità di azzeccare le moltiplicazioni più impensabili. «327 per 13» gli chiede, nascondendo alla sua vista il risultato riportato sul display del calcolatore. E lui non sbaglia. Ci mette forse un po' più di tempo rispetto al passato, ma è ancora in grado di rispondere in modo repentino e corretto a tutte le sue domande.

«Quanto talento sprecato» vorrebbe dire Lea mentre gli sorride. Ma si trattiene. Così come si trattiene dall'impulso di fare qualunque domanda che possa riguardare la morte di Lorenzo, o suo padre.

Negli anni ha imparato che con lui bisogna muoversi con cautela, rassicurarlo, convincerlo con pazienza a venire fuori dal nascondiglio per una boccata d'ossigeno.

«Mi fa male dappertutto» gli dice lei, mentre s'infila sotto le lenzuola che sanno di pulito. Ha la testa che gira per il vino e l'entusiasmo di una ragazzina.

«Tu, eh? E io? Che probabilmente dovrò farmi mettere un tutore al braccio?» e ridono, ridono insieme, senza riuscire a smettere.

Poi, Lea gli dice: «Te la ricordi la regola dell'orgasmo?» mentre lui si fa strada nel suo corpo, con tutta la delicatezza e l'accortezza possibili.

«Quale regola?» farfuglia lui.

«Tutto quello che si dice prima o dopo un orgasmo non ha valore.»

Giacomo annuisce sfiorato da quel ricordo lontano, e mentre si muove dentro di lei, sorride.

«Non ho mai smesso di pensare a te in tutti questi anni» gli confessa Lea.

«E io non ho mai smesso di desiderarti.»

Vittorio non è nei pensieri di Lea quella prima mattina. È stato debitamente rimosso, a completamento di un processo già in corso. Vittorio è lontano nello spazio, e anche nel tempo, e Lea ha riaperto gli occhi con l'impressione di non avere neanche dormito, tanta è l'emozione di risvegliarsi con Giacomo accanto.

Lui è ancora avvolto in un pesante torpore, come se le ore trascorse insieme gli avessero indotto il sonno, mentre a Lea l'hanno completamente tolto. Troppe emozioni per riuscire a riaddormentarsi. Si rigira nel letto con l'impressione che la pelle sia diventata permeabile, sensibile anche ai più piccoli spostamenti d'aria.

Quando il primo raggio di sole filtra nella stanza, si mette a guardare l'uomo disteso al suo fianco, come se da un minuto all'altro potesse sparire, dissolversi con la luce del giorno.

Si alza, vuole mangiare qualcosa, ma la credenza della cucina è quasi vuota. Il sugo pronto della sera prima era un miracolo, non può pretendere troppo.

I tormenti sembrano spariti; hanno lasciato spazio a un'improvvisa voglia di fare la spesa, di riempire il frigo con tutte le cose che si ricorda piacevano a Giacomo, come il formaggio spalmabile o la pizza quattro stagioni. L'unica necessità che esplode dentro di lei è il bisogno di vivere quei giorni senza più chiedersi cosa succederà di lì a poco. Ma come può essere tanto irresponsabile? Che fine ha fatto quel sano e sacrosanto bisogno di vendicarsi? Prova a spegnere tutti i tuoi interruttori, le dice una voce dentro di sé, così convincente e volubile al tempo stesso. Prova solo a vivere quello che capita, minuto per minuto.

Prima di uscire si affaccia un'ultima volta sull'uscio della camera da letto, quasi impaziente: Giacomo è ancora lì, immobile, la testa affondata nel cuscino e il lenzuolo stropicciato intorno ai fianchi. E Lea sorride all'idea che l'incantesimo non sia ancora svanito. Riflette su quanto in effetti siano diversi: lei eccitata e inquieta, lui tranquillo, appagato, lontano da qualsiasi turbamento. Un animale caduto in letargo.

Un paio d'ore più tardi, quando rientra con le buste piene di tutti gli sfizi che ha voluto togliersi al mercato di Campo de' fiori, lo trova sveglio, a bere il caffè, con indosso solo un'improbabile maglietta con la scritta Woodstock, vecchia di chissà quanti anni.

Lea ha portato della frutta fresca, Coca-Cola, birre, formaggio spalmabile, persino dei tranci di pizza quattro stagioni, oltre a un mazzo di fiori che ha preso da un carretto ambulante che attraversava piazza Navona. La passeggiata al mercato l'ha resa ancora più leggera. Lo saluta con un bacio sulla guancia, gli scompiglia i capelli, e lui la osserva piacevolmente colpito dalla luce che irradia, dalle cose che ha comprato con tanta dedizione. «Credevo fossi fuggita di nuovo.»

«Prima di aver fatto una spesa degna di uno studente al primo anno di università?»

«Chi lo sa. Per essere matta sei matta.»

«Mai come te.»

«Voglio stare tutto il giorno sul letto con te» dice lui, aiutandola a sistemare la spesa.

«Non devi lavorare?»

«Ho preso una settimana di pausa.»

Lea rimane stupita da quella dichiarazione così disinvolta. «Nessun autore pericoloso e affascinante che potrebbe piombarti in casa e che saresti costretto a presentarmi quindi?»

«Con l'unico autore pericoloso e affascinante che conosco ho appena finito di editare un romanzo ambientato a Singapore.»

Si baciano, toccandosi e giocando di nuovo. E quando lui vuole tornare sul letto, lei lo trattiene: «Prima mettiamo queste cose in frigo. E diamo un po' d'acqua ai fiori» mentre lui, quasi divertito dai suoi ordini, affonda il dito nella vaschetta del formaggio. «Uhm... se continuo così finisce che mi metti in castigo. Sarai una madre perfetta, sai?» aggiunge poi.

«E da cosa lo capisci?» ribatte Lea, cercando di eludere le implicazioni di quell'affermazione.

«Dal fatto che ti svegli presto la mattina, per esempio, e che vai a comprare la colazione al mercato.» Poi prende una pesca che spunta da una busta di carta, la strofina contro la maglietta e l'addenta.

Lea evita di dirgli che non ha dormito affatto, e che di solito odia svegliarsi presto tanto quanto andare a fare la spesa, ma che le è venuto spontaneo, e c'è stato un tempo in cui lo avrebbe fatto tutti i giorni, semmai lui glielo avesse chiesto, di sicuro molto più volentieri che per eventuali figli.

«Programmi di oggi?» si limita a chiedergli.

«A parte scoparti,» risponde lui, sollevandole il mento e tenendolo fermo tra le dita «scoparti e riscoparti di nuovo, fino allo sfinimento, fino a quando non mi cadrà a terra l'uccello e allora avrai ben ragione di tornartene dall'altra parte del mondo, direi che sono nelle tue mani.»

In quei giorni di incoscienza, mentre le roventi temperature estive invadono la città di turisti e di colori, Lea e Giacomo si ritrovano in un limbo, fatto di docce insieme, di pasti consumati tra le lenzuola, di letture interessanti e di bugie farfugliate in modo sbrigativo a un marito indaffarato e a una madre ansiosa, che a intervalli più o meno regolari assillano il cellulare di Lea. Un limbo che assomiglia a un paradiso, tenuto a debita distanza sia dall'inferno dei rancori del passato sia dal purgatorio che li attende, quando arriverà il momento di far sì che tutto questo rientri nell'ambito di un'insana, meravigliosa, passeggera follia.

Giacomo sta leggendo un articolo sulla situazione politica in Grecia, è seduto sulla piccola scrivania nella camera da letto, davanti al computer, completamente nudo, con gli occhiali inforcati su un naso che si arriccia di continuo e un'espressione indignata, che gli fa tenere sollevato il mento.

Lea lo osserva dal letto, con un romanzo francese tra le mani e le sembra di riconoscere in quelle espressioni l'uomo passionale e militante dei tempi dell'università.

«Te lo ricordi, il proprietario della casa di Antiparos? Da bravo pescatore, una volta mi ha detto: "Con i soldi che mi paghi per questa casa, se non avessi mia nipote, che è viziata come molte bambine ateniesi, io non saprei cosa farmene. La gente si affanna tanto per cose di cui non ha neanche bisogno".»

E poi, voltandosi le dice: «Questa estate mi piacerebbe riportarti lì. Vorrei volare con te ad Antiparos e vedere se quel luogo è adatto, che so?, per allevare capesante?»

Lea sorride, sente il cuore battere veloce: «Ho il dovere di ricordarti che siamo lontani da un orgasmo e così infrangi la nostra regola».

«Non così lontani. Dimentichi che sono nudo e prontissimo.»

E mentre lui la raggiunge sul letto, Lea pensa che, per la prima volta da quando è entrata in quella casa, non ha la minima idea di come ne uscirà. E anche se in quel momento le sembra impensabile, una parte di lei si augura di arrivare alla fine di quei giorni con l'animo in pace, che si ritrovino improvvisamente distanti, arrivando a guardarsi negli occhi per dirsi: «Okay, non ha funzionato, torniamo alla dracma. All'inizio farà un po' male, ma poi, come hai detto tu stesso, anche noi come i greci ce la caveremo».

Quando mancano solo due giorni all'arrivo di Vittorio, Giacomo le propone una passeggiata per la città. Vanno a Palazzo delle Esposizioni a vedere una mostra sui surrealisti. Poco dopo si ritrovano a passeggiare intorno al Quirinale, ad ammirare i tetti di Roma dalla balaustra di marmo, dove prima di loro si sono affacciati papi e regine. Giacomo le propone un aperitivo e un cinema con una coppia di amici che ci tiene a presentarle, e Lea sorride.

È tutto così normale, pensa poi, salendo sul suo motorino, eppure tutto così irragionevole e inadeguato. Non più gli slanci e le improvvisazioni pericolose del passato, ma un'atmosfera da guscio tiepido, dove poter trovare riparo, e la sensazione che fuori di lì si diventerebbe troppo molli e vulnerabili per immaginare di poter sopravvivere.

La coppia di amici che li aspetta in un piccolo locale di Trastevere, dove servono tartine e olive insieme a un bicchiere di prosecco, è un reperto di quella che un tempo si chiamava gente impegnata. Lui, Federico, è un latinista stempiato, lei, Giovanna, una giovane insegnante precaria con le fossette nelle guance. A unirli, la passione per il cinema. «Giacomo ci viene di rado al cinema con noi» spiega Giovanna a Lea. «Dice che siamo troppo sdolcinati, non sopporta che due persone arrivino a condividere una ciotola di pop corn!»

Giacomo si lascia schernire, si vede che li conosce da molti anni e che prova grande affetto.

Approfittano dell'esperienza di Lea per discutere dell'Oriente, dei suoi ritmi più calmi e rispettosi, e anche delle opportunità che offre un paese ricco come Singapore.

Lea parla loro di Lee Kuan Yew, del sistema sociale e politico. Racconta anche di quando, con Vittorio, sono stati a cena nella casa di un professore universitario, una villa molto scenografica all'interno di un campus. «Lì è naturale mettere a disposizione dei docenti alloggi di questo tipo, oltre a stipendi da capogiro.»

«Federico, abbiamo sbagliato continente» commenta divertita Giovanna.

Giacomo invece sembra essersi di colpo adombrato, è diventato più silenzioso. Chissà, forse sentire il nome di Vittorio l'ha turbato, forse anche lui comincia a fare i conti con un sentimento umanissimo come la gelosia.

«Si è fatto tardi,» taglia corto dopo poco e bruscamente si alza «dobbiamo andare, inizia.»

Anche Lea si alza per seguirlo, e sente il suo ego gratificato perché le sembra la prima, vera manifestazione di gelosia, tanto che, durante l'intera proiezione del film, Giacomo seppellisce tutta la dolcezza che le aveva mostrato fino a quel momento, in un solitario e avido consumo di noccioline, lui che odia i popcorn.

Quando raggiungono il vicolo del Divino amore, sfilandosi il casco, Giacomo dice: «Peccato che ora ci tocca cucinare. Fossimo stati in uno di quei cinema di Singapore dove servono la cena, ci saremmo risparmiati la fatica». Poi aggiunge sarcastico: «È facile fare le cose in grande quando di soldi ne hai accumulati a palate».

E un attimo dopo, mentre apre il portone, come pentito del suo malumore, aggiunge: «Scusami. È colpa della mia naturale avversione nei confronti dell'accumulo di ricchezza».

Lea non dice nulla, torna a prendergli la mano, ma sente che lui non contraccambia, la sfila via per inserire la chiave nella toppa.

«Devo lavorare un po' stasera» l'avvisa. «E non ho voglia di disturbarti, perciò scendo nel seminterrato.»

«Non avevi preso una pausa?»

«Devo riprendere il filo, perché la pausa sta per finire.»

Lea ha accumulato talmente tanto sonno arretrato che le basta sdraiarsi sul letto per crollare in un pesante torpore, senza rimuginare troppo su quanto è accaduto.

A svegliarla, forse qualche ora dopo, è una musica che proviene da un pianoforte.

Mentre si alza e raggiunge la scala, quelle note, inconfondibili, le strappano via di dosso gli ultimi rimasugli di sonno. E quando scende i gradini di cemento sbriciolato per entrare in quella che una volta era la parte della casa dove spendevano la maggior parte del tempo, lo sorprende a suonare il pianoforte che gli ha regalato suo padre.

Si è sfilato i pantaloni e indossa solo la camicia. È concentrato sulla tastiera. Ciocche di capelli scuri gli affollano il viso, le spalle contratte, la schiena ricurva, il corpo che oscilla seguendo il movimento delle mani.

C'è una bottiglia di rum aperta sul pavimento e accanto un bicchiere vuoto. Sono passati sette anni dall'ultima volta che Lea ha ascoltato quel brano, eppure le sono bastate poche note per riconoscerlo: è il Concerto numero due di Chopin.

Non appena lui si accorge della sua presenza, smette di suonare. Ha una faccia stravolta, gli occhi velati di malinconia. Forse non era per la gelosia che si era incupito in quel modo. Giacomo è il custode di una remota sofferenza che ha sempre faticato a sostenere. Qualcosa che sta al fondo della sua vita e che persino dall'esterno è penoso da percepire. Lea lo riconosce nel suo sguardo, si è affacciato altre volte in passato, e la investe sempre della medesima impotenza.

Giacomo non parla, deglutisce. Poi, i suoi occhi si accendono di colpo e un'ombra quasi cattiva li attraversa.

L'afferra per un polso e la tira a sé. La fa sedere sopra i tasti ingialliti del pianoforte, che subito emette un suono grave e persistente. Le mani scorrono lungo i suoi fianchi, le sfila le mutandine e resta per qualche istante a guardarla dal basso.

I lividi che le ha procurato l'ultima volta si sono fatti più scuri e dolorosi. Lea sente prima le sue dita stringere sulle cosce, poi, come pentite, ritrarsi, lasciare il posto a baci di una delicatezza struggente.

Mancano meno di ventiquattro ore all'arrivo di Vittorio. Da una delle piste del Changi lui starà già decollando. Sorvolerà tre continenti, farà scalo a Dubai e l'indomani atterrerà a Fiumicino.

Lea e Giacomo stanno facendo colazione in cucina, lei sorseggia una tazza di caffè, lui sta spalmando un po' di formaggio su una fetta di pane.

«Sono innamorata di te da sempre. E ho intenzione di lasciare mio marito.»

Glielo dice fuori da un letto e lontana dalla sua bocca, a scanso di qualunque equivoco. Glielo dice con la spina dorsale tesa e la voce tremante. Glielo dice con l'impressione di aver appena preso tutta la sua vita in mano, per lanciarla in alto e osservarla dal basso, sollevata a mezz'aria, immune alle leggi di gravità, senza più nulla di stabile o definitivo, al contempo vertiginosa e bellissima. Glielo dice mentre si arrampica su ogni singolo frammento che galleggia sospeso, come fosse un funambolo, fino a raggiungere l'ultimo, quello più in alto, e rimanere in bilico, sulle punte, con un sorriso fiero e incosciente.

Alle parole di Lea, Giacomo solleva lo sguardo, gli occhi sembrano rimpiccioliti: è come se lo avesse colpito una frustata. È disorientato, non riesce a dire altro che: «Vogliamo pranzare al mare?».

Lea sente il frammento più alto oscillare sotto i suoi piedi, fatica a mantenere l'equilibrio: «Hai sentito quello che ho detto?».

«Vorrei parlarne davanti a un bicchiere di vino e un piatto di spaghetti alle vongole.»

È una giornata senza vento, con il sole che pulsa in un cielo azzurro striato di pochi filamenti di nuvole, che fanno pensare alle pennellate leggere di un pittore distratto. Il mare è poco mosso e, osservato a distanza, sembra anche pulito. Nello stabilimento che Giacomo ha scelto, sul litorale a nord della capitale, non c'è un gran viavai di persone. Sebbene le scuole siano già chiuse, è un giorno infrasettimanale e la maggior parte delle madri è ancora impegnata con il lavoro per concedere ai propri bambini una sana boccata di iodio.

Si siedono a un tavolo ad angolo, sotto un pergolato di paglia a ridosso di un piccolo parco giochi disposto sulla sabbia; sullo scivolo vuoto c'è un pallone abbandonato. Giacomo si è incantato su un gruppo sparuto di gabbiani che volteggia all'orizzonte, dopo aver cercato di riempire tutto quel tempo parlando del più e del meno.

Vuole portarti al mare per dirti qualcosa di romantico, si è detta Lea a ogni singola parola che ha ascoltato in macchina sul traffico. *In un romanzo, le scene d'amore indimenticabili non si svolgono mai mentre i protagonisti fanno colazione.*

Ora Giacomo sta giocando con le briciole di pane sulla tovaglia, e quando arriva il cameriere, vuole fare conversazione: gli domanda da quanto hanno riaperto, si mettono anche a scherzare sui risultati di una partita di calcio. Ma c'è il mare alle sue spalle, e *non appena arriverà il momento giusto*, continua a ripetersi Lea, *ti dirà quelle parole che aspetti da sempre*.

«Devi assolutamente provare i loro spaghetti alle vongole» dice invece.

Lea, paziente, sfoglia il menù, prova a mantenere vivo un sorriso; Giacomo è sempre stato diverso dagli altri, è quel suo "anticonformismo sentimentale" in fondo che l'ha attratta per tutta una vita. Aspetta, tentando di mettere a fuoco quello che c'è scritto sui fogli unti e chiazzati del foglio plastificato che tiene tra le dita.

«Le cucinano in un modo particolare,» continua lui «con la pentola a pressione. Tritano insieme l'aglio e il prezzemolo, e il sugo diventa quasi una crema.»

Certo, niente a che vedere con i ristoranti a mille stelle in cui la porta Vittorio, o con una di quelle trattorie a Posillipo in cui andava con i suoi da piccola, dove la pentola a pressione è una bestemmia e i frutti di mare vanno cotti a vapore rigorosamente in padella. Ma tant'è, lei non è mai stata un'appassionata di cucina, e se la strada per la felicità è costellata di ricette meno fedeli alle regole e alla tradizione non sarà un problema. Cosa c'è stato di tradizionale nella sua storia con Giacomo? Gli ha appena confessato che lo ama e lui sta parlando di aglio, di prezzemolo, di pentole. E quali regole segue il ragionamento di chi ha in mano il destino di una persona e si intrattiene in chiacchiere di circostanza?

«Che vino prendiamo?» le domanda infatti.

«Tu che dici?»

«Uno che non ci faccia perdere la testa» sorride ironico.

«Speravo l'avessimo già persa.»

Giacomo lascia cadere. Dice solo: «Allora un bianco fermo e fruttato andrà bene».

Lea comincia a sentire un pungolo che preme e gira intorno allo stomaco. Non ha neanche fame, e quando arrivano gli spaghetti che lui le ha tanto decantato, si mette a fissarli come se fossero infiniti, mentre l'uomo con cui vorrebbe passare il resto dei suoi giorni ci si avventa con gusto. Nelle storie che fanno sognare il pubblico le scene d'amore non prevedono un famelico consumo di spaghetti però, pensa quasi divertita, se non stesse capitando a lei di ritrovarsi in un film scritto male. O in un errore di genere: dal dramma sentimentale alla commedia grottesca. Intanto continua ad armarsi di pazienza e si concentra sul rumore del mare, sulle risate dei pochi bambini che non molto lontano si rincorrono sul bagnasciuga.

«Non mangi?» le pare dica la voce di Giacomo in sottofondo ma si augura sia solo la sua immaginazione.

Quando torna a guardare la sua faccia, sente l'irritazione crescere dentro di sé, sempre più forte. Vederlo che succhia avidamente una vongola è la negazione di ogni copione. Questo dovrebbe essere il *climax*, il cuore della storia, il punto più alto.

«Che ne dici se smetti di far finta di niente e parliamo di quello che ti ho detto?» Le parole le scivolano fuori, serrate.

«Sì» risponde lui, posando il guscio sul piatto.

«Sì cosa?»

«Mi hai preso in contropiede» confessa, cercando di smorzare la tensione con un altro sorriso.

«Ti ho detto che sono innamorata di te e che voglio mollare tutto e tu mi rispondi che ti ho preso in contropiede, mi parli di come si cucinano le vongole.»

«Era solo un modo per stemperare» e prende il bicchiere di vino per mandarlo giù tutto d'un sorso.

«E cosa cazzo avresti bisogno di stemperare?»

«Sai che ho dei tempi geologici...»

Lea prende un lungo respiro, affonda le unghie nel cuscino della sedia.

«Mentre esci dal giurassico, vado in bagno.» Si alza e procede invece in direzione della spiaggia. Si avvia verso la passerella di calce che conduce al mare, e arrivata alla fine si sfila le scarpe, si arrotola i jeans sulle ginocchia e cammina dritta verso l'orizzonte. Le viene in mente che se adesso si buttasse in acqua e si lasciasse affogare senza muovere un dito, come sta facendo lo stronzo che è al tavolo con lei, tutti i suoi tumulti sarebbero finiti. Tutti quei sogni di felicità, quella fiducia malriposta. E poi, chi ha detto che non si sogni anche nell'aldilà? Oppure lui potrebbe raggiungerla, mettere a repentaglio la propria vita, lottare contro flutti tempestosi e salvarla come ogni eroe romantico che si rispetti.

Mentre affonda i piedi nel calore sempre più rovente della sabbia, senza neanche sentire che brucia, prima di immergerli nell'acqua si volta, giusto un attimo, per vedere se l'abbia seguita almeno con lo sguardo, se è in pena per lei, ma lo trova ancora concentrato sul suo bicchiere di vino.

Cosa si aspettava? Si domanda, mentre le onde che s'infrangono sul bagnasciuga le bagnano le caviglie. Giacomo ha i suoi fantasmi, e non è mai stato innamorato di lei, è questa la verità. Ha avuto vent'anni per dimostrarglielo, e non lo ha mai fatto.

Ora ha davvero la nausea; nelle vongole che lui ha divorato con avidità, per lei c'era troppo aglio.

L'esito di una guerra non lo stabilisce certo il coraggio. Un esercito può anche avvalersi di impavidi soldati pronti a morire e perdere ugualmente contro armi più potenti.

Poco dopo, mentre se ne sta seduta sul bagnasciuga, Giacomo la raggiunge. «Sei scappata così...» mormora mentre le si siede accanto.

«Io? Ci vuole un bel coraggio» scuote la testa allibita. Giacomo incassa. Si mette a raccogliere la sabbia con le dita. C'è una misteriosa lentezza nei suoi movimenti, come se derivassero da un'infinita meditazione.

Non molto lontano, un ragazzino sta giocando con il suo bassotto, gli tira un bastone nell'acqua aspettando che lui vada a riprenderselo. E il bassotto ce la metta tutta, si getta temerario tra le onde, nuota con le zampe troppo corte, il muso affannato per raggiungere il bastone, gli occhi lucidi e rotondi.

«Ecco, vedi, mi fa paura lo sguardo di quel cane» se ne esce a un certo punto lui, rompendo il silenzio.

«Scusa?»

«Il modo in cui guarda il suo padrone. Pende dalle sue labbra. Se quel ragazzino fosse capace di tirare il legnetto fino al largo, il cane ci arriverebbe a nuoto anche a costo di creparci, in mezzo a quelle onde.» No, è chiaro, se si fosse buttata in mare non avrebbe fatto un passo per salvarla. Giacomo non è l'eroe della sua storia.

«Io vedo solo uno sguardo amorevole.»

«Quello è bisogno, dipendenza» le dice. «E mi spaventa quel modo di legarsi a qualcuno. Mi angoscia l'idea di dove si è disposti a spingersi per quello che tu definisci amore.»

In Lea affiora una rabbia mai provata. Deve trattenere il desiderio di prenderlo per i capelli, trascinarlo nel mare, infilare la sua faccia nell'acqua e strusciarla contro la sabbia.

«Davvero?» gli dice. «Mi aspettavo qualcosa di più originale. Magari una bella citazione di Proust, del genere che si ama solo ciò che non si possiede. So che puoi tirare fuori di meglio.» Le parole escono piano, incenerite, in un soffio rivolto alle onde.

«Hai scelto un uomo, Lea. L'hai sposato, l'hai seguito in capo al mondo. Io potrei essere un capriccio, una sorta di rivalsa per una sconfitta adolescenziale.»

«Dici che è per rifarmi del tuo rifiuto a tredici anni che ho scopato con te giorno e notte per dieci giorni? Il sogno realizzato di una ragazzina ninfomane. Chissà, magari ci posso scrivere un libro.»

«Lea, io non posso offrirti quello che ti garantisce tuo marito. Non sono affidabile, costante, odio scrivere SMS, passo giornate intere senza voler parlare con nessuno.» Lo dice con un tono afflitto, disperato. Lea si volta, torna a guardarlo: lo vede vacillare nel modo che ha di continuare a tormentare la sabbia, di inumidirsi le labbra, di passarsi le dita tra i capelli. Giacomo è spaventato, un naufrago catapultato su una terra che non conosce.

«Ti prego, non dirmi che lo fai per me, per difendermi.»

«Per difenderti e per difendermi» continua. «Vivo in un seminterrato, non riesco a organizzarmi neanche gli incontri di lavoro, non faccio che perdermi. Lo sai, sono anche costretto a tenere le chiavi di casa sotto lo zerbino per non rischiare di perdere anche quelle. Il mio frigorifero è quasi sempre vuoto e possono passare intere settimane in cui non ho voglia di riempirlo. Quanto resisteresti in una situazione simile tu che vivi in un grattacielo che sovrasta la città più ricca del mondo, dopo l'entusiasmo della novità?»

Quando il cibo ha raggiunto il livello di cottura impostato, le pentole a pressione fanno un fischio. Ti avvisano. Senza coperchi che sbattono, senza acqua che fuoriesce ai lati. Di tutte le scuse che Lea poteva sentire, queste le sembrano davvero troppo idiote. Si alza, si scuote via la sabbia di dosso, e il suo avviso è un gesto calmo, misurato. «Neanche un minuto di più» dice.

«Dove vai?» le chiede, rimanendo seduto, ma alzando la testa, proprio come quel bassotto.

Lea non risponde, si avvia a recuperare le scarpe.

Giacomo si alza con uno scatto, la segue. «Fermati!»

E Lea si ferma, ma giusto il tempo di rinfilarsi le scarpe, di srotolarsi i jeans.

«Fammi finire» cerca di trattenerla per un braccio. Lei si libera, riprende a camminare a passo svelto, raggiunge il tavolo; ora ha il fiatone, gli occhi mobili sul suo piatto ancora pieno, su quello di lui, quasi vuoto, i bicchieri di vino, le chiavi della macchina sopra il pacchetto di sigarette.

«Aspetta, fammi spiegare con calma.»

Solo allora Lea si volta: «Se non fossi calma ti avrei piantato quel coltello da qualche parte. E quello che ho sentito finora mi basta.»

«Un momento, ti prego.»

Tutta la dolcezza e la cautela che Lea ha usato fino a quel giorno non sono state in grado di farlo uscire allo scoperto, e ora che ha oltrepassato ogni limite, sembra un topo che attraversa di corsa una stanza, temendo di venire catturato.

«Non sono bravo a parlare di certe cose, lo sai...» annaspa come se avesse perso ogni punto di riferimento.

Lea resta immobile, lo sguardo fisso, vuoto. Lui si passa ancora una volta una mano tra i capelli, il pomo d'Adamo che va su e giù come una biglia impazzita. Ma non si muove. «Mi dispiace, ho sbagliato tutto, ancora una volta ho sbagliato tutto...»

Lea resta in silenzio. Un tempo contenuto che sembra lunghissimo. Poi risponde: «Sono io che ho sbagliato tutto».

Giacomo le afferra le spalle, la costringe a guardarlo negli occhi: «Vuoi sapere che c'entra quel cane?». Non ha mai avuto un tono così implorante. «Ho paura, Lea, di quella roba lì. Ho paura...»

A Lea viene in mente una delle foto della casa di Antiparos, quella dei cumuli di sassi messi sotto la tettoia per impedire agli uccelli di fare il nido che ha visto nel suo album. È un copione che si ripete il loro, da quasi vent'anni. E quei sassi sono l'unica cosa che intanto è cambiata, l'unica metafora davvero sensata.

Prende le chiavi della macchina. Si volta e si avvia fino al parcheggio, senza preoccuparsi di quello che ha lasciato alle spalle: Giacomo a piedi nudi, come un allocco, gli occhi pieni di parole interrotte, ancora da dire, ricoperto dallo sguardo pietoso del cameriere che gli va incontro col menù per ordinare il secondo.

Quando riesce ad accendere il motore e con una sgommata sul brecciolino a guadagnare l'uscita dello stabilimento, Lea getta un'ultima occhiata allo specchietto retrovisore e lo sorprende lì, mummificato sulla ghiaia, finché la sua immagine non rimpicciolisce fino a sparire.

E quando il telefono comincia a suonare e vede il suo nome comparire sullo schermo, per la prima volta da quando si conoscono, lo mette subito a tacere. Tiene il piede premuto sull'acceleratore, cambia le marce, grattando la frizione e stringendo forte il volante, quel volante consumato dalle dita di Giacomo che lo impugnano da quasi dieci anni, quel volante gelido che nemmeno un sole così violento è riuscito a scaldare.

Il calore va sempre dalle cose calde alle cose fredde. È una legge della fisica. Una sostanza calda è una sostanza i cui atomi si muovono più velocemente. Glielo aveva spiegato lui tra i banchi di scuola. Lea è una sostanza calda. Per via del battito accelerato del suo cuore, della velocità con cui sta correndo il suo sangue. Ed è in quel momento che Lea si rende conto di cosa è davvero successo in tutti quegli anni: non ha fatto che perdere il suo calore, cederglielo in blocco, senza resistenze, come vogliono le leggi della fisica, e non è mai servito a niente.

Una volta raggiunto il vicolo del Divino Amore, sale le scale, prende le chiavi da sotto lo zerbino e lascia quelle della macchina sopra il tavolo della cucina. Il suo sguardo dice addio alle cose, a tutte le cose che ha amato, desiderato, temuto. Poi tira fuori la valigia dall'armadio, arraffa la sua roba sparsa in giro, con le mani che tremano, la vista annebbiata. Rivede le scene di tutte le sue fughe: quando è uscita dalla stanza delle ripetizioni con un cerchio azzurro disegnato sulla mano. Quando si è inventata un fioretto per non cercarlo più. Quando è salpata dal porto di Antiparos mentre il sole tingeva di rosso anche la sua pelle. Di tutte quelle volte, questa è l'unica in cui Lea non spera di essere inseguita.

Raggiunge la fermata dei taxi e prima di salire a bordo riprende in mano il cellulare con lo schermo pieno di tutte le chiamate perse di Giacomo, e lo spegne, impietosa, con l'intenzione di riaccenderlo soltanto il giorno dopo, quando raggiungerà l'aeroporto per prendere suo marito.

Il tassista le domanda: «Dove andiamo?».

E lei si ritrova a pensare: eh già, dove vado?

Non ha bisogno né dei rimproveri di Bianca né di dover dare troppe spiegazioni a sua madre, e istintivamente si fa consigliare il primo albergo lungo la strada.

Davanti a uno svogliato portiere di una piccola pensione del centro, Lea sente una pressione strana sulle tempie, come se avesse indosso un casco troppo stretto. Ha voglia di vomitare.

Entra in un ascensore che odora di fumo e a fatica raggiunge la sua stanza. Sente le gambe procedere stanche, quasi sul punto di crollare, e sebbene fuori faccia molto caldo, avrebbe bisogno di immergersi nel tepore di una vasca da bagno, di chiudere gli occhi sperando che la testa smetta di girare.

Eppure la nausea non passa nemmeno quando entra in vasca. Vede il suo corpo galleggiare in trasparenza, con tutti quei lividi, come le chiazze cosparse sul pelo di una giraffa, che però, proprio ora che sono più scure, non fanno male.

Quando i vapori cominciano ad appannare lo specchio, la sorprende un conato. Fa giusto in tempo a sporgersi oltre il bordo della vasca per vomitare sul pavimento.

Avrebbe bisogno di un Plasil.

Il portiere al telefono dice che non può aiutarla: «Signorina,» si scusa «sono solo».

L'unica persona che potrebbe soccorrerla è Bianca.

Dopo parecchi squilli, risponde Andrea. Ha il fiatone, il tono concitato. Non ci vuole molto intuito per capire che la telefonata è arrivata nel momento meno opportuno. Forse in uno dei pochi in cui i bambini non sono in casa.

Le passa subito Bianca.

«Potresti venire alla pensione Olinda di piazza della Cancelleria? Sto male, ho bisogno di te.»

Quando Bianca entra nella stanza, con una busta di farmacia e la faccia allarmata, indossa un vestito a fiori e ha la stessa postura di Carla, sua madre. Lea, in accappatoio, le fa strada fino al letto, dove si sdraia e le chiede di sedersi sulla sponda.

Le versa il Plasil nel bicchiere senza fare domande, poi accavalla le gambe e resta in attesa, come ai tempi delle sbronze universitarie. Solo che ora Bianca ha la stessa espressione di sua madre, quando le leggeva i tarocchi o le studiava il tema natale.

Lei e Lea sono due donne adulte, entrambe sposate, con un progetto di vita che hanno abbracciato, seppur molto diverso l'uno dall'altro. Bianca ha una famiglia che funziona, Lea ha il corpo cosparso di segni e morsi che le ha procurato l'uomo con cui ha tradito suo marito. Bianca ha un amore che l'aspetta su un letto matrimoniale, Lea, l'amore, non sa più cosa sia. Ma nutre una speranza. Ha preso consistenza proprio nelle ultime ore: la possibilità di conquistare la propria autonomia, dopo un fallimento così eclatante, dopo che per vent'anni è stata l'appendice di qualcun altro. Vivere per se stessa e rigenerarsi, come alcune lucertole a cui ricresce la coda dopo che si è spezzata; come Bianca, che a diciotto anni se ne andò a fare l'Erasmus a Parigi perché si era innamorata follemente di un ragazzo che era venuto in vacanza a Roma, e quando lui la lasciò passò una settimana a piangere, poi si asciugò le lacrime e continuò gli studi dritta per la sua strada. E anche oggi che Andrea e i bambini sono diventati le sue costole, i suoi organi interni, se un terremoto dovesse strapparle ogni certezza, portarle via in un colpo solo marito e figli, Lea è sicura che Bianca troverebbe dentro di sé una ragione per andare avanti a schiena dritta. Anche Lea vuole imparare a farsi ricrescere la coda.

Quando l'amica le rivolge un'occhiata obliqua, di quelle che non hanno bisogno di chiedere per sapere, Lea fa una smorfia di scontento e un gesto che significa: lasciamo perdere, non vale la pena parlarne. Ma al contempo le sembra che da qualche parte dentro di sé una lunga tensione dolorosa si allenti. La inteneriscono le mani paffute di Bianca, che tengono tra le dita il bicchiere svuotato. Vorrebbe poterle raccontare tutto di quello che è successo con Giacomo e del suo progetto di indipendenza, ma non sa da dove cominciare. C'è una tappa obbligata, per quanto dolorosa, in quel progetto: lasciare Vittorio. È un pensiero che le è balenato in testa quella mattina e che credeva fosse legato al suo futuro con Giacomo, al fatto di aver finalmente ammesso a se stessa e a lui di amarlo. Ma proprio adesso si rende conto che è un pensiero in grado di camminare sulle proprie gambe. Un gesto che in fondo la nobiliterebbe, le permetterebbe di uscire da quella sorta di cuccia in cui si è nascosta per anni.

«Ho trentacinque anni» si limita a dire in un lampo di commiserazione. «Non ho un lavoro, non ho costruito nulla...»

«Ma se hai scritto un libro stupendo» ribatte Bianca.

«L'hai letto?» le chiede Lea, accendendosi come una bambina, e sentendo la morsa della nausea che piano piano allenta la presa.

«Sì che l'ho letto, in un giorno. L'ho chiuso ieri sera e ci ho pure pianto.»

«Il tempo che ci ho messo io a capire che con Giacomo è finita per sempre.»

Bianca spalanca gli occhi, vorrebbe crederci.

«E non ho pianto. Neanche una lacrima questa volta» aggiunge con una determinazione che le è nuova.

«Vuol dire che non era una storia bella come quelle che scrivi tu» sorride bonaria l'amica.

«Sulla carta forse funziono, ma la mia vita è un mezzo disastro.»

«La vita è un disastro per tutti, Lea. Io ho il pollice nero e le mie piante sul balcone non fanno che crepare...»

«Son problemi...» la interrompe.

«Sul serio. Se non fosse per Andrea anche il cane sarebbe morto. Mi dimentico puntualmente di riempirgli la ciotola di croccantini e di chiudere bene il secchio della spazzatura per evitare che si mangi i pannolini di Luisa. Ogni volta che le piante schiattano o che al cane viene la dissenteria, io mi sento un'incapace... I miei figli qualche volta piangono e io sono più brava a consolare le mie pazienti del consultorio che a cavarmela con loro. E sai qual è il segreto? Rassegnarsi a questa umana imperfezione.»

«Rassegnarsi per te è del tutto impossibile» ridacchia Lea. «E poi è facile parlare così, perché a casa, su un letto, hai un uomo che ti aspetta per continuare quello che io ho tristemente interrotto.»

«Andrea sa aspettare, l'ho sposato per questo.»

«Almeno lo ammetti di aver trovato la persona giusta.»

«Tutti hanno una persona giusta da qualche parte, Lea. Bisogna solo saperla guardare.»

«Ma dove le prendi, sui bigliettini del cioccolatini? Un'altra frase così e ti tolgo l'amicizia.»

«Ma sì» ride Bianca. «È proprio così. La prima sera che io e Andrea siamo usciti insieme, non te la ricordi? Dicevo che aveva il naso storto, le sopracciglia troppo folte, non mi ero nemmeno truccata e avevo i capelli sporchi. Ma che, non te lo ricordi? Ero quasi certa che a cena sarei morta di noia. Poi lui invece mi ha fatta divertire, e io l'ho immaginato bambino e ho pensato che, se l'avessi incontrato da ragazzina, saremmo diventati dei perfetti compagni di giochi, e lì ho capito che c'era qualcosa di assolutamente attraente in quel pensiero. E da quel giorno ho sempre cercato di lavarmi i capelli. Però ti assicuro, anche, che in questo momento non sto fremendo per tornare a casa a continuare quello che tu hai felicemente interrotto.»

«Perché sei una stronza.»

«E tu un'eterna sognatrice, bella mia.»

Lea non saprebbe spiegare a parole l'improvviso senso di compiutezza che sente quando Bianca le rimbocca le coperte. C'è sempre quel gancio che continua a tirare e la faccia di Giacomo che fa capolino nei suoi pensieri, insieme all'incertezza di non sapere per quanto ancora dovrà soffrire, prima di riuscire a lasciarlo definitivamente andare. Quando Bianca le sfiora il livido sul collo e le chiede: «Ti fa male?» Lea risponde: «Non più così tanto». E spera che quando anche quell'ultima traccia di tormento sarà sparita dal suo corpo, tornerà finalmente a respirare.

Quando Singapore fu espulsa dalla Malesia, nel 1965, Lee Kuan Yew pianse davanti alle telecamere della TV nazionale. Nella sua autobiografia, paragona quel momento a un divorzio inevitabile. «La città era una palude» come lei ha raccontato nel suo romanzo «afflitta dalla droga, dalla prostituzione e dagli scontri razziali. La gente temeva che il paese, senza la protezione della Malesia, non ce l'avrebbe fatta, e invece oggi è uno degli Stati più ricchi del mondo».

Le viene in mente la faccia di Lee Kuan Yew che piange come un bambino davanti alle telecamere, mentre dalla via Cristoforo Colombo imbocca l'uscita per l'autostrada Roma-Fiumicino. Si sente anche lei in una palude, infestata dalle sensazioni che le ha lasciato addosso Giacomo, e si chiede se sarà in grado di cavarsela anche senza la protezione di suo marito.

Intanto, mentre guida una macchina presa a noleggio, si osserva le mani che stringono il volante, la fede spessa che luccica all'anulare. Ripercorre incredula i momenti salienti di quegli ultimi cinque anni, come se tutto fosse accaduto in un tempo remoto, in un universo parallelo: le vacanze, i viaggi, le cene, le poche discussioni, qualche litigio. Litigi che in cinque anni non hanno mai raggiunto l'intensità di un solo scontro vissuto con Giacomo. Non vede Vittorio da più di due mesi.

Fatica a ricordarne i tratti esatti del viso, le fattezze del corpo, la memoria procede per frammenti. Il pensiero di tornare a fare l'amore con lui l'atterrisce, ed è lo stesso uomo da cui, solo due mesi fa, voleva un figlio. Lo ricorda in costume da bagno, il petto glabro, la postura elegante, la sua bellezza pulita, i capi indossati senza una piega fuori posto. Ma lo sente un estraneo. Persino quella linea bianca della cicatrice sulla bocca, che ha sempre trovato eccitante, una volta rievocata, non è in grado di rivelarle alcun incanto.

Ha provato, nella testa, a imbastire un discorso, l'ha fatto mentre si girava e rigirava nel letto, e poi davanti allo specchio. Non sa se riuscirà a dirglielo quella sera stessa o se dovrà aspettare almeno un giorno. Non pensa di scendere nei particolari, ma sa che una confessione è un passo obbligato. E sa anche che se la tacesse, non potrebbe sostenerne poi il peso.

Creerà uno strappo, lo metterà in ginocchio. Ma se così non fosse? Se invece dovessero farcela? Se lui fosse disposto all'indulgenza, come non lo è mai stato? Se le dicesse: «Ti perdono. Resta»? Non sarebbero troppo giovani per accettare di vivere in un matrimonio suturato, per avere incubi di tradimenti e continui sospetti?

Intanto segue i cartelli che indicano i terminal degli arrivi, come se su tutto si stendesse una patina opaca, che sfuma i contorni e continuamente confonde.

Quando si ferma con la macchina davanti a uno degli ingressi dell'aeroporto, guarda l'orologio. È arrivato il momento di riaccendere il telefono. Vittorio starà già raggiungendo il nastro bagagli, ma, conoscendo i disservizi dell'aeroporto, potrebbe metterci anche un'ora.

Non appena sul display torna il segnale, arriva anche una scarica di messaggi. Tutti gli avvisi dei tentativi di chiamata di Giacomo. Ha provato a ogni ora, anche di notte. L'ultimo è un SMS, un messaggio vuoto, che le ha mandato proprio in quell'istante. L'unica volta che sperava di non essere rincorsa, se lo ritrova alle calcagna. Quante volte in passato ha desiderato che accadesse. Adesso è un'immagine che la riempie di rabbia. E soltanto la rabbia riesce a consolarla dal dolore.

Poi solleva lo sguardo e riconosce suo marito in lontananza. Lo vede arrivare con i jeans chiari, una giacca di cotone color cuoio, gli occhi un po' gonfi, i capelli sottili che il clima di Singapore ha inaridito. Cammina a passo svelto, con il trolley al seguito. Ci ha messo poco tempo. Difficile che uno come lui incappi in qualche ostacolo. È come se non li attirasse proprio, come se, a ogni suo passaggio, gli eventi si allineassero al fine di incontrare il suo consenso. Tranne la donna che ha sposato, si dice Lea, mentre lo aspetta.

Vittorio attraversa di corsa la strada e quando la raggiunge la stringe forte a sé, dandole l'impressione di riprendere fiato dopo tanto tempo.

Lea si lascia abbracciare, ma senza ricambiare la stretta, con le mani a pugno, la schiena tesa. Lui sembra avvertirla, la sua tensione, in quel corpo che gli è sempre piaciuto, lo ritrova forse un po' più rotondo e trascurato – quella mattina non si è nemmeno preoccupata di pettinarsi i capelli, ma per lui è sempre lo stesso corpo. Mentre di Vittorio Lea non riconosce nemmeno l'odore. Deve essersi messo un dopobarba che gli hanno dato in aereo, una fragranza troppo forte, a coprire le tracce del viaggio, delle colazioni incellofanate a base di uova troppo speziate e dei sedili ancora caldi delle agitazioni di qualcun altro.

«Come stai?» le domanda, prendendole il viso tra le mani, la faccia piena di un felice stupore.

«Bene» Lea apre le labbra in un sorriso teso e lui ne approfitta per baciarla, anche se lei le richiude subito, prima che la lingua di Vittorio abbia il tempo di insinuarsi.

Torna a osservare la strada: «Il viaggio è andato bene? Quanto ci vorrà per arrivare al mare?» e si tiene alla larga dai suoi occhi, che di colpo la scrutano, spiazzati, feriti.

«Un'oretta, non di più» lo sente rispondere da dietro lo sportello del bagagliaio mentre sistema la valigia al suo interno. Il tono entusiasta di poco prima sembra essersi smorzato.

«Vuoi che guidi io?»

«No, sarai stanco.»

Lea ha bisogno di guidare, di tenersi impegnata. Deve riabituarsi alla sua presenza. Qualunque cosa gli dirà, e in qualunque modo lui reagirà, deve usare cautela, limitare i danni.

Si concentra sulla strada, sulle macchine da superare, le aree di servizio.

«Non sono riuscito a dormire molto. Era una rotta piena di turbolenze.»

Si è accorto della sua distanza, ma forse sta cercando di non darle peso. Oppure sta studiando un modo per non aggravare la situazione, per affrontarla con i tempi giusti. Vittorio è uno che passa la vita a studiare.

Intanto le parla della casa, un piccolo villino incastonato tra le rocce lungo la panoramica che porta a Santo Stefano. «Vedrai, ti piacerà.»

Approfitta del telefono italiano per comunicare con il custode senza dover ricorrere alle mail. «Sì, salve, noi stiamo arrivando… Ha pensato alla spesa?… Ha seguito la mia lista?… Perfetto. Grazie. A tra poco.»

Lea continua a rimanere concentrata sulla strada, sui campi di granturco dalle striature geometriche e impeccabili, create dalla disposizione delle balle di fieno. Non riesce a trarre conforto dal paesaggio, come neanche dall'efficienza di suo marito. Ha già pensato a tutto. Ha fatto comprare i salumi, i formaggi e tutti gli sfizi che mangiano abitualmente quando sono in Italia. «Mi sono ricordato anche la marca del cacciatorino che ti piace tanto» rassicura, prendendole la mano che tiene ferma sopra il cambio, senza immaginare che sono due giorni che Lea non tocca cibo, e che nemmeno quel gesto è riuscito a farle tornare un po' di appetito.

Vittorio ha affittato anche un gommone per fare il bagno al largo. Mentre parla al telefono per accordarsi con la società che glielo ha procurato, Lea lo immagina proseguire la sua vacanza in solitudine. Potrebbe accadere anche domani stesso. E lei dove andrebbe? Tornerebbe da sua madre? Trentacinquenne divorziata senza figli né lavoro che vive a Morlupo con la madre. Ovunque rivolga l'attenzione, non riesce a non trovare un pensiero che non la atterrisca. Aggrotta la fronte, si morde il labbro inferiore. Il terrore più grande però, le viene all'idea di ferirlo, di fargli del male. Ma è arrivato il momento di camminare con le proprie gambe, e di non avere paura di avviare quel cammino verso l'indipendenza, anche se potrebbe essere minato di incertezze, e anche se qualcuno potrebbe rischiare di farsi del male. Questo è ciò che attiene all'essere adulti.

Poi è la volta di una telefonata di lavoro e il tono di Vittorio diventa assertivo, a tratti s'impenna in espressioni non proprio volgari ma che restituiscono un senso di minaccia. I primi tempi le trovava eccitanti, quelle telefonate, finché non ha assistito a qualche lite di troppo. Quando si arrabbia, Vittorio fa quasi paura.

Chiude la conversazione e si scusa con lei, promette che nei prossimi giorni farà in modo di tenerlo spento il più possibile. Lea accenna un sorriso, ma non dice niente.

Il luogo di villeggiatura che hanno scelto per le vacanze si arrampica su una costiera rocciosa e si raccoglie intorno a un porto, dove oltre alle barche dei villeggianti e dei pescherecci, partono i traghetti che fanno la spola con l'Isola del Giglio.

Il cielo sopra di loro è pesante, come uno straccio bagnato, e la giornata non promette nulla di buono. Lea si augura solo che passi in fretta. Le previsioni davano sole, si lamenta Vittorio; dice che con questo clima non si capisce più niente.

La casa è sulla destra della panoramica, poco prima di entrare nel porto: una discesa in mezzo agli oleandri conduce a un cancello metallico verde. L'umidità esalta il profumo dei fiori, arrivano anche delle leggere brezze dal mare, le onde s'infrangono sulla scogliera a pochi passi.

Un vialetto di ghiaia conduce all'ingresso. Era la vecchia dépendance di una villa più grande, alle loro spalle, e si sviluppa tutta su un piano: una cucina, un salone, una stanza, un piccolo terrazzo di pietra che affaccia sul mare. C'è una scala che collega il terrazzo alla spiaggetta di sassi sottostante e a una pedana di gomma, dove si può prendere il sole. Il custode che ha aperto la casa, un anziano signore con le spalle ricurve e l'espressione affaticata, gli fa fare un giro veloce prima di salutarli. Gli arredi sono bianchi, anni Settanta, la vernice è scrostata sulla curva delle sedie e la lucidatura è scomparsa dal pavimento. La laccatura del grande tavolo nero al centro si sta staccando sugli angoli. Una garza di nostalgia per un passato sfarzoso di antichi privilegi si stende su quegli interni come sul loro matrimonio. Sulla sua storia con Giacomo. Sulle fantasie della vacanza che avrebbero dovuto fare insieme in Grecia. Lea lo accompagna a posare le valigie in camera con l'impressione di sentirsi sopraffatta.

«Cos'hai?» le domanda Vittorio, tirandola dolcemente a sé. «Non ti piace qui?»

Lea si sforza di sorridere. «Scherzi? È bellissimo...»

«E allora?»

Vittorio ha uno sguardo preoccupato. Ma è troppo presto per ripagarlo della sincerità che merita. Un impulso di tenerezza la spinge ad accarezzargli una guancia. Lui la fa sedere sul letto, e il disagio torna a irrigidirla.

«Non mi sento bene» risponde, trattenendosi per un momento dal bisogno di rialzarsi. «Sono due giorni che sto così.»

«Sei ancora sotto antibiotico?» domanda lui, accarezzandole la fronte. «Sei così pallida. Forse è meglio che ti riposi, non vorrai rischiare una ricaduta?»

Troppo tardi, vorrebbe avere il coraggio di rispondergli. *Sono già caduta molto in basso, Vittorio. E non ho fatto che riempirti di bugie, compresa quella della febbre alta.* Ma resta in silenzio, a osservare la sovraccoperta fiorata, i comodini in vimini, il lampadario a forma di barca.

«Io ho bisogno di dormire un po'» continua lui, infilandole le dita nello spazio tra il collo e i capelli. Lì dove c'è il livido che lei si è premurata di coprire con il fondotinta. «Ti sdrai qui vicino a me?»

«Se sto sdraiata è peggio, mi gira la testa. Vado di là a prendere una boccata d'aria, ma tu riposa, non farti scrupoli, abbiamo tutto il tempo.»

Si rialza e lo lascia lì. *Già, abbiamo tutto il tempo*, si ripete intanto, raggiungendo in fretta la cucina, dove si mette a cercare un bicchiere ma senza successo. Apre il rubinetto del lavandino, lascia scorrere l'acqua, se la passa sui polsi, la raccoglie nelle mani a coppa per berla, rinfrescarsi la faccia. *Respira*, si dice. Un attimo dopo apre il frigorifero e lo trova stipato di tutto il ben di dio che Vittorio ha fatto comprare. C'è persino una vaschetta con della carne macinata. Lea non è brava in cucina, i fornelli non le sono mai piaciuti, ma le torna in mente il polpettone di Bianca, glielo ha visto fare tante volte. È facile. E in quel momento è quello che ci vuole per riempire il tempo, per trovare il modo di rilassarsi.

Qualche ora più tardi, quando Vittorio si sveglia, l'odore del polpettone ha riempito la casa. Si è un po' bruciato alle estremità, ma è ugualmente invitante. Il tempo è troppo incerto per mangiare in terrazzo, perciò Lea ha apparecchiato sul tavolo del salone, davanti alla vetrata. È affaticata e non è riuscita a scaricare la tensione. Passa il canovaccio umido sul ripiano per ripulirlo e torna al lavandino per lavarsi con una saponetta che le sfugge ripetutamente dalle dita. Poi si avvicina alla teglia, incastra il polpettone tra la spatola e il bordo e lo solleva per posarlo sul piatto. C'è il rischio che la cena le si sfaldi tra le mani, proprio come sta accadendo alla sua vita.

Vittorio la raggiunge, l'abbraccia da dietro. È felicemente sorpreso dalla cena che lei ha preparato. «Stai diventando una perfetta donna di casa, come Bianca» le dice, quando lei si volta. I suoi occhi azzurri le frugano dentro. Lea si allontana, prende i bicchieri che mancano per completare la tavola, e mentre raggiunge il salone, prende anche la decisione di affrontare l'argomento quella sera stessa.

«Ho bisogno di parlarti» gli dice, posando la forchetta sul piatto, dopo un breve assaggio di ciò che ha cucinato, e dopo aver mandato giù in pochi sorsi un intero bicchiere di vino. Ripensa anche alla faccia di Giacomo, il giorno prima. Ora conosce anche lei il prezzo della sincerità quando può fare del male.

Vittorio le posa una mano sull'avambraccio, gliela stringe delicatamente intorno al polso. «Devo farlo anche io» la interrompe. Poi solleva il bicchiere e lo tiene sospeso tra le dita, concentrandosi sui riflessi paglierini che lo animano. «Non sono uno stupido, e lo vedo che c'è qualcosa che non va.»

Ha la faccia seria quando torna a guardarla, potrebbe sembrare severa, ma ha un che di malinconico. «Lo capisco che ti è successo qualcosa. E lo vedo che sei tormentata dall'urgenza di parlarmene» appoggia il bicchiere, sospira. Il suo tono è calmo. Le allunga una mano verso il collo, accarezzandola proprio lì dove Lea ha il livido.

Lea ingoia le parole che si è preparata per tutto il pomeriggio e sente la tensione che comincia a sciogliersi. *Ti sta facilitando le cose*, si dice. *Forse ha anche lui delle confessioni da farti.*

«Due mesi di lontananza non giovano mai» continua Vittorio. «Avevamo dei progetti, stavamo andando dritti verso i nostri obiettivi. Poi il tuo libro ha creato una deviazione che non ho potuto, né voluto ostacolare. Abbiamo avuto i nostri problemi negli ultimi anni, il mio lavoro sempre più pressante, i traslochi, la città che non ti piace. Perché lo vedo che Singapore non ti piace. Lo so che avresti preferito rimanere a Londra. Lì eri più felice, e di questo me ne rammarico.»

Sospira di nuovo, stavolta c'è un che di infantile nel suo sguardo, anche se Lea non l'ha mai visto così adulto e così padrone delle proprie emozioni da quando lo conosce.

«Le ultime telefonate sono state pietose» riprende il discorso. «Lo sentivo che eri da un'altra parte. Hai passato gli ultimi due mesi a casa della tua migliore amica, ti sei dedicata al romanzo e ti sei allontanata da noi. Può succedere: un matrimonio richiede fatica, dedizione. Due mesi di lontananza in un momento delicato non sono auspicabili. Come non è mai auspicabile dirsi tutto, Lea. Le coppie in difficoltà non hanno bisogno di dettagli, anche se qualche volta li supplicano. Ma è come dare un bicchiere di scotch a un malato di cirrosi. Puoi decidere di scendere nel dettaglio, chiedermi di fare altrettanto, e accompagnare questa deliziosa cena con dello scotch che non ci farà certo bene. Oppure decidere di guardarmi, come si guarda un marito, sapendo di aver superato con lui altri momenti difficili e chiedendoti se non sia il caso di provare a superare anche questo. Abbiamo una vacanza davanti a noi. Per quanto mi riguarda, la prima dopo un anno faticoso e senza tregua, e qui, sotto i nostri occhi, c'è la prima cena che torni a prepararmi dopo tanto tempo. Non so tu, ma io non ho voglia di superalcolici stasera.»

Lea inarca le sopracciglia, colpita. Si passa il tovagliolo sulle labbra. Sta cercando di immaginarlo bambino, come ha fatto Bianca con Andrea la prima volta che sono usciti insieme. Ma non ci riesce. Se lo immagina adulto e combattente persino a otto anni. È nato per fare l'avvocato, per inchiodare la vita e aggiustarla intorno ai suoi bisogni. Lea lo trova affascinante, come quando l'ha sposato, ma ora si chiede se l'abbia mai veramente amato. Anche se teme che possa essere proprio lui, la persona giusta.

«E se non ci volessi proprio più vivere a Singapore?» rilancia a quel punto, sapendo che anche se le è stato chiesto di non andare fino in fondo, non può fermarsi lì.

Vittorio si inumidisce le labbra, per un attimo sembra vacillare, poi prende un sorso di vino: «Ci ho pensato» le dice, tornando a sorprenderla. «Non potrei mai chiederti di continuare a vivere in un posto che non ti piace. Quando ti ho sposata, avevo in mente di farti felice. Tornare a Londra per me sarebbe fare un passo indietro. Non so se riuscirò a trovare un impiego altrettanto stimolante, ma posso provarci.»

«Che significa?»

«Significa che ho bisogno di qualche mese per organizzarmi. Devi darmi un po' di tempo, Lea, e poi ti riporto a Londra. Se è questo che vuoi.»

«L'Italia la escludi a priori?»

«È in questo paese che vorresti crescere dei figli?»

«Che c'è di male? Ci siamo cresciuti anche noi.»

«Sono cambiate le cose da allora. E non sempre in meglio.»

«Credi si debba essere sempre costretti a vivere al meglio?»

«Credo che per amare davvero l'Italia bisogna limitarsi solo a venirci in vacanza. Qui rischierei di diventare io l'infelice.»

Poi scosta la sedia dal tavolo, posa il tovagliolo vicino al piatto e le si avvicina con fare deciso. Le prende le mani, gliele stringe, la guarda dritta negli occhi. Le guance di Lea bruciano, come se non riuscissero a nascondere la colpa.

«Io ce la sto mettendo tutta» continua lui. «Tu mi credi, Lea? Tu mi credi se ti dico che non voglio altro che farti felice?»

Lea annuisce, si lascia baciare questa volta. Torna ad assaggiare la sua saliva, il calore della sua bocca. Vittorio è delicato. Le mani salgono sul viso, lo accarezzano, lo tengono fermo, quasi a chiederle di non volare da nessuna parte. Poi si stacca dalle sue labbra e le tocca la fronte. «Sei calda, sai?» le dice con fare paterno. «Ho paura che ti sia tornata la febbre.»

Una dichiarazione che la toglie dall'impaccio di restare in quel bacio, in quella passione così mite e necessaria. Sente che ha bisogno di tempo.

«Mangia ancora un po' di carne» la esorta. «Poi vai a letto. Sistemo tutto io qui, e ti raggiungo.»

Lea obbedisce, alleggerita e al tempo stesso rassicurata dal suo modo di fare calmo e assertivo, da quegli occhi che non le hanno mai riservato sorprese.

Quando lui la raggiunge a letto, la trova già accucciata sotto le lenzuola. Si sfila la camicia, cerca il pigiama nella valigia. È troppo stanco per disfarla, ma Lea lo conosce abbastanza per sapere che è impaziente di vedere ogni cosa al suo posto.

«Mi leggi qualcosa?» le chiede. «O non te la senti?»

Lea solleva la testa dal cuscino. «Non so se ho qualcosa da leggere, e il kindle è da qualche parte in valigia. Questi mesi mi sono concentrata più che altro sulla scrittura.»

«Allora questo può fare al caso tuo» le dice, tirando fuori una busta di libreria. «Ha vinto un sacco di premi, è quel genere un po' pesante che piace a te, e che mi farà addormentare in un secondo» scherza poi, facendola sorridere.

Lee Kuan Yew si faceva leggere tutti i giorni a voce alta il giornale dalla moglie. L'ha amata per tutta la vita, e quando lei è entrata in coma, verso la fine dei suoi giorni, lui poteva anche essere in giro per il mondo, ma telefonava puntualmente in ospedale e chiedeva all'infermiera di avvicinare la cornetta all'orecchio di sua moglie per leggerle gli stralci dei giornali, i passaggi dei libri che aveva amato di più, i sonetti di Shakespeare. Quando glielo avevano raccontato, mentre scriveva il romanzo, Lea aveva ripensato all'immagine di sé che leggeva tutte le sere qualcosa a Vittorio per farlo addormentare. «Mi amerai così per tutta la vita?» gli aveva chiesto. «Come Lee Kuan Yew ha amato sua moglie?»

«Molto di più.»

Il mare è una tavola color zaffiro, ma all'orizzonte sembra una chiazza di petrolio. Una lunga coltre di nuvole scure incombe in lontananza, minacciando la loro prima mattinata di sole.

Lea lo osserva dalla finestra: non ha dormito, si è svegliata presto, cercando il telefono che ora tiene stretto nelle mani. Si è alzata subito dal letto anche per evitare le possibili *avances* di Vittorio, che ora la sorprende alle spalle: «Già in piedi? Come stai?».

«Avevi ragione, mi stava tornando la febbre, non ho dormito bene. Ma perché non approfitti di queste ore di sole per farti un bagno?»

«Te la sentiresti di prendere il gommone e di accompagnarmi a Cala Grande?»

Un'ora più tardi Vittorio si tuffa dal gommone e galleggia nel blu, facendo il morto a galla. Lea lo osserva dalla prua. Tiene ancora in mano il telefono e lo controlla di tanto in tanto. Dopo l'ultimo messaggio vuoto, Giacomo non ha più dato segni di vita. Una vita che Lea conosce bene. Quella tensione selvatica mescolata all'eleganza dei modi da intellettuale raffinato; la sua irrequietezza imprevedibile, che l'avrebbe costretta a un futuro incerto, fatto di liti, minacce, riconciliazioni, cambiamenti d'umore. La sua incapacità di vivere in situazioni che non siano provvisorie. La sua codardia. L'unico aspetto, nell'oscurità della sua natura, che sembra davvero inespugnabile. Ma soprattutto, il fatto incontrovertibile che il loro è, e resterà sempre, un amore non corrisposto. Lea ha detto no a tutto questo, una volta per tutte, e deve continuare a tenerlo presente.

Le mani di Vittorio si aggrappano alla maniglia di corda del gommone e l'oscillazione improvvisa, provocata dal peso del suo corpo che si tira fuori dall'acqua, la fa trasalire.

«Sta per piovere, conviene andare» le dice lui, avvolgendosi nell'asciugamano.

Lea cerca di tranquillizzarsi, concentrandosi sulla sua figura distinta, impegnata a riaccendere il motore, quel suo fare metodico e senza distrazioni che ha sempre trovato rassicurante.

Ha preparato un'insalata caprese e a giudicare dal modo in cui l'ha condita e ha posizionato per guarnizione un ciuffo di basilico sul piatto, sembra averlo fatto con amore. Invece, ancora una volta, Lea ha cercato soltanto di scaricare la tensione.

Quando posa l'insalata sul tavolo del terrazzo, scrutando il cielo sempre più cupo all'orizzonte, gli dice: «Forse è il caso che pranziamo dentro».

Ma Vittorio è distratto dal telefono. Si è appena fatto una doccia, è appoggiato alla ringhiera e non risponde, piombato com'è nel contenuto di quello schermo.

«Vittorio?» Lea si spazientisce subito. Sembra stia cercando un pretesto, con l'idea che forse solo un litigio potrebbe davvero aiutarla.

Ma quando lui finalmente solleva lo sguardo, è da un'altra parte. «Ho una grana» le spiega, come se niente di tutto ciò che lo circonda ora abbia importanza.

«Che cosa?»

«Van Der Meer.» Il suo tono è grave. «Sta per dimettersi.»

«In che senso?»

«Sua moglie ha fatto delle dichiarazioni piuttosto sciocche su un social network. Commenti feroci sulla tristezza della gente che si muove in autobus.»

«Ma dove? Sul suo profilo privato?»

«Nulla è davvero privato se sei la moglie del presidente di una banca importante. È bastata una condivisione a spargere il panico. E il governo non ha gradito.»

«Che cosa c'entra il governo?»

«Siamo a Singapore, Lea. Dei commenti inappropriati sui suoi mezzi pubblici riguardano anche il governo. E la banca lo costringe a dimettersi.»

«È assurdo.»

«Certo, per un paese i cui politici non si dimettono neanche quando vengono beccati con le mani nel sacco. Ma a Singapore funziona così.»

Lea stringe i denti, irritata dal tono provocatorio che Vittorio ha assunto. Tuttavia non è il caso di mettersi a discutere di politica in questo momento, è evidente che lo scandalo deve averlo oltremodo colpito.

«E che cosa succederà adesso?»

«Devo ripartire domani.»

«Stai scherzando? Abbiamo affittato la casa per quindici giorni!»

«Lo so» sta cercando di mantenersi calmo ora, sembra pentito del nervosismo che ha manifestato un attimo prima. «Mi dispiace, Lea. Ma questa cosa va gestita in un certo modo e io devo essere presente.»

Lea ha finalmente il pretesto che stava cercando. «Nemmeno

una vacanza?» sbotta subito, con la voce incrinata di risentimento. «A che serve guadagnare tanti soldi se poi non ti puoi permettere nemmeno una cazzo di vacanza?» Forse è la prima volta che diventa così repentinamente scurrile in sua presenza.

«Serve a non farsi troppi scrupoli se è il caso di disdirla» e la rabbia che Lea sente salire anche nella sua voce le dà sollievo, oltre ad autorizzarla ad alzare il tono.

«E pensi che sia facile accettarlo?»

«Non sei costretta a venire con me. Se vuoi, puoi rimanere qui per queste due settimane.»

«E che cosa dovrei fare io qui da sola?»

Vittorio si carica di insofferenza: «Potresti riposarti» le risponde. «E poi raggiungermi quando ti sentirai pronta. Quando ti sarai schiarita le idee» e sottolinea appositamente quell'ultima frase con una punta di livore.

Le nuvole hanno cominciato a scrollarsi di dosso le prime gocce di pioggia. Cadono pesanti sulle loro facce, sui piatti, i bicchieri, la caprese al centro del tavolo.

«Ti rendi conto di quello che stai dicendo?»

Il cielo è sempre più scuro e il tono di Lea sempre più ostile. Sembra sopraffatta dal cambio improvviso di luce, dalla mancanza di contorni nel paesaggio, dalle sue emozioni. Vittorio le viene incontro, e con tutta la dolcezza di cui è capace, le prende una mano, in segno di scusa. «Dài, entriamo.»

Lea si sottrae a quella presa, ma lo segue ugualmente fino al salotto.

Vittorio si volta, si avvicina: «Credimi, Lea» insiste, ma con l'aria stanca, esasperata, gli occhi cerchiati da un'ombra. «Non hai idea di quanto vorrei evitarlo, ma proprio non posso. Non appena si calmeranno le acque, ti porterò da qualche altra parte, mi farò perdonare.»

Lea vorrebbe continuare la discussione con gli stessi toni accesi, ma l'arrendevolezza di Vittorio glielo impedisce, le fa sentire le mani legate. Tra i due, l'unica che crede davvero di avere qualcosa da farsi perdonare è lei.

Lui è tornato calmo, concentrato, sta asciugando il telefono con la manica della maglietta per poi rovistarci di nuovo dentro. «Ho chiesto alla segretaria di spostare i biglietti» le comunica un attimo dopo. «Sul volo delle quindici ci sono solo due posti. Sposto anche il tuo?»

Ora Lea non ha soltanto le mani legate, ma anche l'impressione di infilarsi in una gabbia. L'idea di tornare così presto a Singapore le toglie il fiato. Avrebbe bisogno di più tempo. Ma un rifiuto troppo netto renderebbe vani tutti gli sforzi che lui ha compiuto fino a quel momento.

«Voglio restare qualche giorno in più» gli risponde. «Almeno una settimana di mare.»

«Una settimana?» ripete Vittorio, allargando le narici. È stato lui a proporle di restare, non può tornare indietro.

Lea annuisce, abbassando lo sguardo.

Fuori dalla finestra la pioggia si è infittita. Vittorio assottiglia le labbra. «Mi è passata la fame» le comunica freddamente. «Vado a riposare un po', il jet lag mi sta uccidendo.»

Lea si volta verso il panorama, si mette a osservare il temporale oltre il vetro, le fette di mozzarella e pomodoro che galleggiano nel piatto inondato. Poi sente i suoi passi che si allontanano e la porta della stanza che sbatte con violenza.

Nelle due ore successive il tempo sembra non passare mai. Lea non si è mossa dal divano. Si è scambiata dei messaggi con Bianca, ha accesso la televisione per riempire il silenzio e neanche dieci minuti dopo l'ha spenta.

La pioggia ha smesso di cadere, ma il vento è ancora impetuoso, il cielo è coperto. Gli alberi tremano, le finestre scricchiolano come una nave. Lea si riavvicina alla vetrata, contro cui una mosca sbatte ripetutamente, convinta di poter raggiungere il mare. La osserva impietosa. *Quanto sei stupida*, vorrebbe dirle, mentre apre la finestra e la mosca non se ne accorge neanche. *È un vetro, non è mica il cielo.*

Un suono l'avvisa dell'arrivo di un messaggio. E non è di Bianca.

«Lea, devo vederti» questa volta le scrive. Sembra quasi una supplica. In quel momento suo marito la sorprende alle spalle. Lea allontana il telefono come se scottasse.

Vittorio guarda lei, il cellulare, poi il cielo oltre la finestra. «Le previsioni promettono una serata piena di stelle» le dice. «Sembra che l'Italia sia diventata un paese tropicale.» Ha gli occhi gonfi, ancora più stanchi di quando si è svegliato di mattina, la faccia distrutta.

«Dimmi solo una cosa» le chiede, sedendosi sulla poltrona davanti a lei come se ci stesse crollando in ginocchio. «Dimmi solo se è amore.»

Lea ha un sussulto, deglutisce. Crede di aver perso colore perché sente il sangue colare via dalle guance e concentrarsi tutto sul petto, quasi a volerlo ingolfare. A riempire l'improvviso silenzio, solo il ronzio della mosca che angosciosamente continua a sbattere contro il vetro, e va alla stessa velocità del suo cuore. Vittorio getta un'occhiata lenta e stanca al cellulare capovolto sul davanzale, poi, con la stessa lentezza, torna a guardarla.

«Dimmelo e basta» insiste Vittorio, e ha un tono quasi struggente. «Dimmi solo se è una storia d'amore.»

Lea sospira, cerca di farsi forza, di armarsi di tutto il coraggio che aveva preso la sera prima, quando si era scolata un bicchiere di vino in un paio di sorsi e aveva ripensato alla faccia da schiaffi che aveva Giacomo mentre faceva altrettanto. Sta per provare a imbastire un discorso, ma Vittorio la interrompe: «No, aspetta. Non è il caso di parlarne ora. Temo che sia un lungo discorso». Poi accenna una smorfia, si stropiccia gli occhi ed emette un respiro che si trasforma in uno sbadiglio. «Ho prenotato al Pellicano stasera» le dice, ricomponendosi. «È un ristorante molto elegante. Ce l'hai il tubino nero che mi piace tanto?»

Lea è sempre più spiazzata, ma annuisce, la bocca semiaperta.

«Sempre che il tempo ce lo consenta» conclude Vittorio, rialzandosi e tornando, a passi lenti e vacillanti, in camera da letto.

Un grosso spicchio di luna rischiara un cielo pieno di stelle. La serata sembra poter contare su una temperatura mite. Le ore diventano lunghe e placide, si adattano al tintinnio calmo dei bicchieri, ai piatti che vengono posizionati e tolti silenziosamente dai gesti impeccabili di camerieri altezzosi. L'Italia è davvero un paese tropicale, che sperimenta acquazzoni improvvisi, ma conserva ancora luoghi di un'eleganza d'altri tempi, come il ristorante che Vittorio ha scelto per la loro ultima notte insieme.

Sono a ridosso di una terrazza che affaccia sul mare, dove la luna si riflette sulle onde smembrata in tanti piccoli frammenti. Stanno degustando un assaggio di benvenuto dello chef: una spuma d'aragosta servita su un microcrostino. Vittorio l'ha messo in bocca senza spargere nemmeno una briciola, mentre Lea ha già macchiato la tovaglia.

Lui le prende una mano, gliela stringe tra le dita, sembra voglia rassicurarla, e rassicurarsi. Una settimana in più, un ultimo sforzo, non crolleranno certo per questo. Lea ha lasciato a casa il telefono, con l'intenzione di non riaccenderlo più.

Vittorio posa sul tavolo un pacchetto. «È un regalo» sorride. «Aspettavo il momento giusto per dartelo.»

Lea ora ha gli occhi di una gazzella spaventata. Le torna in mente la notte in cui lui le ha chiesto di sposarla. Ricorda la felicità che aveva provato in quel momento e si chiede dove sia finita. Timidamente lo scarta. Ci mette un po' ad aprire l'astuccio, ma intuisce subito che si tratta di un regalo importante ed è quasi irritata, perché lui conosce il disamore che lei da sempre nutre nei confronti dei gioielli. Altri soldi buttati, sta pensando. Quando però solleva la catenina adagiata sul fondo di velluto, si accorge che è un ciondolo piccolo ed elegante. È il simbolo dell'infinito disposto su una sottile fila di brillanti. Si ricorda di quando l'ha visto al collo di quella donna, quella Lin Yu, la sera prima della partenza, e del fatto di avergli detto quanto le piacesse. Ancora una volta rimane sorpresa dall'attenzione costante che a distanza di anni suo marito le rivolge, ai minimi dettagli che non si lascia sfuggire, come fosse un corteggiatore che deve ancora conquistarla.

Solleva lo sguardo su di lui e ora ha gli occhi lucidi, che riflettono la brillantezza del ciondolo, un magone le si stringe in gola e riesce a dire solo «grazie».

Vittorio si avvicina al suo viso, sembra voglia confidarle un segreto: «Questo posto mi fa tornare in mente gli anni dell'università» le dice, e ha uno sguardo trasparente. «Mio padre si è ipotecato la casa per mandarmi in America e io la sera servivo ai tavoli di un ristorante come questo. Alcuni clienti mi riempivano di mance, altri di insulti, quando commettevo qualche piccolo sbaglio. Ma tutte le mattine mi svegliavo e ingoiavo tanto le gioie quanto le umiliazioni per concentrarmi solo sui libri. Sapevo dove volevo arrivare. E sapevo che la strada sarebbe stata piena di insidie...»

In quel momento un cameriere giovane, che nasconde il suo impaccio dietro una faccia seria e spigolosa, porta via i piatti vuoti. Vittorio si interrompe, seguendone i movimenti. Aspetta che siano di nuovo soli per tornare a guardarla.

«Quando ti ho vista la prima volta, davanti a quella fermata, a Piccadilly, ho immaginato che non ti saresti nemmeno voltata a guardarmi, tanto eri bella e concentrata sui tuoi affanni. Ma ti pregavo con gli occhi di farlo, e quando è successo, mi sono detto: la voglio. In quei primi mesi avevi la mente altrove, non sempre rispondevi alle mie telefonate e dimenticavi di richiamarmi. Lo trovavo umiliante. Ma ti volevo. E sapevo esattamente dove avevo intenzione di condurti. La strada era piena di insidie, appunto, e con una donna come te le insidie sono sempre dietro l'angolo. Ma io non ho mai pensato di arrendermi. E non voglio farlo nemmeno in questo momento.»

È l'uomo che ha sposato, l'uomo a cui ha detto: sì, lo voglio anch'io, con gli occhi pieni di lacrime, e se lo lasciasse partire da solo ed evitasse di raggiungerlo, sarebbe una stupida. È sorpresa lei stessa di come il suo stato d'animo si sia modificato in poche ore. Ma se non desse una possibilità a tutto questo, finirebbe per rimpiangerlo. Eppure non riesce a dire nulla di dolce, né a buttarsi tra le sue braccia come una parte di sé vorrebbe.

Il cameriere torna a insinuarsi nell'intensità del loro scambio per servire le portate principali. Vittorio ha ordinato un sauté di vongole, Lea se ne accorge solo nel momento in cui quell'odore pungente la investe, provocandole un improvviso senso di nausea.

Trattiene un conato, si volta verso il mare, prende un paio di boccate d'aria, ma sente le guance stordite da un formicolio sempre più fitto.

«Che hai? Non ti senti bene?»

Ingoia a vuoto, ripetutamente, poi si porta una mano alla bocca, per bloccare il flusso che sente salire su violento. «Scusami» riesce a trovare il modo di farfugliare, prima di alzarsi e correre in bagno.

«È la prima volta che mi capita di far vomitare una donna dopo averle fatto un regalo e averle dichiarato il mio amore» scherza Vittorio un paio di ore dopo, quando stanno per infilarsi sotto le coperte.

Lea ha ripreso colore e ora si sente meglio, anche se non è riuscita a toccare cibo ed è certa che non potrà mai più assaggiare un mollusco o un crostaceo per il resto dei suoi giorni.

Lui la accarezza con una premura quasi timida, ma ha lo sguardo carico di eccitazione, gli tremano le labbra. La guida lentamente verso di sé, la cerca con la bocca. Un bacio che non si ferma di fronte alla sua iniziale resistenza e che ha tutta l'intenzione di strapparla all'inerzia, di farla rispondere, anche solo in nome della cortesia più che della passione. E Lea lo asseconda. Cerca di non pensare a Giacomo, anche se si bagna solo quando, chiudendo gli occhi, ricorda le fattezze del suo corpo, quando le si gettava addosso in quella lotta che non lasciava scampo, e allora si biasima, si maledice per averlo fatto. Un biasimo ancora più esasperato dal fatto che abbia chiesto a Vittorio di spegnere la luce per nascondere il senso di colpa marchiato sui lividi. Afferra i polsi di suo marito, quasi con rabbia, gli sale sopra. Lo guarda dritto in faccia: quella sua faccia estasiata, il profilo delle spalle accarezzate dalle punte imbiondite dei suoi capelli. La sua forza, il suo coraggio. Dovrebbe essere lui l'oggetto del suo desiderio. Se lo dice, afferrandolo avidamente e facendoselo scivolare dentro. Poi ondeggia sopra di lui, tenendo i palmi premuti contro il suo petto. Sta cominciando a piacerle quando lui le posa le dita lungo il collo e la spinge delicatamente all'indietro fino a ritrovarsi seduto con lei in braccio. La invita a sdraiarsi, le sale sopra. Si muove con dolcezza, ma sempre più eccitato, e quando sta per venire, lo tira fuori aspettando che si plachi. Si concentra sulla cassettiera alle loro spalle. Poi ricomincia. Ma Lea non fa in tempo a roteare i fianchi e a emettere un gemito, che lui subito cede, e le chiede scusa, mentre, uno spasmo dopo l'altro, le viene dentro.

Qualche istante dopo, mentre riprende fiato nei suoi capelli, a un orecchio le dice: «Magari questa è la sera giusta... Sembra che al mare si concepisca il più alto numero di bambini».

A quelle parole Lea avverte una piccola scossa alle tempie.

È sempre stato Vittorio a fare caso alle date, a tenere conto della sua ovulazione, a segnalarle i ritardi. Lea ha a che fare con un ciclo imprevedibile e più lungo sin dai tempi della pubertà, e non è la prima volta che fatica a ricordare quando le è venuto. In due mesi deve essere successo almeno una volta, e allora deve solo riuscire a visualizzare quel momento a casa di Bianca. Ma ci sono stati il libro, le tensioni accumulate per via di Giacomo, e tutto è diventato piuttosto vago e intraducibile.

Tenendo a bada il panico, Lea si alza e raggiunge il bagno. Si siede sulla tazza, respira, si aggrappa a un'immagine, la meno traballante: lei che rovista nell'armadietto di Bianca in cerca di una confezione di assorbenti. Sì, deve essere per forza successo, tenta di rassicurarsi. E allora quando? E il malore che ha avuto al ristorante? Il senso di nausea l'ha sorpresa quando era con Giacomo in spiaggia due giorni prima. È sicuramente un fatto nervoso, minimizza. È colpa delle vongole. Ma il panico rimonta quando pensa a tutte le volte che in quei giorni ha fatto l'amore con lui. Eppure sono stati attenti, si dice. E intanto si avvicina allo specchio e si passa le mani sulle guance. «Non puoi essere incinta» tenta di convincersi «e non di Giacomo. Le nausee non vengono a una settimana dal concepimento, e tu, quelle mestruazioni, potresti non averle mai più avute da quando sei partita, e con tuo marito non usi precauzioni di nessun tipo.» Lea non avrebbe il minimo dubbio su chi vorrebbe che fosse il responsabile se i suoi timori dovessero rivelarsi fondati. Ma deve assolutamente disinnescare quella catena pericolosa di pensieri e tornare a visualizzare l'immagine di lei che rovista nell'armadietto del bagno. Riesce a collegarla alla fine della stesura del libro. Non è passato neanche un mese da allora, si convince, non ha nessun ritardo, nessuna nausea gravidica. Si accarezza i capelli, si ricompone, rivolge un'ultima occhiata decisa allo specchio, poi esce dal bagno e senza dire nulla si rinfila nel letto accanto a Vittorio.

Lo abbraccia. Si stringe a lui per allontanare ogni residuo di agitazione. Le sue spalle larghe le fanno da diga contro l'oscurità di ipotesi che da sola non sarebbe in grado di sostenere. Intanto lui, sorpreso e intenerito da quello slancio, le accarezza i capelli. «Mi sei mancata moltissimo» le dice.

«Anche tu» risponde Lea, senza esitare. E in quel momento vorrebbe solo diventare minuscola, per potersi rintanare nell'incavo delle sue clavicole e rimanere lì al sicuro per sempre. «Fai in tempo a spostare anche il mio biglietto?» le chiede sorpresa dall'improvviso bisogno di volare via con lui.

Vittorio sfodera un sorriso che non potrebbe essere più soddisfatto. «Penso proprio di sì» le risponde prima di tornare a baciarla. «È la prima cosa che farò domani mattina.»

E in un attimo si riaccende di desiderio. Con le mani e le labbra, torna a cercarla.

«Come è possibile che non ci siano più posti?»

«Sai che la Singapore Airlines non fa voli diretti da Roma tutti i giorni. È già un miracolo che siano riusciti a spostare il mio biglietto.»

Vittorio sta finendo di riempire la valigia, lei gli passa le ultime cose che sono sul letto. Ha un'espressione carica di angoscia mentre accarezza le lenzuola dove hanno dormito abbracciati. Vorrebbe poter tornare indietro. Vorrebbe non essere mai partita.

«Il tuo volo è domani mattina, Lea» la rassicura lui, prendendole una mano. «Fino a ieri sera pensavi di poter restare qui una settimana in più e ora ti sono insopportabili meno di ventiquattro ore di attesa?» sorride, intenerito dal tremore infantile che avverte nelle sue dita. «Nemmeno a me piace saperti qui da sola. Il numero del custode te l'ho dato, per qualsiasi evenienza. Il tassista verrà a prenderti alle sette, ti lascio anche il suo numero. Stai tranquilla.»

«Lo sai che volare senza di te non mi piace» mente Lea, temendo di non sapere come riempire la giornata che l'aspetta. Come tenere lontani tutti i timori che, non appena lui varcherà quella soglia, torneranno a insidiarla. Persino una nausea, anche quando non c'è, basta concentrarsi per immaginare di averla.

Lo segue fino al cancello. Il sole è tornato a ravvivare di

colori la scogliera, il mare, il viale di oleandri che conduce alla panoramica e che impregna l'aria di un profumo intenso, la luce è talmente forte che fa quasi male agli occhi. Potrebbe andare a fare una passeggiata fino al porto, oppure sdraiarsi sulla piattaforma galleggiante aspettando il tramonto. Vittorio ha ragione, non sono neanche ventiquattro ore, passeranno in fretta.

Si è messo una camicia bianca che risalta il colorito che ha preso la mattina precedente. Ha le guance arrossate, le labbra disidratate, la pelle che sa di iodio. «Detesto la moglie di Van Der Meer» gli dice Lea, lasciandosi stringere nelle sue braccia. «Ho sempre pensato che fosse una cretina.»

«Sto andando a ucciderla» scherza Vittorio. «Ma poi ti porterò sul Mekong. Faremo un viaggio al più presto.»

«E te ne andrai da quella banca, non è vero? Cercherai qualcosa di più congeniale a Londra?»

«Te l'ho promesso.» Poi, come a voler subito cambiare argomento, aggiunge: «Tieni acceso il telefono, Lea. Non mi piace saperti qui isolata. L'aereo che sto per prendere è di quelli nuovi, c'è wi-fi, posso chiamarti.»

Il timore che non sia soltanto lui a farlo le rannuvola lo sguardo, lo carica di apprensione. «E a me non piace farti partire da solo» si limita a rimuginare quando Vittorio apre lo sportello. «Non mi piace per niente» ripete in un rimprovero rivolto a se stessa per qualcosa di ben più grave.

«Non è colpa tua, Lea» risponde lui, e le sue labbra leggermente screpolate si allargano in un sorriso lieve e malinconico che sottende altro. «Davvero. Non lo è» insiste, come se per un attimo avesse deciso di assumersi una parte di responsabilità.

Poi sospira e si siede al volante.

Mentre si allontana lungo il viale, tira fuori un braccio dal finestrino, per un ultimo veloce saluto.

Quando si ritrova da sola in casa, Lea esce sul terrazzo a osservare il mare. Sopra il tavolo alle sue spalle, ci sono il telefono ancora spento e il libro che le ha regalato Vittorio. Si volta, indugiando. Poi si avvicina al cellulare e finalmente si decide ad accenderlo.

La suoneria non tarda ad avvisarla. Giacomo le ha scritto di nuovo, ieri sera sul tardi. Ancora un messaggio vuoto. Lea immagina la sua faccia, le dita che ticchettano nervose sui tasti e poi cancellano. La sua codardia. La sua impertinenza.

Si alza dal tavolo e scende velocemente i gradini di pietra che conducono al galleggiante. Si tuffa tra le onde. Il freddo improvviso sulla pelle che si smorza una bracciata dopo l'altra. I rumori attutiti. L'acqua che lava via i pensieri, anche quelli più ostinati, e rende tutto più distante.

Una buona sceneggiatura è costruita su un impianto matematico, glielo hanno insegnato a Londra. Le geometrie della vita, invece, le ha imparate sulla sua pelle, e sanno essere ancora più millimetriche di un copione ben scritto. «Le coincidenze andrebbero evitate il più possibile» riportava un vecchio manuale sulla struttura in tre atti. «Rivelano l'esistenza di un autore.» E chissà che le coincidenze, nella vita reale invece, non siano proprio piccole distrazioni di chi, da lassù, tiene in mano la penna, pensa Lea quando, ancora bagnata e avvolta in un asciugamano, si ritrova in piedi, davanti al tavolo, a fissare di nuovo il telefono con il nome di Giacomo che lampeggia sullo schermo.

Pensa di non rispondere. Dopo l'ennesimo squillo, quando il telefono sta per scaricarsi, di colpo cambia idea e con un gesto repentino, sul filo del rasoio, lo prende tra le dita.

«Pronto?»

«Lea.»

Ci sono rumori indistinti intorno alla sua voce, ed è affannata, come non l'ha mai sentita: «Posso parlarti?».

«Vorrei che non mi chiamassi più.»

«Anche solo per un'ultima volta, ma ho bisogno di vederti.»

«Non posso.»

Rumori di strada, passanti. «Sono in questo cazzo di posto e sto per mettermi a suonare in tutte le case di villeggiatura della zona» le dice con un tono ostinato. «Se me lo eviti, risolviamo la questione senza rovinare la vacanza a nessuno. Dimmi dove ci possiamo incontrare. È veramente necessario. Poi me ne andrò, te lo prometto.»

Poteva dire di no, si rimprovera mentre seduta sul divano lo aspetta. Poteva non dargli l'indirizzo di casa oppure incontrarlo in un bar, in mezzo alla gente, mettersi in sicurezza. Ma in quel «dimmi» così ostinato ha avvertito una disperazione che non è da lui, che non ha mai conosciuto in tutti quegli anni. È tardi per un confronto, ma nello stesso tempo sente che qualcosa è cambiato.

La sorprende il rumore delle ruote sulla ghiaia del viale. Il sangue che circola come fosse di piombo, e lo squallore di sapere che suo marito ha attraversato lo stesso viale nel senso opposto soltanto qualche ora prima.

Poi, lo vede scendere dalla macchina. Sembra lo stesso ragazzo con cui è partita per la Grecia nel 2008. Ha indosso dei bermuda slavati, una maglietta blu, uno zaino verde militare vecchio di chissà quanti anni, forse proprio quello che aveva ad Antiparos. Eppure c'è qualcosa di diverso: un'irrequietezza che lo avvolge e che lo fa procedere spedito fino alla porta. «Qualsiasi cosa tu mi debba dire, fallo in fretta.»

«Lui dov'è?» le domanda Giacomo, passandosi una mano tra

i capelli, il gesto che ripete come fosse un tic quando è nervoso, gli occhi stanchi.

«Non ti riguarda.»

Giacomo sembra essersi preparato alla perfezione per quel momento, deve aver messo in conto qualunque reazione ed è pronto a schivarla: «Mi ci vorrà un po' di tempo, Lea. E se preferisci, andiamo da un'altra parte».

«Non capisco.»

«È una storia vecchia di vent'anni. Non credo sia il caso di parlarne qui fuori.»

Un brivido l'attraversa e per un istante incrina la sua determinazione, ma subito dopo la spinge a richiudersi nel suo risentimento: «Se ti riferisci alla nostra storia, non ho bisogno di riassunti».

«È successo molto prima che ti incontrassi. Ma riguarda anche te.»

E quasi di prepotenza, si appropria dell'entrata. La lascia sola sul piazzale dell'ingresso con la sensazione di scivolare via in un imbuto.

Vederlo muoversi negli spazi che Vittorio ha scelto per lei le fa un effetto straniante e alimenta il suo senso di colpa. Per un attimo s'incanta sulla sua figura da eterno ragazzo sgualcito, stagliata nella luce fredda della casa, con il mare sullo sfondo, a chiedersi che razza di padre, uno così, potrebbe mai diventare. Una volta lo credeva geniale, rivoluzionario, ma le rivoluzioni non si fanno rimanendo nascosti. E non serve a nulla uscire allo scoperto quando sai che la guerra è finita.

Giacomo si siede sullo stesso divano dove lei e Vittorio qualche ora prima hanno letto insieme il giornale. Vederlo lì accresce il suo fastidio. «Il caffè non te lo offro» gli dice, rimanendo in piedi. Riconosce da sé che il suo tono è quello di una bambina capricciosa, ma non può arrestare in alcun modo quella sorta di involuzione che l'assale ogni volta che lo vede. «Allora, sentiamo cosa hai da dire.»

Giacomo ha una postura apparentemente rilassata. I gomiti sulle ginocchia, il busto in avanti. Ma il collo è rigido, e a uno sguardo più attento è chiaro che ha appena reclutato tutti i suoi muscoli più importanti per essere concentrato, mentre si prepara ad affrontare il suo discorso. «Si chiamava Giulia Baldi» le dice, senza nemmeno accorgersi che Lea è rimasta in piedi e continua a osservarlo con la stessa ostilità con cui l'ha accolto. Eppure, quel nome accende in lei delle immagini: la ricerca spasmodica che aveva compiuto su Facebook, la fotografia di Lorenzo.

«È arrivata al secondo anno» continua lui, ancora rigido nella stessa posizione. «L'avevano fatta sedere al primo banco, e per tre anni non ho fatto che guardarla dall'ultimo, dove ero seduto.» Finalmente si volta e solleva lo sguardo, vede che lei è rimasta in piedi, e, come se la mettesse a fuoco per la prima volta da quando è entrato, il suo tono si fa più solenne: «Lea, ti prego di sederti».

Lei vacilla, senza ancora esternare nulla della curiosità che sente piano piano salire. È a un passo dal sapere che cosa gli è successo, e prova un senso di fastidio: cosa si inventerà questa volta? Come la affabulerà? Poi si avvicina alla poltrona e ci si lascia cadere sopra. E allora lui allenta la tensione del collo e delle braccia, si abbandona sullo schienale del divano, ma abbassa lo sguardo, lo rivolge a una conchiglia rovesciata sul tavolo. Si concentra sulle nervature di quel fossile ornamentale e sta già guardando oltre, qualcosa che Lea non può vedere.

«Ero innamorato di lei ed era la prima volta che mi capitava nella mia vita, avevo solo quindici anni» le racconta, e la sua voce finalmente esterna l'emozione che sta provando, un aspetto di Giacomo che Lea non ha mai potuto esplorare. «Ho passato tre anni ad ammazzarmi di seghe e a immaginarla in tutti i modi possibili» continua, con un sorriso carico di amarezza. «Tre anni, a quell'età, sono la Divina Commedia, Lea. Non avevo amici, e francamente non ne ho mai veramente voluti. Non ero molto diverso da come mi ricordi. Pensavo solo a studiare. E quando vivevo a Torino, ero ancora più ossessionato dai numeri, li vedevo ovunque. Lorenzo, per certi versi, mi somigliava. E forse perché era solo anche lui, era diventato la mia ombra. Il fatto che mi stesse sempre così addosso ci rendeva entrambi un facile bersaglio per chi trovava sicurezza nel prendere per il culo i più deboli. Ma io non ero un debole. L'ostilità degli altri era qualcosa che sapevo fronteggiare e che forse mi apparteneva sin dalla nascita. Per Lorenzo non era così, lui ci ha sempre provato a farsi ben volere.» S'interrompe un momento. Solleva lo sguardo dalla conchiglia e lo dirige verso la finestra, come se stesse seguendo il movimento di un oggetto invisibile.

«Ci avevano messo nello stesso banco» riprende. «E quindi passavamo insieme la maggior parte del tempo. Tra noi non c'erano tante parole. Avevo cominciato ad abituarmi alla sua presenza, lo portavo pure al cinema con me qualche volta, e mi serviva come paravento in casa, per tranquillizzare i miei sul fatto che non fossi poi così solo. Era come un cane, che ti segue senza pretendere molto. Ma trovavo affascinante che sapesse a memoria le date di nascita e di morte di tutti gli scrittori e i poeti conosciuti. Aveva degli aspetti quasi… autistici nel suo modo di studiare. Mi faceva leggere le cose che lo entusiasmavano, mi parlava dei suoi progetti per il futuro. Voleva diventare un editore. Era secco e storto, pareva un corvo. E non si metteva mai in costume da bagno perché aveva quello che si chiama "petto di piccione" sai, quando hai come un risucchio nel torace all'altezza del cuore. Lo sapevo solo io. Per questo non faceva sport e non entrava mai in uno spogliatoio. Ma con me era venuto a Berlino, quando avevo insistito con i miei per farmici portare, a vedere i resti del muro, e si fermava a dormire da noi qualche volta. Alla fine, almeno con me, era uscito allo scoperto. Sembrava che un animale gli avesse preso a morsi lo sterno. Ma non che per il resto fosse un tipo aitante, anzi. Non ha mai scopato, e anche se gli piacevano tutte, faticava anche solo a ipotizzare la possibilità di avere una ragazza. Una come Giulia, irraggiungibile com'era, non l'avrebbe mai neanche degnato di uno sguardo.»

Lea si chiede dove voglia arrivare, accavalla le gambe, in attesa.

«Però lei guardava me, in compenso» continua Giacomo. «Sì, ogni tanto si girava dal suo banco, e dal modo turbato in cui si voltava di nuovo avanti, immagino che le facesse rabbia il fatto stesso che la incuriosissi. Io ero irregolare, lei una "fuori portata". Una creatura impeccabile e levigata che non mi avrebbe mai potuto sfoggiare come trofeo davanti alle amiche, e che sentiva il peso del giudizio degli altri. Era bellissima, la figlia di un banchiere. Non aveva bisogno di niente e di nessuno, eppure li temeva tutti, e li assecondava, indistintamente. Io ero come un insetto pericoloso per lei. Me ne stavo silenzioso a pungerla con gli occhi dal fondo della classe. Se mi si avvicinava, ammutolivo. Ma ero capace di gesti eroici, come quello di passarle un intero compito di matematica attraversando temerario l'aula durante una verifica, certo di non farmi beccare. La soccorrevo ogni volta che era in difficoltà, e mi accontentavo di desiderarla a distanza, perché in verità mi metteva soggezione quando diventava più morbida, accessibile, quando si voltava anche lei a guardarmi. Qualche volta aveva una luce negli occhi che era quasi crudele. Forse perché non ero all'altezza di quell'interesse che non riusciva a reprimere. O io mi illudevo che fosse così.»

«C'era un tempo in cui le donne non cadevano ai tuoi piedi.» Lea cede al sarcasmo per smorzare la tensione.

Ma Giacomo non sembra fare molto caso alle sue parole. È da un'altra parte. E lei lo guarda con diffidenza. Ma riesce a visualizzare la faccia di Giulia, il suo portamento altezzoso, l'intera classe che la circonda: i compagni, i banchi, la pedana della cattedra, persino la grande lavagna scura che li raccoglie tutti facendo da sfondo all'inquadratura. E riesce a immaginare anche Giacomo che, sopra la pedana, dà prova della sua abilità con i numeri, per ridiventare poi teso e silenzioso una volta che torna al suo banco. Si chiede se sia autentico, quel momento di intimità così profonda, che neanche parlando di Dickens e Kafka, o facendo sesso, avevano mai raggiunto. O se non sia una posa, una strategia per averla ancora sua alleata.

«Al quarto anno c'è stata una gita. La prima all'estero. Quasi una settimana. La scuola ci portava ad Atene, e io e Lorenzo in aereo ci eravamo promessi che, nell'estate della maturità, avremmo fatto un viaggio all'avventura nelle isole greche. Mi stavo affezionando sul serio a lui, pensavo che una volta liberi dalla scuola ci saremmo conquistati dei momenti felici, e ci fantasticavo sopra, come non mi era mai successo prima. Avevamo visto Antiparos in un catalogo, ci eravamo stretti la mano e io avevo tagliato la stretta con le dita. A dire la verità, ero più io che cercavo di fomentarlo, perché già in quell'ultimo anno lui si era incupito sempre di più; non so, ogni tanto si inabissava nei suoi pensieri e mi faceva quasi paura. Quella gita, che per tutti era qualcosa di eccitante e imprevedibile, per lui, ma anche per me, era come osservare il mondo da una finestra un po' più grande. Avevamo tutti e due l'aria delle mucche al pascolo. Nessun impulso di saltare la staccionata o di infrangere le regole. Anche perché quelle regole non ci avevano mai ispirato né paura, né sdegno: erano convenzioni, come tutte le altre, non c'era bisogno di dimostrazioni plateali per non rimanerne imbrigliati. Bastava conoscerne i meccanismi, pensavo a quel tempo. Se gli altri si ubriacavano e distruggevano l'albergo, noi ci limitavamo a ruminare, e a farci un'idea di cosa poteva essere stata la Grecia nell'età classica. Ostentavamo una sorta di superiorità, per non sentirci degli sfigati. Ma gli sguardi di Giulia, durante quella gita, si erano fatti più insistenti. E la sera che lasciò un biglietto sotto la porta, l'ultimo giorno, io lo sapevo che era per me. Sentii una scossa lungo la schiena.»

Per la prima volta Lea lo vede esitare, come se stesse tenendo quel biglietto tra le mani. Come se fosse ancora in tempo per dire o fare qualcosa di diverso da quello che invece poi deve aver fatto o detto. Ora riesce ad avvertire il peso che Giacomo ha sul petto, quel peso che gli rallenta i gesti e gli soffoca il respiro più o meno da quando lo conosce, come se anche il suo petto fosse *escavato* da allora. Sente che qualcosa dentro di lei comincia a sfaldarsi, un muro di sabbia raggiunto dalle prime onde. Vorrebbe alzarsi, farsi più vicina, ma si limita a spostarsi sulla sedia, a scavallare le gambe e a spingersi un po' più in avanti con il busto, per ascoltarlo meglio.

«Dormivamo nella stessa camera. Fu Lorenzo a leggerlo per primo» la voce di Giacomo si fa più sottile, deglutisce, procede in modo sincopato. «Cazzo, ti vuole, ha cominciato a dirmi. E io lì a negare, a dire che poteva essere rivolto anche a lui, che non c'era il mio nome sul biglietto, e tutte quelle menate che si dicono per sfuggire da qualcosa di evidente ma spaventoso. Era un invito a raggiungerla in camera sua, quella stessa notte.

Una frase breve, niente di romantico, solo: vieni, dài, o qualcosa del genere. E io mi sono impuntato. Sembravo uno di quei purosangue che non hanno intenzione di uscire dal maneggio per una passeggiata fuori dalla pista abituale. La verità è che Giulia mi faceva paura. E sentivo che c'era qualcosa di strano in quell'invito. C'erano stati dei bisbigli, delle risatine nel corridoio. Non mi fidavo. Pensavo a una trappola. E poi ero talmente stravolto al pensiero di poterla avere che ero sicuro che, se fossi entrato nella sua stanza e l'avessi trovata nuda sul letto, sarei venuto nei pantaloni, oppure me ne sarei rimasto lì, inerme, come il vigliacco che ero. La mia mente era capace di risolvere teoremi impossibili per qualunque altro ragazzo della mia età e al pensiero di Giulia si annebbiava, diventava di piombo. Gli ho detto: "Vai tu. Se è per me, tutt'al più ti dirà di venirmi a chiamare, oppure me la mandi direttamente qui in camera". Lorenzo rideva, eccitato e terrorizzato, mi diceva: sei pazzo? Ma io ho cominciato a fomentarlo sul fatto che Giulia lo aveva guardato diverse volte nel pullman e che lui non se ne era accorto. Ho insinuato in lui la possibilità di averla, e l'ho fatto scientemente. Mi sembrava un topo che si accende alla vista di un pezzo di formaggio, totalmente ignaro della gabbia che lo circonda. Quella gabbia la vedevo solo io, e me ne stavo lì, come uno spettatore, nell'attesa di sapere come sarebbe andata a finire. L'ho visto uscire dalla stanza con gli occhi pieni di terrore e gratitudine. "Io ci sto, eh?" mi aveva detto. "Te lo dico: se lei mi salta addosso, da quel momento mi ritengo esente dal considerarla il tuo sogno erotico, intesi?" Ma anche lui non era certo dell'autenticità di quell'invito. Però aveva coraggio. E per quanto morisse al pensiero di bussare a quella porta, alla fine l'ha fatto. L'ha fatto per me. E tutto quello che è venuto dopo, ha tormentato la mia mente per anni.»

Giacomo si interrompe, per riprendere fiato, si passa le mani sul viso, le preme sulla fronte, si schiaccia i capelli. Ora la guarda, con gli occhi pieni di angoscia. «Lo vedo, sai?» le dice. «Mentre entra nella stanza e lei lo aspetta sul letto, con un completino da ninfetta, con quel corpo pazzesco che avrebbe stordito chiunque. Giulia avrà esitato quando ha capito che era Lorenzo e non io. O forse no, era proprio quello che voleva, fregare lui al mio posto. La vedo che si alza, gli si avvicina, a volergli far credere che era proprio lui che stava aspettando. Immagino anche la faccia di Lorenzo, quando lei ha cominciato a spogliarlo. Deve essersi ritratto, un po' perché si vergognava e un po' perché l'idea di andare davvero con il mio sogno erotico l'avrebbe fatto sentire un verme. Ma lei doveva avere una faccia da troia, una di quelle facce che quando si chinano con l'idea di farti un pompino, sottrarsi sarebbe un sacrilegio. Perciò, non so come, ma alla fine c'è riuscita a spogliarlo, a sfilargli via persino le mutande da quel corpo secco e ridicolo che aveva. Deve averlo anche baciato, forse con disgusto, e quando le ante dell'armadio si sono spalancate per far uscire quei poveri coglioni con la Polaroid, deve anche essersi sentita finalmente libera di non dover più fingere. Le foto di Lorenzo, nudo, con il petto bucato e la faccia da ebete, sono passate sotto i nostri banchi per mesi. Le ho intraviste solo una volta, di sfuggita, e mi sono costate un'espulsione, per il naso che ho rotto a qualcuno. Ma più che le foto, ho bene impressa la sua faccia, quando quella sera è tornato nella nostra stanza. Sembrava un vetro rotto. Uno che, anche se ti metti lì a rianimarlo con qualsiasi genere di macchinario, resta morto dentro. Perché per me è morto quella notte, Lea. Molto prima di uno degli ultimi giorni di scuola, quando sono entrato in bagno, alla fine di un compito in classe, e l'ho visto dritto come un bastone, il collo leggermente inclinato da una parte, e mi sembrava che stesse guardando fisso fuori. Pioveva e c'era poca luce. Non ci ho fatto subito caso, al fatto che era molto più alto, e che c'era una corda tesa sopra la sua testa, pendeva dal soffitto, incredibilmente dritta, come se qualcuno usando una riga avesse tracciato una linea perfetta nello spazio. E tra i suoi piedi e il pavimento c'erano quaranta centimetri buoni. Ho cercato di liberarlo, intanto gridavo aiuto, il suo corpo era freddo e rigido e io piangevo come un ragazzino, a dirotto...»

Ora ha gli occhi lucidi, la voce incrinata, e Lea, davanti a quegli occhi, per la prima volta bagnati di lacrime, non resiste all'impulso di avvicinarsi, di accarezzargli una mano, cautamente, quasi col timore che si possa spezzare.

«Non sono venuto qui con lo scopo di farmi compatire, Lea» le dice. «O meglio: non sono venuto qui solo per raccontarti davvero chi sono. Che quando mi sono trasferito a Roma, l'anno che ci siamo incontrati, ero un ragazzo spezzato dentro, che se usciva di casa contava i passi, le macchine, i lampioni. Contavo e fuggivo da ogni cosa. Avevo mandato a morire l'unica persona che si era guadagnata il mio affetto, non meritavo più di provarne per nessuno, semmai dovevo difendermi dalla possibilità che potesse accadere di nuovo.»

Tira su con il naso, si passa le dita sugli occhi: «Ho costretto i miei a reinventarsi una vita in un'altra città» continua. «Ho fatto sentire mio padre un inetto, che con tutto quello che aveva studiato e scritto sulla psicanalisi non riusciva a fare granché per aiutare il suo unico figlio. Ho fatto deprimere mia madre. E ho portato il peso di questa colpa per anni, in tutte le scelte che ho fatto: l'università, il lavoro. Ho portato avanti i sogni di qualcun altro, e ho cercato di rimuovere questa evidenza ogni giorno. E tutte le donne che ho conosciuto erano delle Martine da punire, compresa una ragazzina impertinente che voleva solo dimostrarmi quanto fosse disposta ad amarmi, ma i suoi occhi mi facevano paura. Perché io ti odio e ti amo, Lea. Da quando ti conosco. E sarebbe da ingenui ora chiederti di perdonarmi solo per il mio passato, così lontano. Sono venuto qui perché... sono un cazzone, e una vita con me è una vita piena di sbagli... ma io, quegli sbagli, se non li faccio con te, non posso farli con nessun'altra... Sei tu che mi hai fatto prendere coscienza di questo, tu che mi ci fai sbattere il muso, contro i miei fantasmi, ogni volta che t'incontro. E sei tu che mi fai venire voglia di scappare quando mi dici che mi ami e sembri così sincera.» Riprende fiato, la guarda negli occhi. «Sono venuto qui con tutto il coraggio che non ho mai avuto. E con un'idea: se vuoi stupida, o infantile, chiamala come vuoi, non è che ne abbia mai avute di idee così prima di oggi» e mentre parla, apre lo zaino, quel ridicolo zaino che aveva anche in Grecia, perché ora Lea se lo ricorda, ora che gli vede fare lo stesso gesto di tirare fuori da una delle tasche esterne un pennarello, come aveva fatto nella grotta di Aghios Ioannis per scrivere quella formula matematica. «Te lo ricordi?» le dice mostrandole un UniPosca azzurro. «Dimmi che te lo ricordi, altrimenti mi sento un coglione.»

«Non l'ho scordato neanche per un minuto» annuisce Lea, con il magone che le stringe la gola e il petto che trema come se dentro ci fosse una bomba, e intanto ride e piange. Annuisce. Lui toglie il cappuccio, le prende una mano, come se a quella mano dovesse dare un anello, e lì, sul dorso, tra l'indice e il pollice, nello stesso punto di vent'anni prima, ci disegna un cerchio. Poi fa altrettanto sulla sua. Quando finisce, qualche ruga in più si è disegnata sul suo viso: sembra vecchissimo e al tempo stesso di nuovo bambino. «Ecco, ora sono uno di quegli inguaribili romantici che ho sempre detestato e che sta per dirti che ti ama come un cane, e che è pronto a nuotare fino al largo per recuperare qualunque legnetto tu abbia intenzione di lanciargli. Perché ogni volta che penso a noi, mi viene in mente la fotografia di Matteo, quei puntini azzurri, proprio come questi cerchi. Noi siamo questo, Lea: due particelle supersimmetriche» e le stringe la mano, rivolge uno sguardo ai segni sulla loro pelle che ora sono vicini e quasi si sfiorano. «Qualunque cosa farai o dirai, ovunque deciderai di andare, continuerai a esercitare un'influenza sulla mia vita, che tu lo voglia o meno. Ma se decidi di restare, se decidi di amarmi, allora renderai tutto molto più semplice.»

Lea vede gli occhi del ragazzo che ha desiderato per tutta la vita accendersi in un bagliore nuovo. Vede tutte quelle mura erette a difesa sgretolarsi sotto il peso di una confessione. Vede il crollo delle impalcature sulle quali ha costruito una vita che non gli apparteneva. Il silenzio della sua camera adolescenziale, quella camera di carta, con le finestre spalancate su un'assenza. Tolti gli infissi, smontate le porte, vede solo un ragazzo che ringhia in un angolo, solo e colpevole, come lo sono gli orfani di sogni e speranze, i domatori della propria paura, rannicchiati tra le macerie di una volontaria demolizione, incapaci di chiedere aiuto.

In quasi tutte le donne coabitano una madre e una bambina, anche se madri non diventeranno mai e bambine non lo sono più da tanto tempo. La bambina che vive in Lea l'avrebbe interrotto al «ti odio e ti amo da quando ti conosco» assecondando l'impulso di baciarlo. La madre è rimasta ferma ad ascoltare, e ora gli tende dolcemente una mano, come avrebbe voluto fare sin dalla prima volta che, guardandolo negli occhi, da adolescente, aveva intuito la presenza di quel bambino rannicchiato in un angolo buio, del matematico ormai adulto che scannerizzava il mondo. Forse per questo non le era mai passata. Non era solo per sfida o semplice incaponimento. Insieme alla bambina che puntava i piedini e pretendeva attenzione, c'era, ancora più ostinata, la fermezza di una madre.

Quando anche le lacrime di Giacomo rompono gli argini, Lea gli getta le braccia al collo, lo stringe, lo bacia. E intanto si sdraiano sul pavimento, proprio come due ragazzini alle prese con una prima cotta. Continuano a ripetersi "ti amo" per tutte le volte che in passato non hanno avuto il coraggio di dirselo, sopra quelle mattonelle dure e fredde, che forse sono state disposte lì proprio negli anni in cui loro due si affacciavano al mondo, e si tengono abbracciati, come se in realtà galleggiassero in un altrove senza più materia né confini.

È Giacomo per primo a rendersi conto di essere sdraiato su un pavimento al centro di un salotto, e con ironia le domanda: «Ma andare su un letto, no?» e allora anche Lea a poco a poco mette a fuoco le doghe di legno sul soffitto, il tavolo nero laccato vicino alla vetrata dove ha cenato con Vittorio, la terrazza che affaccia sul mare, la porta della camera da letto aperta e la valigia sopra il materasso. Torna nella realtà di quella casa, nel presente di quella vacanza mancata, e allora si tira su con il busto, con un lampo di agitazione negli occhi, e lo guarda seria, ma cercando di mostrarsi rassicurante.

«Che succede? Sta tornando?»

«No, è partito poche ore fa. E io ho un aereo che decolla domani mattina da Fiumicino.» Fa un respiro profondo, si sposta i capelli su un lato. «Ascoltami, Giacomo: non posso non andare lì e non dirglielo in faccia. È l'uomo che mi ha accompagnato in questi ultimi sei anni. Ancora per poco, ma è mio marito. Risalgo sul primo volo che mi riporta a Roma, lo prenotiamo adesso insieme se vuoi...» si morde le labbra, sorride al pensiero che stia accadendo davvero, poi solleva gli occhi al cielo in un'espressione scherzosamente folle prima di concludere il suo discorso: «Io ti amo, e Dio solo sa quanto sia impaziente di cominciare la nostra vita insieme. Ma voglio che Vittorio soffra il meno possibile. E dobbiamo andarcene da questa casa. Non voglio stendermi con te su quel letto in cui sono stata con lui. Ci sarà un angolino sulla spiaggia pronto ad accoglierci per questa notte come due ragazzini, perché è da lì che dobbiamo ripartire, no?».

Giacomo le accarezza una guancia con l'indice e il pollice della mano marchiata, si ferma sul mento, lo tiene tra le dita per un po'. Ha un'espressione tenera e grata: «Accoccolati ad ascoltare il mare… sempre che la mia schiena me lo consenta ancora» ride adesso. Poi aggiunge: «Ma ti prego, d'ora in avanti, lasciamo fuori Dio».

«E chi farà in modo che quell'aereo non cada?» scherza Lea.

«Il nostro amore» risponde Giacomo come in un libro di quelli che non pubblicherebbe mai. «Giura che torni» le sussurra all'orecchio.

«A un patto: mai più spaghetti alle vongole.»

Le hostess della Singapore Airlines hanno modi gentili. Una di loro porge a Lea delle cuffie e le mostra un telecomando riposto sul bracciolo del sedile, da dove si può attivare uno schermo per seguire un film o ascoltare della musica. Gli ultimi passeggeri si stanno imbarcando. Lea li osserva entrare, uno a uno, e si sofferma sulle loro facce tranquille. Di solito è il decollo a farle paura, il momento in cui l'aereo prende velocità e sembra che si svitino tutti i bulloni, che stia per esplodere in mille pezzi. Di solito, quando ancora i portelloni sono aperti, comincia a mancarle l'aria, si convince che l'aereo precipiterà, immaginando già cosa titoleranno i quotidiani il giorno seguente: duecento passeggeri senza scampo. E di solito si sofferma su quelle facce chiedendosi proprio se non siano delle facce che potrebbero sembrare sul punto di morire, se non traspaia, dai loro sguardi, un qualche segnale della tragedia che li attende.

Quel giorno, invece, Lea è sorprendentemente calma. Ha i capelli ancora pieni di sabbia. Ripensa a Giacomo, alla notte che hanno appena trascorso insieme, su una spiaggia. Ai loro corpi che sono scivolati piano nel sonno, soltanto poche ore prima, tenendosi stretti, sdraiati su un pattino, ancora eccitati ma esausti. A quando hanno poi percorso l'Aurelia in macchina mentre l'alba tinteggiava i campi di granturco e le balle di fieno sembravano delle grosse caramelle, come in una fiaba dell'infanzia, come nella fabbrica di Willy Wonka. E ora getta un'occhiata fuori dal finestrino, agli hangar in lontananza, agli altri aerei impegnati nelle procedure di imbarco, e si osserva la mano, quel cerchio che Giacomo le ha disegnato sul dorso. È talmente storto che se solleva un pò la pelle, diventa un cuore. Sorride. Rivede la faccia che aveva lui quando si sono salutati al controllo bagagli: era quasi inebetita. «Torna subito qui» scherzava quando lei provava ad allontanarsi per mettersi in fila. «Che cosa mi hai fatto?» chiedeva, tirandosela ancora una volta al petto. «Abbiamo dodici anni.» E intanto Lea rideva. Sembrava ubriaca, mentre ondeggiava tra le sue braccia con un sorriso sciocco disegnato sul viso.

«Dimmi la verità» gli aveva chiesto quella notte, mentre facevano il bagno nel mare. «Ci sarei arrivata lo stesso nella vostra casa editrice se non c'era il mio nome sul manoscritto?... Dài, non ridere, è una cosa seria.»

«Tu sei una cosa seria, amore mio, tu.»

«Non mi stai rispondendo.»

«D'accordo. Quando ho letto il tuo nome, ho deciso che ti avrei fatta chiamare a scatola chiusa. Ma poi ho letto anche il resto. E sono felice che uscirà a Natale, è un bel romanzo.»

«Non mi dirai mai la verità.»

«La verità è che sto morendo di freddo, e che ti desidero come un pazzo.»

Ci aveva pensato, in tutti quegli anni, a come sarebbe stato il mondo il giorno dopo che l'avrebbe conquistato. A che sapore avrebbe avuto una felicità tanto a lungo inseguita. Ed ecco che le tornano su il caffè e le lingue di gatto che lei e Giacomo hanno preso insieme al bar dell'aeroporto, un attimo prima del check in. Ancora un'altra ondata di nausea. Forse è davvero incinta, e stavolta si sente un'incosciente a sorridere. «Sarebbe un disastro» le dice una voce dentro di sé. «Metteresti al mondo un bambino insieme a un altro bambino che ha passato la vita a nascondersi. E anche se sei certa che la felicità avrà il sapore dei suoi baci quando avrete un neonato in braccio, non lo conosci nella vita che brucia giorno dopo giorno il quotidiano delle nostre azioni, non sai di cosa è capace.» Ma Lea continua a sorridere, in barba a quella voce, perché non è più in grado di prestarle davvero attenzione, e perché, se sta andando incontro a un disastro, sarà un disastro felice. La felicità è anche ritrovarsi per la prima volta all'interno di un aereo che sta per decollare senza avere il benché minimo timore. «Sì, potrebbe essere un disastro» le aveva detto lui, un attimo prima di salutarla, riferendosi alla convivenza che li aspetta. «In ogni caso inevitabile.»

E sì, potrebbe essere un disastro, si ripete ora Lea, riflettendo sul fatto che almeno una vittima, in tutta questa storia, ci sarà. E immagina la faccia che avrà Vittorio, quando ne parleranno. Ripensa a quanto lui lo abbia desiderato, un figlio con lei, e a tutto il dolore che non potrà evitargli. Ma se quel figlio ci fosse – e lei lo scoprirà non appena avrà la possibilità di comprare un test di gravidanza –, ora, a mente lucida, senza il terrore che l'aveva assalita due notti prima, sa che potrebbe essere solo figlio di Giacomo. E sta meditando sulle parole da scegliere al cospetto di Vittorio, per rendere tutto più sopportabile. Immagina l'espressione che si disegnerà sul suo volto, quando sarà costretta a smorzare il suo entusiasmo, a cancellare il sorriso dalla faccia dell'uomo che per sei anni ha avuto in mano il timone della sua vita.

Ripensa al loro matrimonio e le torna in mente una carta dei tarocchi che Carla, la madre di Bianca, le leggeva quando lei, a vent'anni, si crogiolava per Giacomo: la ruota della fortuna. Nei tarocchi di Marsiglia è simboleggiata proprio da un timone. In quella figura, il timone è sostenuto da due pagaie che assomigliano a un pattino e che si muovono sull'acqua. «L'acqua simboleggia i nostri tormenti interiori, tutti i nostri organi dove scorre il sangue, e nel sangue risuona il nostro mandato» le diceva Carla, ogni volta che usciva la ruota della fortuna. Sopra quella ruota, c'è una sfinge con le ali, la corona e una spada. A muoversi sui lati della ruota, due animali che, se non trovano equilibrio, finiscono risucchiati dai mulinelli che l'impossibilità di tenere saldo il timone finirebbe per creare. Lea ripensa ai suoi tormenti e a quando Carla le diceva: «Devi imparare a governare il timone, Lea. Sei tu che controlli la tua vita, e se ti spinge tra le braccia di Giacomo, forse è perché si tratta di uno specchio che devi imparare ad affrontare, o di una prova da superare. Ma non puoi tradire il tuo mandato. E se il tuo mandato è quello di amarlo, finirai, prima o poi, per sbatterci di nuovo contro».

Anche Lea, nel suo romanzo, aveva parlato di missioni che non si possono tradire, e aveva dato all'amore un significato preciso: donare a chi si ama la capacità di comprendere se stesso. «Sei una stupida» torna a parlare la voce dentro di sé. «Vittorio era la tua colonna vertebrale, con lui sarebbe stato tutto più semplice, comprensibile. Non ti avrebbe fatto penare, si sarebbe preso cura di te e di tutti i figli che saresti stata in grado di dargli.»

Ma ora Lea riesce a erigere un muro agli attacchi di quella voce, perché sa che restare con suo marito significherebbe lasciare a lui il controllo del timone, mentre tornare con Giacomo è come guardare dentro uno specchio. Cerchiamo sempre in chi amiamo qualcosa che ci racconti di noi, che ci dica chi siamo.

La sofferenza di Vittorio è il prezzo che si paga per tutto questo, per una felicità che qualche volta potrà anche avere il sapore della disperazione. In ogni caso, come dice Giacomo, un passaggio inevitabile. Come la nausea che sente di nuovo salire.

Questa volta si alza per raggiungere in fretta il bagno. La

hostess la ferma e gentilmente le chiede di sedersi, di allacciarsi le cinture, stanno per decollare. Lea si porta le mani alla bocca e corre ugualmente verso la porta del bagno. Mentre l'aereo comincia a muoversi sulla pista, si libera del caffè e delle lingue di gatto dissolte in un liquido acidulo. Poi, asciugandosi le labbra con un fazzoletto, si volta di nuovo verso la hostess, che intanto l'ha seguita e che sta insistendo perché torni a sedersi al suo posto. Lea vorrebbe chiederle un bicchiere d'acqua, e invece dice: «a glass of waterloo».

La donna la riaccompagna al sedile con un sorriso pieno di imbarazzo, senza rispondere alla sua richiesta. Le porge un sacchetto igienico, ma ha fretta di allacciarle la cintura e di tornare al suo posto vicino al portellone d'ingresso. «Please, a glass of waterloo! Waterloo!» insiste Lea, senza rendersi conto dell'assurdità di ciò che sta chiedendo. «I don't understand» risponde a quel punto la hostess sbigottita dalla sua richiesta. E solo a quel punto Lea realizza che avrebbe voluto dire «water» ma che non è riuscita a formulare correttamente la parola. Eppure nella realtà della sua mente l'acqua si è trasformata in waterloo. D'improvviso si sente come in un passaggio intermedio tra la veglia e il sonno, quando ancora la realtà non è stata del tutto decodificata e si confonde con ciò che si è vissuto durante il sogno.

L'aereo continua a rollare sulla pista e il sedile vibra sempre più forte. Il panico l'assale alla stessa velocità. E quando si sollevano in aria e tutto di colpo si acquieta, si mette in cerca di altre parole che le sembra di non riuscire più a trovare. Il sedile, i passeggeri, la hostess. Osserva le cose senza riuscire a chiamarle con il loro nome. La sua mente è un archivio sottosopra: scaffali rovesciati, contenitori sostituiti.

Le tremano le mani, guarda fuori dall'oblò. Nemmeno a quel ritaglio di cielo e mare, e alla sua luce quasi accecante, che s'irradia ovunque nell'abitacolo, riesce più a dare un nome. Tutto diventa confuso, indecifrabile, e il panico crea sempre più disordine. Un disordine che è solo nella sua mente però, perché intorno a lei ci sono una madre che accarezza la figlia, un uomo in giacca e cravatta che dorme e due ragazzini che ridacchiano con le cuffie già infilate e gli occhi rivolti allo schermo. E comprende che una dicotomia si è venuta a creare tra il mondo intorno a lei e ciò che le sta accadendo dentro.

Afferra la borsa, mentre una sensazione di vuoto la inghiotte. Cerca affannosamente le gocce di ansiolitico nella tasca interna, prova a respirare profondamente, si aggrappa a pensieri piacevoli che possano distrarla, la faccia di Giacomo, il suo corpo addosso, ma tutto in lei rifugge. L'aereo vira di colpo a destra, e sotto di lei si spalanca una voragine. Le parole scivolano via, sballottate dai vuoti d'aria creati dal passaggio nelle nuvole. Lea si appiattisce sul sedile, spalanca la bocca e con le mani tremanti, ci lascia cadere dentro tutte le gocce che può, senza preoccuparsi di contarle, sempre ammesso che sia ancora in grado di farlo.

Il mare è proprio sotto la sua faccia, ora spalmata contro la plastica dell'oblò. L'aereo sta virando in modo spaventoso, o forse è la sua testa, che si è messa a girare vorticosamente, a restituirgliene l'impressione. Avverte un dolore acuto, sulla tempia sinistra, chiude gli occhi. Ha l'impressione che tutto si sia messo a girare, che l'aereo si stia avvitando su se stesso, e si sorprende del fatto che nessuno gridi, che intorno a lei non ci sia il minimo scompiglio. Nessun oggetto volante, carrelli sballottati o corpi che cadono sul soffitto. Ogni cosa è rimasta al suo posto, nella quiete di una semplice manovra che permette all'aereo di seguire la sua rotta, a riprova che una dicotomia è davvero in corso.

Poi, a poco a poco, sotto il repentino effetto del calmante, il cuore si riappropria dei suoi battiti e anche l'aereo si rimette dritto. Un lungo respiro dopo l'altro, Lea si lascia cadere in un pozzo profondo.

Una mano le scuote ripetutamente la spalla, strappandola a un sonno buio, senza immagini. «Madame» una voce femminile diventa sempre più insistente. Lea impiega qualche istante nel mettere a fuoco il volto della hostess, è lo stesso volto sbigottito che la guardava prima del decollo. Fatica anche a riaprire gli occhi e a comprendere che ora l'aereo è fermo sulla pista, perché un cerchio le attanaglia la testa e ha la sensazione di avere della colla sulle palpebre.

È rimasta per tutto il tempo seduta con la fronte appoggiata al finestrino e le cinture allacciate. Le gocce di ansiolitico si sono mangiate dodici ore di viaggio. In un primo momento non ricorda neanche di averle prese, né dove sia atterrata. Soltanto lo stemma della Singapore Airlines sulla divisa della donna le fa comprendere che il suo viaggio è concluso e rimettere insieme i frammenti che hanno preceduto il collasso.

«Do you need help?»

Lea si fa aiutare a rimettersi in piedi e a tirare giù dallo scomparto la sua borsa. La donna le porge i documenti da compilare alla dogana, che lei prende distratta. Getta solo un'occhiata furtiva alla scritta "Death penalty": la condanna a morte che pende sul capo di chi è in possesso di droga e fa scalo a Singapore. E a passi lenti e incerti, si avvia verso l'uscita.

Il Changi ha appena spalancato le sue enormi braccia per rassicurarla con la sua atmosfera ovattata, con la sua morbida moquette senza una macchia. Ma quell'abbraccio non riesce a rassicurare la sua mente e un brivido freddo e improvviso le pervade la schiena. Riconosce i negozi e i *gate* che accoglievano i suoi ritorni a casa con Vittorio, sa che a breve lo ritroverà. È sempre stata la sua colonna portante, eppure nemmeno quel pensiero riesce a sostenerla dalla fatica che le attanaglia le gambe, dall'emicrania che si acuisce a ogni passo. Persino il cuore le è diventato un estraneo. Se ne sta andando per conto suo, a un ritmo insostenibile, e neanche il pericardio è più in grado di proteggerlo.

Arranca in direzione del ritiro bagagli, ha il collo teso, le spalle contratte. Una seconda ondata di confusione si unisce al malore fisico, tutto perde di senso, come le parole che ha confuso durante il decollo. «Water. Aereo, sedili, hostess.» Intanto ondeggia, come se fosse all'interno di una bolla d'acqua, senza riuscire ad allinearsi agli altri viaggiatori, che invece procedono composti, consapevoli di cosa stanno facendo, come chi prepara i documenti per l'ingresso, o chi sa cosa acquistare al duty free. La gente in fila alla cassa, le commesse che incartano con movimenti precisi quei regali da portare a casa.

In uno stato di alterazione, con la fronte imperlata di sudore, riesce a raggiungere una scala mobile che macina gradini con un suono che le arriva attutito. Poco oltre, c'è il controllo passaporti: ancora una volta persone consapevoli dei loro gesti, che vistano, timbrano, scannerizzano. Una macchina che procede perfetta senza cedimenti, mentre Lea continua ad arrancare.

Da qualche parte nella sua borsa c'è il tesserino di Employment Pass, che attesta la sua residenza nell'efficienza di quel mondo, che le farebbe saltare la fila, offrendole un veloce lasciapassare per il primo pronto soccorso. E qui, l'istinto di sopravvivenza riesce a farle tirare fuori il passaporto dalla borsa. In quel momento il tesserino cade a terra e lei si china per raccoglierlo. «Coraggio, ci sei quasi» ma non è la sua voce a parlare, è un timbro maschile, familiare, che le parla nella mente.

Le tremano le dita mentre lo infila nell'apposita macchinetta. La sbarra si muove, lentamente la supera. Pensa a Vittorio, al fatto che a dividerli ci siano soltanto pochi passi. Ora più che mai, ha bisogno del suo sostegno, di sentire che come sempre lui saprà aiutarla, e confida disperatamente in questo. In un ulteriore sforzo avanza, come un soldato ferito che tenta di mettersi al riparo dietro la trincea. Deve solo dirgli: «Vittorio, portami subito al...» vorrebbe pronunciare la parola «ospedale» ma ancora una volta non le viene.

Solleva lo sguardo allo schermo del ritiro bagagli. Fatica a decifrare la lista dei nomi delle città, come se le lettere, le linee si accavallassero senza che lei possa rimetterle in ordine né dargli un senso. Anche i numeri dei voli le appaiono come geroglifici, l'immagine si sfuoca, il video diventa una chiazza azzurra, uno specchio d'acqua che riflette il suo turbamento.

«Lea?» si sente chiamare.

Si volta.

La figura di suo marito è in piedi, oltre la transenna. A fatica la mette a fuoco: le sta sorridendo. Si sente di colpo rassicurata dalla sua presenza, ma non riesce a muovere un dito per andargli incontro. L'addetto alla sicurezza gli rivolge un'occhiata severa, perché si è sporto un po' troppo, e la transenna è lì apposta, non si passa. Vittorio però ha la faccia di un bambino, gli sorride, gli fa una smorfia, come a dire: «Dài, è mia moglie, fammela almeno chiamare». E non è da lui quel modo di fare, mettersi a scherzare così con la rigidità degli addetti alla sicurezza dell'aeroporto. Non è da lui prendersi gioco delle regole. Ma quel giorno non è che un marito impaziente di riabbracciare sua moglie. Un uomo felice.

«Lea, vieni qui» le ripete ancora. Ma lei non risponde, annaspa, apre la bocca, non riesce a emettere alcun suono. Il volto di Vittorio diventa serio di colpo. Il rumore del nastro bagagli, che si attiva alle sue spalle, la fa sobbalzare, vede la guaina di gomma scorrere in avanti e oscilla anche lei, si aggrappa al braccio di un'orientale che le è vicina per non perdere l'equilibrio.

«Aiuto» le dice. Vorrebbe dire *help*, ma le è venuto in italiano, e come se non sapesse dire altro, continua a ripetere quella parola, che la donna non comprende; infatti si irrigidisce, reagisce quasi con spavento e vorrebbe sottrarsi a quella stretta inquietante. Anche la faccia di quella sconosciuta si mette a girare insieme a tutto il resto, mentre la mano di Lea perde a poco a poco la presa e scivola lungo il suo braccio per poi accasciarsi sul pavimento.

«Aiuto» dice un'ultima volta in ginocchio, rivolta al soffitto, alle luci modulari dei led che allagano tutto di bianco. «Aiuto» e quella parola è ormai una scatola vuota, una cacofonia priva di significato.

L'ultimo e unico suono che riesce a raggiungere la sua comprensione è la voce di Vittorio. «She's my wife!» lo sente gridare, mentre scavalca prepotentemente la transenna.

Poi, un orientale le si para davanti.

Questa volta un uomo. Una faccia tonda, gioviale, che galleggia nel silenzio. Quella di un cinese qualunque tra i milioni che popolano la città del futuro, ma che per un momento diventa il volto di Lee Kuan Yew, i suoi occhi lunghi che si stringono nel primo sorriso che le abbiano mai rivolto. «Stai tranquilla» le dice, e Lea riconosce la voce udita poco prima. Si sente avvolgere da una quiete improvvisa. C'è un silenzio irreale tutto intorno, un silenzio perfetto. Sostiene quello sguardo ancora per qualche istante, poi chiude gli occhi e lascia andare il respiro. Riesce a formulare un ultimo pensiero prima di perdere conoscenza. Un pensiero nitido e calmo.

Prima di morire non sai dove andrai quando succederà. Mentre, quando alla fine succede, è solo un momento. E lo sai.

Vittorio è affacciato alla finestra di una sala d'aspetto dell'Elisabeth Hospital. Le mani contro il vetro, come se lo stesse sorreggendo, e, forse per la prima volta nella sua vita, sente il bisogno di qualcuno che sorregga lui.

La luce del giorno è bianca, acquosa. Diluvia. Osserva le strade rettilinee del quartiere sottostante: si allungano tra i grattacieli come sonde che bucano lo spazio, scompaiono nella nebbia, non si sa dove vadano a finire, ma sembra che oltre non vi sia più nulla di noto. Ogni cosa, quel giorno, è sfuggita al suo controllo, e ora Vittorio se ne sta lì, pietrificato dallo shock di aver appena visto sua moglie cadere al suolo come un ramo spezzato.

È successo tutto così in fretta.

Qualche minuto prima si mordeva l'interno delle guance e, con la sua Mazda, correva dietro l'ambulanza, cercando di non perdere di vista il lampeggiante. Attraversava la città. L'asfalto, ripulito dalla pioggia, sembrava una lastra di ferro, i grattacieli silenziosi e sbiaditi, le macchine rallentate, come se il mondo avesse assorbito l'impatto della caduta di Lea, ne avesse inghiottito l'eco e ora stesse trattenendo il fiato, insieme a lui. Rivede l'ultima immagine di sua moglie, quando era spuntata su una barella, prima di scomparire dietro le porte del pronto soccorso: incredibilmente pallida, già intubata.

Vittorio lascia una mano sul vetro e con l'altra si asciuga le lacrime che colano dal viso. Sta cercando di esorcizzare il presentimento che comincia a sedimentargli dentro, ma non ci riesce. Non ha bisogno di essere un medico per comprendere che la condizione di Lea è grave. L'ha letto negli occhi di chi l'ha soccorsa, quando hanno provato a rianimarla e l'aeroporto per un attimo si è fermato. L'ha letto nell'urgenza e nell'accortezza dei gesti di chi l'ha sollevata sulla barella e, poco dopo l'arrivo in ospedale, nel turbamento del medico dell'ambulanza, quando si è fermato a parlargli, quel cinese basso e gracile, che poco prima aveva rianimato Lea con un massaggio cardiaco e che in quel momento parlava di TAC e di parametri vitali, e tutto intorno a lui prendeva forma un universo brulicante di voci concitate, di tubi a neon che correvano lungo i soffitti, seguendo un percorso che non ammette distrazioni.

E ora l'attesa, nella solitudine di questo spazio più raccolto.

Vittorio osserva il suo volto riflesso sul vetro della finestra: le palpebre gonfie, come peste per un pugno. Non ha dormito molto quella notte, doveva svegliarsi alle cinque per andare a prenderla ed era ansioso di rivederla. Ora non si riconosce in quel riflesso, non è lo stesso uomo che ha visto allo specchio quella mattina, sta già trasfigurando in qualcos'altro. Si scosta dall'immagine che rimanda il vetro come per porre un freno a un processo già in corso. Comincia a muoversi nel perimetro intorno alla finestra, è un animale in gabbia, e non può permettersi di rimanere lì da solo a farsi divorare dal senso di impotenza.

Prende il telefono, chiama Caroline, la sua collega, la donna che Lea ironicamente soprannominava Angela Merkel, perché ha bisogno di un alleato, qualcuno con cui fronteggiare il gelo che lo circonda, e Caroline è l'unica faccia amica che gli è venuta in mente, in questo angolo di mondo così lontano.

«Pronto?»

Deve averla svegliata, ha la voce impastata di sonno.

«Caroline, sono Vittorio.»

«Che è successo?»

«Si tratta di Lea. Sono all'Elisabeth. Si è sentita male. È grave.»

Il tono di Caroline si fa subito più acuto, è lo sgomento ad accenderlo: «Che cosa?».

Le parole di Vittorio s'inceppano nel bisogno di piangere. «È successo all'aeroporto» le dice. «Ti prego, vieni subito qui.»

Oltre la porta basculante alle spalle di Vittorio, che si sta rimettendo in tasca il cellulare, con la testa che ciondola smarrita, c'è un lungo corridoio bianco: la corsia centrale della rianimazione. Su alcune porte sono affissi cartelli che limitano l'ingresso al solo personale dell'ospedale, e alla fine di quel corridoio, si trova lo studio del dottor Kew. È il primario del reparto, e in quel momento sta valutando con attenzione ciò che compare sullo schermo di un computer.

Prende punti di riferimento, misura distanze, ha a che fare con immagini che dall'esterno possono sembrare labirintiche, ma che lui ha la capacità di interpretare. Le sta girando in tutti i versi, zoomandoci sopra, per formulare le sue valutazioni. È il cervello di Lea, quello che il dottor Kew sta esaminando, e l'analisi tomografica che hanno fatto in radiologia non promette nulla di buono. Il dottore decripta macchie, forme, solchi, decifra codici e didascalie, ma non può che giungere a una sola conclusione: la sentenza decretata da quei dati acquisiti è una sentenza di morte: il cervello di Lea annegherà nel sangue.

Il dottor Kew si lascia andare contro lo schienale della poltrona. Chiude gli occhi, li riapre, e, dopo aver preso atto della situazione imminente, solleva il telefono e chiama il banco informazioni del reparto. All'infermiera che risponde dall'altra parte della cornetta, chiede se la famiglia della paziente italiana è stata avvisata.

«C'era il marito con lei» risponde la donna. «La sta aspettando.»

Il dottor Kew riattacca. Incrocia le dita sotto il mento, sospira. Si abbandona nuovamente sullo schienale. È un tipo alto, secco, sulla cinquantina, il camice bianco aperto, i tratti somatici del viso che suggeriscono un miscuglio di etnie indefinibili, gli occhi sono lunghi, infossati e attenti. Stanno fissando un punto imprecisato nello spazio, come se lo stessero accuratamente soppesando. Poi, in preda a uno slancio, Kew torna in avanti con il busto, riprende in mano il telefono e compone il numero del coordinamento prelievi di organi e tessuti.

È il dottor Wang a rispondere. I due si conoscono e si frequentano anche al di fuori dell'ospedale, ma Wang capisce subito che la telefonata di Kew non è di cortesia. Il collega lo sta chiamando perché una paziente del reparto è in stato di morte cerebrale. Una constatazione drammatica, che però è anche l'innesco di un nuovo processo.

Caroline raggiunge la sala d'attesa dove si trova Vittorio con una falcata ampia e decisa. Lo sorprende seduto su una poltrona, i gomiti impalati sulle ginocchia e le dita affondate nei capelli. Gli si avvicina, gli s'inginocchia davanti.

Quando Vittorio solleva lo sguardo, ha una faccia paonazza, gli occhi lucidi, arrossati, sembra che stia trattenendo il respiro.

«È gravissima» le ripete, contraendo il viso in una smorfia di pianto.

Caroline è tesa, ha i capelli biondi, lisci, ben pettinati, un velo di rossetto sulle labbra sottili e del fard sulle guance. Lo guarda dritto negli occhi: «Vittorio, cerca di non perdere il controllo» gli dice. «Non è il caso di cedere ora. Conosco un medico che lavora qui dentro. L'ho appena chiamato, s'informava subito e mi richiamava.»

Qualche istante dopo, la porta tagliafuoco alle loro spalle si apre e il dottor Kew compare sulla soglia. Vittorio si alza di scatto, sta per andargli incontro, ma intuisce subito, dall'espressione sul volto del medico, che non c'è alcuna urgenza, e allora resta impietrito. Il dottor Kew ha uno sguardo cupo ma fermo, le mani nelle tasche del camice, emette un lungo sospiro che preannuncia parole terribili. Vittorio ha come l'impressione di essere diventato di sale.

«È lei il marito di Lea Federici?» gli domanda il medico, in un *singlish* scandito in modo chiaro, con un timbro calmo.

Vittorio annuisce, digrigna i denti.

«Può venire con me nel mio studio?»

I secondi che seguono spalancano uno spazio vuoto tra loro, uno spazio silenzioso, sul cui bordo Vittorio resta solo per un attimo, il tempo di una vertigine. Poi, racimola tutte le forze che gli restano e dice: «Me lo dica subito, dottore. Me lo dica senza giri di parole, non ne ho bisogno».

Il dottore deglutisce, lo fissa negli occhi. «Sua moglie ha avuto un aneurisma cerebrale» gli risponde. «È arrivata qui che era già in coma. Ed è inoperabile.»

Nello studio del dottor Kew c'è anche il dottor Wang, adesso. E Vittorio è seduto su una sedia di metallo, davanti a questi due medici, così diversi, uno mediorientale, l'altro cinese. Kew ha una faccia dura, impenetrabile. Wang è più arrendevole, le spalle ricurve, sembra quasi stanco. Vittorio li osserva come se fossero due fantasmi, pensando di trovarsi al centro di un incubo. Non ha ancora perso la speranza di risvegliarsi nel suo letto, con Lea accanto.

Intanto risponde a tutte le domande sulla storia clinica di sua moglie, su quello che sa delle malattie nella sua famiglia, degli interventi da lei subiti. Lo fa in modo quasi automatico, astraendosi dall'assurdità di quel frangente, sapendo solo di dover assecondare una procedura. Lo fa fissando il trench appeso all'appendiabiti inchiodato su una parete, rivedendosi molto lontano da lì, nello spazio e nel tempo: è dentro l'acqua, a galleggiare tra le onde di Cala Grande, con Lea che lo osserva dalla prua di un gommone. Poi, come in una continua oscillazione, torna al presente, e ripensa alla telefonata che ha fatto poco prima di entrare in quello studio, quando ha dovuto svegliare la madre di Lea nel cuore della notte; a Roma sono passate da poco le quattro. Sta parlando di adenoidi, rosolia e *dengue fever* con ancora in testa la voce acuta di sua suocera, una voce terrorizzata, che gli chiedeva di prenderle subito un biglietto per Singapore, mentre lui cercava di soppesare le parole, pur sapendo di non poter mentire.

Ora Vittorio sta raccontando ai medici i giorni che hanno preceduto il malore. «Mi ha detto di aver avuto la febbre» spiega. «Era pallida, mi sembra che soffrisse di mal di testa, e sì... anche la nausea. Ha vomitato la sera prima di partire. Ma non sembrava nulla di preoccupante, un'indigestione forse.»

Kew annuisce, rimane sul vago: «Potrebbero essere state delle avvisaglie» spiega. «Non è insolito che un aneurisma sia preceduto da mal di testa e nausea.» Poi però torna al presente, al vero scopo di quel colloquio, di tutte le informazioni che ha bisogno di acquisire sulla vita di Lea, e arriva dritto al punto: «C'è la possibilità che sua moglie possa donare gli organi» dice, riferendosi all'autorizzazione che lui, in quanto familiare, dovrà firmare per l'espianto.

Nella mente di Vittorio torna l'eco del pianto soffocato di sua suocera. Cerca ancora una volta di estraniarsi, di non pensare al corpo di Lea, all'orrore improvviso che suscitano in lui quelle parole. C'è un uccello fuori dalla finestra, una razza tropicale, a lui sconosciuta. È fermo sul davanzale a guardarli. A Vittorio torna in mente il canarino che Lea possedeva quando viveva a Londra, e che teneva in bagno insieme a una tartaruga. Gli torna in mente quella piccola casa affollata di libri e scartoffie, l'odore forte di mangime che si sentiva entrando; il sorriso contagioso di quella ragazza distratta, che passava le giornate a inventare storie e che perdeva sempre tutto. Gli torna in mente il suo corpo, la prima volta che l'ha spogliato e tenuto tra le braccia; l'orgoglio che aveva provato due anni dopo, quando, sposandola, credeva di averle dato tutto quello che lei aveva sempre sognato: una casa luminosa, ordinata, funzionale. Un marito attento.

«Stiamo effettuando tutte le analisi che servono per avviare la procedura.» In quel momento è Wang a parlare, ma le sue parole raggiungono l'attenzione di Vittorio in modo intermittente, finché non gli spiega che, secondo le sue convinzioni taoiste, quando una morte avviene in modo repentino e traumautico, l'anima resta come sospesa. Questo accade soprattutto quando non si è morti e non ancora rinati: «... come nel caso di Lea» conclude. «Noi crediamo nell'esistenza di queste anime, che nella nostra tradizione si chiamano *gui*.»

A quel punto Vittorio solleva lo sguardo su quel cinese in camice bianco, e il suo stordimento si carica di fastidio. «Che cosa sta cercando di dirmi?»

«Per facilitare il trapasso di sua moglie e il suo incontro con gli antenati, avrei bisogno di effettuare una terapia di agopuntura sul suo corpo, se lei me lo consente.»

Vittorio piega le labbra in un sorriso carico di amarezza, gli occhi gli si riempiono di lacrime. «Qualunque permesso io possa darvi» alla fine domanda, con la voce incrinata dal magone «non sarete in grado di ridarmi indietro mia moglie, non è vero?»

I medici lo scrutano senza rispondere. Forse è il fatto stesso che stia piangendo a coglierli impreparati, che quell'uomo all'apparenza così freddo e distaccato, si stia per la prima volta lasciando andare all'emozione, e lo stia facendo al loro cospetto. «Stavamo per mettere su famiglia» continua Vittorio, con lo sguardo perso nel vuoto, mentre le lacrime gli attraversano il viso. «Volevamo avere un bambino.»

Poi, si passa le dita sulle guance, cerca di riprendere fiato: «Posso darvi tutte le autorizzazioni che volete» conclude, tornando a guardarli. «Ma ho bisogno di vederla.»

La stanza è immersa nella penombra, e quando si entra bisogna abituare gli occhi prima di distinguere i macchinari, i mobili e il corpo che la abitano. Potrebbe anche essere la stanza di un malato, ma c'è un'impressione di resa, molto lontana dai ritmi sincopati che governano il pronto soccorso. Siamo in rianimazione, il reparto che accoglie quei corpi al confine esatto tra la vita e la morte, un universo di camere, corridoi, sale, scandito dai tempi annacquati delle attese. Eppure, nella stanza di Lea i rumori del reparto arrivano attutiti, i sibili elettronici dei macchinari fanno pensare ai bisbigli dei rosari in una veglia funebre: siamo in un luogo dove nulla può più accadere.

Il suo corpo giace sul letto, attaccato a un respiratore. L'infermiera deve averle da poco sprimacciato il cuscino sotto la testa e le lenzuola sembrano perfettamente stirate. Lea indossa un camice rosa sbiadito, le braccia lunghe, come lembi di carne pallida, composte lungo i fianchi. Il lenzuolo si solleva piano a ogni inspirazione. Si direbbe che dorma. Ma il suo corpo non è che l'involucro ormai inutile di un cuore che non ha ancora smesso di battere.

Ha già la faccia dei morti. La pelle gonfia, quasi trasparente, eppure irradia la luce di un equilibrio raggiunto. In quell'oltraggio che la morte sta per compiere sui suoi lineamenti, il suo volto è ancora di una bellezza desueta, largo e tacito. Vittorio ha il collo incassato nelle spalle ricurve, mentre stringe una mano di sua moglie, sapendo che lei non può più sentirlo.

Sulla piega traversa del polso, c'è un piccolo ago. Il dottor Wang gli ha spiegato che quello è il settimo punto del meridiano del cuore, detto anche Porta dello Shen, e che faciliterà l'anima di Lea nell'incontro con gli antenati. Mentre il medico parlava, Vittorio non gli ha prestato molta attenzione, ma ha piegato le labbra in una smorfia triste quando Wang ha detto quella parola, Shen, che lui aveva sentito più volte pronunciare da Lea durante la stesura del suo romanzo, e quella parola l'ha riportato indietro, a un'immagine di lei stesa sul letto, con il computer sulle ginocchia, mentre gli leggeva un passaggio del libro con gli occhi accesi di passione. E ora quell'ago posto proprio lì, sul suo polso immobile, lo spinge in avanti, al pensiero di cosa ne sarà di quella pelle liscia e bianca che lui amava baciare, una volta che spegneranno le macchine.

Se Lea potesse vedere. Se in quello spazio d'attesa che le vite occupano, quando giacciono prive di impulsi autonomi nei letti degli ospedali, ci fosse una forma di coscienza, una sorta di varco ancora socchiuso tra il presente reale e l'altrove immaginario, se fosse davvero un *gui*, come crede il dottor Wang, che le ha messo quegli aghi sottopelle convinto di accompagnarla nel trapasso, Lea rimarrebbe sorpresa dalle lacrime che Vittorio sta versando, dal fatto che singhiozzi come un bambino, e che a ogni colpo dello sterno, stringa la sua mano ancora più forte, nel timore di non sapere se avrà davvero il coraggio di lasciarla andare.

Se così fosse, Lea verrebbe travolta dal desiderio di avere ancora un corpo reattivo solo per poter ricambiare quella stretta, per essergli di conforto.

Lui non immagina fino a che punto sia stato tradito. Non conosce i lunghi tormenti che hanno scandito il cammino della donna che ha sposato, né sa cosa davvero l'abbia portata via così in fretta. Un cortocircuito, forse, sopraggiunto proprio quando si trovava di fronte a un bivio. Come se la sua mente non avesse retto. Il cuore è sempre andato nella direzione opposta.

Vittorio non ha idea della lunga guerra interiore che Lea ha dovuto affrontare, delle continue resistenze che ha dovuto opporre ai condizionamenti di una logica che non le apparteneva, e che di fatto ha impedito al suo cuore di esercitare la sua volontà. Un cuore che, se ora avesse la forza, da solo, con i suoi battiti così ostinati, di riportarla alla luce, la farebbe volare via, lontano da lui, la farebbe tornare all'uomo che ama da tutta una vita.

Se Lea fosse cosciente, se in questo limbo ci fosse spazio per dei pensieri, se, come crede Wang, lei si stesse davvero preparando a una nuova nascita, allora saprebbe che la sua missione non è del tutto fallita, perché sta lasciando al mondo una piccola parte di sé, la più importante. E quello che sta accadendo ora, dall'altra parte della città, è come un'eco che da molto più lontano risponde.

Se Lea si fosse trasformata in un *gui*, avrebbe ora la capacità di osservare il mondo da un'altra dimensione, di attraversare gli spazi e la materia di questa città così labirintica per ritrovarsi sospesa in un luogo che inevitabilmente l'attrarrebbe. E questo luogo è la sala conferenza del Raffles Place, una delle sedi dell'EDB governativo, che affaccia a trecentosessanta gradi sulla città, e all'interno del quale si trova una donna. Se Lea potesse vederla, in questo momento, comprenderebbe il perché dell'attrazione che aveva provato nei suoi confronti la prima e unica volta che si sono incontrate.

È lì, nel suo ufficio, ligia e puntuale ai suoi doveri nonostante l'aggravarsi della malattia. La riunione per presentare l'ultimo progetto sulle deviazioni del traffico è finita in anticipo, ma lei, Lin Yu, si è trattenuta in ufficio: aveva voglia di riposare su una poltrona davanti alla vetrata di quel grattacielo per godersi in pace un tramonto.

Una Singapore impudica e arrogante si spalanca sotto i suoi occhi. Lì c'è il futuro, che lei stessa ha progettato e che si veste di una bellezza schiacciante e fa sentire infinitesimali, come un granello di sabbia, come un battito d'ali. È così che si sente Lin Yu mentre lo osserva, trascinata com'è dallo scorrere incessante di una clessidra e chiamata al beffardo compito di immaginare come saranno quelle strade in un futuro per lei troppo lontano.

Accarezzandosi con le dita il simbolo dell'infinito che ciondola sul suo collo, crede che il suo tempo stia per finire e teme che presto i riflettori si spegneranno su tutti i suoi progetti. È un pensiero che le incute timore e al tempo stesso le fa venire voglia di spalancare gli occhi, per riempirli di quel panorama fino a farsi girare la testa. Sono i momenti in cui il cuore prende la rincorsa, e per quanto rigenerante possa essere il semplice fatto di riuscire ancora a sentirlo, Lin Yu deve pregarlo di andare più piano.

Anche quel giorno fa lo stesso. Lo sente che scalpita, come un puledro fuori da un maneggio. Teme che siano gli ultimi fremiti, anzi, lo sente.

Sono passati sei anni da quando quell'RX toracico ha evidenziato dei versamenti pleurici e un aumento della sua ombra. Anni di diuretici e betabloccanti per scongiurare il rischio di un'insufficienza grave, fino ad arrivare all'impianto di un *device* per la risincronizzazione della sua attività elettrica.

Una cardiomiopatia dilatativa: era stata questa la diagnosi impietosa che le avevano spiattellato i medici, porgendole un foglio di carta, quel giorno di sei anni prima. Subito dopo aveva visto la faccia di sua madre contrarsi in un pianto disperato. Al tempo Lin Yu non aveva compiuto ancora ventitré anni. E ora da due è in lista per un trapianto. Mentre sua madre non ha mai smesso di asciugarsi le lacrime.

Tornando a casa dall'ospedale, quel giorno, quando la madre si era messa a preparare del *congee* per allentare la tensione e il padre aveva preso in considerazione l'ipotesi di pregare sui carboni ardenti dello Zhejiang per scacciare gli spiriti cattivi, Lin Yu, con una calma quasi irreale, si era seduta sul tappeto al centro della sua stanza. Le erano tornate in mente tutte le cose che aveva appreso sul cuore da quando era nata, come se qualcuno all'orecchio gliele stesse suggerendo. Tutto quello che è riportato nel *So Wen*. «Il cuore ha la carica di signore e padrone. La radiosa luminosità dello Shen.»

Come molti cinesi, anche Lin Yu conosce gli Shen, gli spiriti divini dei cinque organi Zang, e sa che lo Shen del cuore *è il più importante di tutti,* l'elemento del fuoco, l'Imperatore. Lo Shen è la scintilla divina che viene dall'universo per posarsi sulla prima cellula che dà inizio alla vita. S'irradia su tutti gli organi e porta scritto in sé il compito dello Yang, la missione di quella vita sulla terra.

Chissà se avrebbe ricevuto mai un cuore nuovo, si chiedeva Lin Yu quel giorno di tanti anni prima, se avrebbe vissuto ancora a lungo da poterlo incontrare. Sapeva di dover confidare in qualcuno che avesse uno Shen in accordo con il suo, perché i casi di rigetto, secondo la medicina tradizionale cinese, sono da attribuire a due Shen che non hanno la stessa missione. Ed era stato come se si fosse accorta all'improvviso di avere un cuore. Per la prima volta lo sentiva in tutto il suo Yin. Un cuore che si comprime quasi centomila volte al giorno per far circolare fino a cinque litri di sangue al minuto, e fino a quel momento non ci aveva mai nemmeno pensato. Quante sensazioni, amori, dispiaceri, aveva registrato e archiviato fino a quel giorno. Era la scatola nera del suo corpo, la sede del suo Shen. Un filo dei bachi da seta steso in un passaggio, che si attacca alle cose, si fa portare. Le aveva messo addosso i suoi pensieri, le sue ambizioni. Può un cuore avere una testa pensante? Si chiedeva. Sì. Può. Perché all'improvviso era in grado di percepirne ogni singolo battito, di ascoltarne la voce.

Quel giorno, al Raffles Place, dall'alto di quell'enorme vetrata, il mare sembra un vetro blu cobalto, il cielo è immobile, senza una nuvola e l'aria impolverata dalla canicola. Il panorama, visto da lassù, trasmette un senso di sospensione e Lin Yu si è seduta su quella poltrona proprio per ritrovarsi sospesa.

Dopo aver passato un'intera vita a progettare, organizzare, razionalizzare, negli ultimi tempi ha capito, ancora più consciamente, che deve solo assecondare quello che il cuore le chiede.

Di recente l'ha convinta a rileggere per la seconda volta *Il lupo nella steppa* e andava ogni sera a letto più tranquilla. Quel giorno le ha chiesto di fermarsi, di chiamare con l'interfono la sua segretaria e di chiederle di far partire dalle casse una musica.

Ora sta spiegando alla donna come si fa, le indica dove poterla trovare nel suo archivio digitale: si tratta del Larghetto dal Concerto numero due di Chopin, eseguito dal maestro Barenboim.

Mentre le prime note s'irradiano nella sala conferenze, la segretaria porge a Lin Yu una tazza di *kopi* fumante e si allontana con un inchino. Negli ultimi tempi, Lin Yu si concede spesso di osare, di lasciarsi coccolare anche sul posto di lavoro. Quel luogo in fondo le appartiene. E ascoltare Chopin, guardando Singapore da così in alto, nell'illusione di dominarla, di poter dominare la vita che scorre frenetica nelle sue arterie, è qualcosa che la riempie.

Hermann Hesse lo sapeva che gli animali hanno un alone di tristezza negli occhi, la tristezza di chi sa, senza troppi ragionamenti, come vanno le cose della vita. Anche Lin Yu ha quello sguardo. Sono gli occhi del suo cuore che dicono addio al mondo, ai libri che ha amato, alle musiche che hanno saputo regalarle un incanto. È un cuore che ha i battiti contati, ma che sa ancora accelerare sulle note di un'esecuzione perfetta o sulla penna di qualcuno in grado di descrivere mirabilmente un'emozione.

Lin Yu si muove leggera e spaventata, come una gazzella. Ha

imparato a non dare nulla per scontato, a godersi anche il più faticoso dei respiri. Attende lo sparo di un cacciatore o l'affondo della zanna di un felino. Attende, senza sapere che a breve squillerà il telefono, la segretaria verrà a chiamarla con una certa trepidazione nello sguardo, e dall'altra parte della cornetta, Lin Yu riconoscerà la voce del dottor Wang, che questa volta non avrà la solita flemma delle maniere affettate, perché sta chiamando direttamente dal reparto trapianti, ed è una questione urgente, quella che ha da porle, la più urgente che si possa immaginare.

Se Lea fosse veramente un *gui* e come tale avesse la possibilità di vedere tutto questo, ora si lascerebbe definitivamente andare.

Nella pace di sapere dove continuerà a battere il suo cuore.

Singapore, 9 agosto 2019

«Avvolto in un corpo che non è più il nostro, continuo a contrarmi in battiti calmi e fiduciosi.

Ma qualche volta, Ragione, mi sembra di poter sentire ancora i tuoi moniti: quando mi dicevi che quest'attesa è vana, che ti ricordo quelle mosche che d'estate sbattono contro i vetri delle finestre chiuse, convinte di poter raggiungere il mare. Vado a sbattere anch'io contro le feroci incertezze che la mia storia inconclusa mi mette davanti, e intanto continuo a sentire l'odore della salsedine di Antiparos, delle reti da pesca intrise di umori, delle sue olive marinate, dei polpi stesi ad asciugare.

Continuo a credere nei miei desideri.»

L'A380 della Emirates Airlines ha cominciato la sua discesa attraverso densi strati di nubi piovose, in procinto di atterrare all'aeroporto di Singapore.

Il sole non è ancora sorto, anche se una luce rosata ha già schiarito la baia. Le navi e le petroliere, che galleggiano immobili nel porto della città del futuro, lo stanno aspettando; e così i meccanici addetti alla sicurezza, fermi nei loro impermeabili gialli, con i piedi ben piantati sull'asfalto bagnato della pista e lo sguardo rivolto al gigantesco velivolo che si sta avvicinando.

Giacomo è stato sveglio per tutto il viaggio a guardare, fuori dal finestrino, i continenti che attraversava per la prima volta. Ha ripensato a Lea, quasi ininterrottamente, con il suo *Diario di un'expat* tra le mani. Su quelle pagine ha sottolineato i luoghi che lei ha saputo raccontare in modo preciso e che lui a breve avrà finalmente la possibilità di visitare.

Prima dell'imbarco, a Fiumicino, osservava gli aerei che decollavano sulla pista ricordando ogni dettaglio di quel giorno, dopo la loro ultima notte insieme, quando l'aveva salutata, con le labbra salate e la sabbia nei pantaloni, quando le aveva sussurrato a un orecchio: «Ti aspetto».

Giacomo aveva sempre avuto difficoltà a viaggiare, a muoversi in spazi sconosciuti. Ancora detesta l'atmosfera asettica e impersonale che hanno certi alberghi, e fino a quel giorno aveva dormito unicamente nelle case che aveva abitato. Ad eccezione di Antiparos. Ma sempre rigorosamente nella stessa casa, nello stesso letto. Con Lea sentiva che avrebbe trovato il coraggio di affrontare il cambiamento, che lei lo avrebbe liberato da quelle imposizioni mentali, tirato fuori da quel lungo inverno. Ma i giorni passavano e nell'aereo, che avevano prenotato insieme, e che avrebbe dovuto riportarla in Italia, il giorno dopo la sua partenza, Lea non si era mai imbarcata. Ricorda nitidamente l'ossessione che aveva nutrito in quei giorni nei confronti del telefono, del profilo di Lea su Facebook, proprio lui che si era sempre ben guardato dallo sviluppare quel genere di dipendenze. Si era trovato costretto a pensare che alla fine lei avesse deciso di restare con suo marito, senza neanche una telefonata, un messaggio di spiegazioni. La malediceva, e intanto aspettava che desse almeno un qualche segno di vita.

Poi, quel post di Bianca. Così, dal nulla, una mattina afosa in cui Giacomo era rimasto a girare lo zucchero nel caffè con lo sguardo incantato sui sampietrini fuori dalla finestra, che per il caldo sembravano sul punto di liquefarsi. Poche righe su uno spazio virtuale che attraversarono i suoi pensieri come una fiammata improvvisa.

«Riposa in pace, amica mia. La mia vita ora si carica di una nuova attesa. Quella di rivederci un giorno. Altrimenti che senso avrebbe tutto questo?»

Si era alzato di scatto, con l'impressione di affondare nelle mattonelle della cucina. La morte gli era corsa sulla schiena, gli stringeva le spalle con le sue mani gelide e lo spingeva in basso. Aveva cercato il numero di Bianca, come qualcuno bloccato su un fondale, in apnea, che tenta disperatamente di liberarsi per riaffiorare in superficie. Le aveva scritto su Facebook: «Ti prego, rispondimi subito, dimmi cosa le è successo». E nei minuti che seguirono aveva atteso cianotico, con la mente inceppata, le mani sudate, a osservare i messaggi di cordoglio che si moltiplicavano sulla pagina del suo profilo.

E infine, quella risposta: un gelo che cola addosso, che penetra fin nelle ossa. «Lea ha avuto un aneurisma, Giacomo. È successo qualche giorno fa a Singapore. Ci sarà una commemorazione per lei, nella chiesa di Santa Maria in Trastevere, dopodomani alle undici.»

Era scoppiato a piangere. Lacrime grosse, dure, che scorrevano piano sulle sue guance ispide, che gli bagnavano la barba. Delle dita invisibili gli stritolavano la bocca dello stomaco, restituendogli l'impressione di non poter più respirare. Era rimasto fermo a fissare lo schermo del computer senza muovere un dito. Intanto le risate di Lea e i suoi gemiti di piacere avevano riempito la stanza. Il suo sapore in bocca, come non l'aveva mai sentito. Ogni dettaglio di colpo vivido, come in un *loop* inarrestabile.

Poi, la rabbia era salita ed era esploso. Si era alzato, aveva tirato giù tutti i libri dagli scaffali, scaraventato a terra piatti, bicchieri, preso a pugni la porta, le ante degli armadi. Con il fiatone e le nocche livide e pulsanti, si era accasciato all'ingresso. La rivedeva ragazzina, con il quaderno di matematica sulle ginocchia; poi studentessa universitaria, con i suoi maglioni morbidi e larghi; il suo bellissimo corpo sbocciato in costume da bagno, sdraiato su una spiaggia di Antiparos. Aveva strizzato gli occhi per mandarla via, per non sentire quelle dita che continuavano a fare scempio di tutti i suoi organi. Era tornato nella realtà di quel presente, di quella casa. E lei era lì.

L'aveva amata sopra il tavolo della cucina, contro il muro, nel bagno, l'aveva amata e presa a morsi, con rabbia, struggimento. All'improvviso si accorgeva di quanto l'avesse amata. E di quanto male le avesse fatto in tutti quegli anni, con i suoi silenzi, il suo continuo ritrarsi. E il dolore che stava provando quel giorno era la sua pena da scontare, la sua condanna. La paura nei confronti dell'amore che sentiva da ragazzo era lei. C'era lei in quel dolore che aveva temuto sin da bambino, in quelle nocche che perdevano sangue. Era per quel dolore soffocante che aveva avuto paura di amarla.

Si era ritrovato a camminare nella notte, per i vicoli del centro, con una bottiglia di rum in mano e il bisogno di prendere a calci tutto ciò che gli capitava a tiro. Scansando sciami di ragazzini ubriachi, divertiti, felici, era finito sulla sponda del fiume. Aveva scavalcato un muretto di pietra, era scivolato tra gli arbusti e i cespugli con i palmi scorticati, e si era messo a fissare l'acqua che scorreva a pochi metri, covando l'insano pensiero di lasciarsi cadere. Ma coraggio non ne aveva mai avuto, pensava, mentre affioravano i singhiozzi lacerandogli la gola, e per morire ci vuole più coraggio che per continuare a vivere.

Nella chiesa di Santa Maria in Trastevere c'era molta gente quel giorno, tanti occhi attoniti e pieni di sconcerto. Aveva riconosciuto Bianca nella folla, si erano scambiati uno sguardo veloce. Non si vedevano dai tempi del liceo. Un lampo di disprezzo aveva attraversato il volto di Bianca prima che si contraesse in una smorfia di pianto, e mentre lei prendeva posto su uno dei primi banchi, trascinandosi nel suo corpo abbondante, che quel giorno doveva esserle sembrato insostenibile, Giacomo era rimasto in piedi, in fondo alla chiesa.

Non c'era una bara da salutare, qualcuno da immaginare chiuso in un involucro di legno e raso. Il corpo di Lea era lontano nello spazio, ma anche nel tempo, perché negli occhi di Giacomo si muoveva ancora vivo, gioioso, adolescente.

C'erano i suoi genitori al primo banco, non li vedeva da quando a turno andavano a prendere la loro figlia a scuola. Invecchiati e ricurvi sotto il peso di quel lutto, erano seduti vicini. La madre aveva abbandonato la testa sulla spalla dell'ex marito e da dietro sembrava che dormisse.

Al termine della commemorazione, una bambina era salita da sola fino al leggio. Era la figlia di Bianca, lo si poteva intuire dalla somiglianza con la madre e dal fatto che le avesse tenuto la mano per tutto il tempo. Era salita lì, con un libriccino tra le dita sottili e un coraggio insolito per una bambina di quell'età, il bisogno di dire qualcosa.

Si era avvicinata al microfono e aveva cominciato a leggere: «Da quel giorno la giraffa Twiga non cercò più di afferrare il sole, perché accadde che fu il sole stesso a regalarle ogni mattina una carezza di luce al suo risveglio» e poi, con gli occhi pieni di lacrime, aveva balbettato: «Questa è la fine della favola che dovevi leggermi, zia. E sappi che sto continuando ad andare a cavallo, e farò di tutto per portare a termine la mia missione».

Giacomo aveva lasciato la chiesa con negli occhi l'immagine di Bianca e sua figlia che si tenevano strette singhiozzando. Era tornato a casa e si era lasciato cadere sul letto, come un sacco di plastica pieno di immondizia, come qualcuno che non vede più ragione di restare al mondo.

Era rimasto a letto per giorni, nutrendosi di biscotti e acqua, ingoiando a più riprese pasticche di ansiolitici, oppure in piedi, con la schiena incollata al muro e gli occhi fissi al soffitto, cercando di arginare la piena dei ricordi. Trascorreva ore rannicchiato sotto la doccia e qualche volta di notte brancolava per le strade, si attaccava avidamente a una lattina di birra. Gli sembrava a quel tempo di poter trascorrere così il resto della vita, e se non avesse dovuto lavorare per mangiare, c'era anche il rischio che avrebbe potuto continuare a farlo. Quando riprese ad andare in casa editrice, nel primo periodo, apriva i manoscritti e si limitava a correggerli, in modo automatico, senza passione, vedendo in quelle lettere soltanto un mezzo per il suo sostentamento.

Matteo la mattina veniva a svegliarlo, lo coinvolgeva in progetti fotografici, gli portava da mangiare. Aveva assunto il ruolo che aveva Bianca con Lea quando veniva presa dalle crisi di sconforto. Ma per Giacomo era come se ci fosse un lenzuolo steso sulla superficie di tutte le cose. Un lenzuolo che spegneva, appesantiva, persino, i gesti pieni di premura del suo migliore amico.

Il coraggio di ricominciare era tornato sotto forma di un articolo. La rivista scientifica a cui Giacomo era abbonato sin da ragazzino quel mese dedicava la copertina a una recente scoperta nel mondo della fisica.

«L'anima esiste ed è immortale, lo dice la fisica quantistica» titolava l'articolo al suo interno.

Due scienziati di fama mondiale, lo studioso americano Stuart Hameroff e il fisico inglese Roger Penrose, sostenevano che si potesse dimostrare l'esistenza dell'anima, e l'articolo spiegava la teoria quantica della coscienza che avevano sviluppato, affermando che le anime sono contenute all'interno di strutture chiamate microtubuli che vivono all'interno delle cellule cerebrali. Secondo i due scienziati, l'anima sarebbe composta da prodotti chimici quantistici, che nel momento della morte fuggono dal sistema nervoso per tornare al mondo celeste. Le anime degli esseri umani sarebbero perciò molto più che la semplice interazione dei neuroni, ma la stessa sostanza dell'universo ed esisterebbero sin dall'inizio dei tempi.

Aveva letto quell'articolo come un segno. E, per un agnostico come lui, era stato anche l'innesco di un nuovo processo. Pensava alle anime che aveva amato nella sua vita, e a quello che si erano portate via andandosene. Ma anche a quello che gli avevano lasciato.

Aveva sempre creduto che Lorenzo, con la sua morte, avesse deviato la sua vita in modo irrimediabile, allontanandolo da una realtà più rassicurante, fatta di numeri e di calcoli. Invece in qualche modo lo aveva salvato. Gli aveva fatto conoscere la poesia, la letteratura, lo aveva deviato dalle sue nevrosi. Se il cervello segue dei programmi, sin dall'infanzia quello di Giacomo era sbilanciato sull'emisfero sinistro, quello logico, razionale. Lorenzo lo aveva spinto a sviluppare l'emisfero analogico, intuitivo, emozionale, e, soprattutto, lo aveva condotto a Lea, il suo corpo calloso.

Per quanto si fosse difeso da quei sentimenti, con la rigidità dei logici, per quanto si fosse ritratto all'esplorazione di quel territorio sconosciuto, soltanto in quel momento riusciva davvero a intuirne le potenzialità. La vita intera cominciava ad apparirgli come un percorso fatto di segnali, coincidenze, echi e rimandi. Una sorta di microgalassia nella quale orientarsi attraverso la conoscenza delle proprie costellazioni. E di ciò che era stato nell'infanzia, gli restava la consapevolezza di potersi riprogrammare. E finalmente nelle mani, il peso prezioso di quello che Lea, andandosene, gli aveva lasciato.

In quegli anni aveva ricominciato a vivere, come se dall'universo dove avevano fatto ritorno, sia Lorenzo sia Lea avessero potuto osservarlo. Li immaginava spettatori pazienti e fiduciosi, che attendevano i segnali di un cambiamento. E investito di quella nuova responsabilità, aveva ripreso a prendersi cura di sé e del proprio percorso.

Si era dedicato anche al romanzo di Lea, lo aveva promosso, portato a un buon livello di vendite e riconoscimenti letterari. Aveva cominciato a vedere con una certa frequenza un bravo psicanalista e si era persino iscritto alla facoltà di Fisica. Aveva ripreso a studiare con una passione più mite, equilibrata, ricominciato a frequentare altre donne, a trattare con rispetto anche chi non riusciva a coinvolgerlo emotivamente, nella speranza di poter accogliere, prima o poi, un sentimento più maturo, costruttivo. A piccoli passi, era uscito dal guscio che per troppo tempo gli aveva impedito di vivere.

Poi, un giorno, Matteo era venuto a trovarlo, con quella notizia che poteva sembrare un ulteriore segno, senza dubbio una coincidenza sorprendente.

«Mi organizzano una personale a Gillman's Barracks, il distretto artistico di Singapore» gli aveva detto, sorpreso ed emozionato. «Vorrei che venissi anche tu, e che portassi la tua fotografia. Mi piacerebbe che desse il titolo alla mostra: *Il destino di due particelle quantiche.*»

L'uomo che sta scendendo dall'aereo della Emirates quel giorno ha quarantaquattro anni, le guance sbarbate, i capelli più corti, brizzolati. Si è messo una giacca che era di suo padre, ha un bagaglio a mano e un contenitore tubolare sottobraccio dove è custodita una fotografia d'autore.

Si muove in quell'universo tecnologico e perfettamente organizzato con un atteggiamento aperto, senza pregiudizi di sorta, uno stupore quasi infantile. Vuole rivedere quel posto attraverso gli occhi di Lea, la sua esperienza, e sta cercando di lasciare da parte qualunque tipo di commiserazione.

Quando sale sul taxi, gli viene in mente, con un fondo di malinconia, il saluto finale di una lettera d'amore nel film *Mauvais Sang* di Leos Carax, un film ormai quasi completamente dimenticato. «Per sempre e mai» diceva quel saluto. E ripercorrendo tutta la loro storia, Giacomo pensa all'idea di due vite che si sono incontrate, troppo tardi o troppo presto, ma che hanno conosciuto l'amore, uno di quegli amori struggenti che non hanno potuto misurarsi con le insidie della quotidianità, che non hanno conosciuto l'odore acre che lasciano gli incendi quando si spengono, ma che rischiano di rimanerti dentro per sempre anche se non sei riuscito a viverli mai.

«Destination, sir?» gli domanda l'uomo alla guida, osservandolo dallo specchietto retrovisore con due occhi piccoli e a mandorla che gli fanno tornare in mente quelli di Lee Kuan Yew, gli stessi che nel romanzo di Lea non sorridono mai.

«Vorrei visitare la casa dove viveva il Presidente» risponde Giacomo.

Il tipo si gira, deve essere la prima volta che un turista se ne esce con una richiesta simile. «La casa di Lee Kuan Yew?»

«Sì, proprio quella.»

«Non esiste più, sir. Ora c'è un centro commerciale al suo posto. Non c'è niente da vedere. Il Presidente non ha voluto neanche una targa commemorativa. E poi oggi è Zhong Yuan Jie, sir.»

«Prego?»

«La festa degli Hungry Ghosts. L'equivalente del vostro giorno dei morti, sir. Ci sarà molta confusione.»

Adesso è Giacomo a sorprendersi. Di tutti i giorni che si potevano scegliere per organizzare la personale di Matteo, è singolare che abbiano pensato di fissarla proprio a ridosso di quella festa. Un'altra curiosa sincronicità.

«Non c'è problema per la confusione» insiste Giacomo, rivolgendo lo sguardo al finestrino, a quel mondo che si articola intorno a lui in grattacieli d'avanguardia, maxischermi al plasma e treni che sfrecciano veloci su sottili binari di acciaio sospesi in aria. «Mi porti alla casa del Presidente.»

Quel giorno, all'entrata di Urban Suites, il moderno comprensorio dove Lea viveva, all'angolo, sul marciapiede, sono stati posizionati degli incensi e degli oggetti di cartapesta che raffigurano delle case, dei telefonini e delle automobili. Sono pochi i cinesi che abitano nel comprensorio, ma quelle offerte, lì raccolte per le anime degli antenati, sono state preparate con cura da chi si attiene scrupolosamente al rispetto dei riti.

Quella mattina Vittorio si è svegliato presto, ha un appuntamento importante in ufficio per l'acquisizione di una società di telecomunicazioni. Si sta lavando i denti mentre Caroline, sdraiata sul letto, si posiziona degli elettrodi sulla pancia e sui pettorali per attivare un macchinario per la ginnastica passiva. Quando le scosse partono, anche i muscoli del collo le si contraggono, e a intervalli regolari le sue mascelle si deformano in una smorfia.

«Ma non ci sono controindicazioni a usare quell'affare durante l'allattamento?» domanda Vittorio, affacciandosi dalla porta del bagno, dopo averne riconosciuto il suono elettronico.

«Niente è più controindicato per me in questo momento che vedere la mia pancia e le mie tette ridotte a delle lenzuola sgualcite» risponde Caroline, con la stessa smorfia che avrebbe una Angela Merkel nel tentativo di risultare spiritosa.

Negli ultimi quattro anni, il suo fisico ha subito una trasformazione: sebbene la gravidanza le abbia ammorbidito i lineamenti, la sua immagine resta tutt'altro che morbida, resa ancora più spigolosa dal taglio corto e geometrico dei capelli. Vittorio, invece, non è cambiato poi molto. E malgrado il dolore degli ultimi anni non è neanche invecchiato.

Quest'anno compirà cinquant'anni e trova l'idea molto deprimente, anche se la paternità è stata il suo balsamo, la sua cura. Lo ha fatto tornare l'uomo energico e combattivo che era prima di ritrovarsi vedovo. C'è la possibilità che nel giro di poco tempo venga nominato presidente della banca dove continua a lavorare da quando si è trasferito. È un'eventualità che Caroline considera un traguardo assolutamente da raggiungere, mentre lui, che soprattutto negli ultimi tempi ha l'impressione di vivere in un modo troppo accelerato, teme che raggiungerlo potrebbe rendere la sua vita sempre più insostenibile.

«Philippe ha solo tre mesi» tenta di rassicurarla, sempre dalla porta del bagno, con un sorriso bonario. «Tornerai in forma, dai tempo al tempo.»

Lei, guardando l'orologio e sollevando un sopracciglio, gli ricorda: «Stai facendo tardi, Vittorio. Chiamami dopo la riunione, voglio sapere come va a finire. E fai piano nel corridoio, perché se lo svegli, poi mi tocca interrompere l'allenamento».

Vittorio si stringe il nodo della cravatta, e prima di dileguarsi si avvicina alla sponda del letto e le dà un bacio sulla fronte.

Nel corridoio getta un'occhiata veloce al mondo di pupazzi e orsetti che s'intravede oltre la porta socchiusa, quel mondo calmo e ovattato dove sta dormendo suo figlio. Poi, con un sorriso intenerito, si avvia all'ingresso.

Sono quasi due anni che Caroline gli ha imposto di prendere il caffè al bar perché non ne sopporta l'odore in casa, eppure ogni volta, prima di uscire, Vittorio, attratto dalla memoria di una vecchia abitudine, raggiunge la cucina. Quando realizza di non avere nulla da fare lì dentro, se ne va, rimpiangendo il calore delle colazioni di un tempo.

La porta dell'ascensore si apre e al suo interno trova Akame, la signora giapponese che vive al piano di sopra e che sembra non sappia fare altro che sorridere. Si danno il buongiorno e si salutano quando arrivano alla sbarra del condominio, riempiendo il tragitto con continui sorrisi di circostanza.

Una volta solo, prima di salire a bordo del suo monopattino elettronico, Vittorio si accorge delle offerte di cartapesta adagiate sull'angolo del marciapiede e si ricorda che quello è il mese che i cinesi dedicano ai defunti. Il pensiero di Lea torna ad attraversarlo. Chiude gli occhi un momento, prende fiato.

Qualche volta, in quei giorni, ha l'impressione che gli manchi il respiro. Caroline non ha un carattere facile, è più simile a lui di quanto non sia disposto ad ammettere, e di quanto non lo fosse Lea. Scegliere di vivere con Caroline aveva significato assecondare un bisogno, quello di riprendere in mano il controllo della sua vita. E paradossalmente aveva deciso di farlo proprio con una donna che è lo specchio di quel controllo.

La morte di Lea l'ha reso più sentimentale, malinconico, introspettivo. Un percorso che con la nascita di Philippe è diventato ancora più analitico. Vittorio si misura ogni giorno con le sue nevrosi nel tentativo di svuotarle del loro contenuto. Gli torna spesso in mente un passaggio del romanzo di Lea, dove parlava del Cuore nel libro del *So Wen*: «In un Cuore vuoto e calmo nulla si attacca, nulla occupa indebitamente il posto facendone la propria sede. Tutto si presenta per essere pesato e apprezzato».

Con quelle parole che gli riecheggiano in testa, Vittorio sale sul monopattino, s'infila le cuffie, fa partire dal telefono una playlist Spotify di musica commerciale e attraversa il quartiere fino a raggiungere il bar del Paragon, dove potrà finalmente prendere il suo caffè.

Non ha tempo per sedersi, lo ordina direttamente al banco.

Mentre lo sorseggia, attento a non scottarsi le labbra, l'occhio gli cade su una donna seduta a uno dei tavolini in fondo. Ricorda bene l'ultima volta che l'ha vista, alla festa di Van Der Meer, prima che Lea partisse per l'Italia. Anche lei l'ha riconosciuto, gli sorride.

Vittorio paga il suo caffè e dà un'occhiata all'orologio. Poi esce dal Paragon, temendo di arrivare tardi alla riunione che lo aspetta.

Lin Yu, invece, resta seduta al tavolo, a sorseggiare il suo *kopi* fumante con tutta calma. Ha incrociato lo sguardo di quell'uomo che per un attimo l'ha riportata con la mente a un passato più mondano. Il passato della sua vecchia vita. Del suo vecchio cuore.

Come tutte le mattine, anche quel giorno si è svegliata cercando di rispettare i suoi tempi. Sono anni che ha smesso di correre, che ha lasciato da parte le frenesie del lavoro per godersi la vita. Quella mattina, prima di recarsi al bar, ha scaldato un po' d'acqua con delle scorze di limone, ha acceso un incenso e, dopo aver srotolato un tappetino di gomma, si è inginocchiata al centro del salotto.

Con lo sguardo rivolto alla finestra, la schiena dritta, le spalle leggermente all'indietro, ha fatto qualche lento movimento circolare della testa per ammorbidire la cervicale e ha ripetuto la stessa rotazione con ciascuna spalla, poi ha iniziato la piccola circolazione celeste, una tecnica di respirazione taoista dove si mette in moto l'energia vitale, che i cinesi chiamano Qi, e che ha lo scopo di migliorare la qualità della comunicazione tra la mente e gli organi del corpo. In quel modo si è messa in ascolto, come ogni mattina da cinque anni, del battito di quel cuore che ha accolto nella sua vita.

Qualche volta si domanda se fosse un uomo o una donna. La

psicologa che la segue da dopo il trapianto le chiede sempre se i suoi sogni le parlano di qualcosa, se ci sono stati dei cambiamenti. Lin Yu non ha mai notato nulla di diverso, se non una profonda calma interiore, come se quel cuore fosse un grosso gatto accoccolato nel suo sterno. Ogni tanto fa le fusa in segno di gratitudine. Non si scompiglia quasi mai e difficilmente si agita per qualcosa che accade nel mondo esterno. Lei, qualche volta, ha come l'impressione che sia anestetizzato. Le emozioni che Lin Yu sta vivendo negli ultimi anni sono per la maggior parte cerebrali: la musica che ascolta, gli spettacoli, i film, i viaggi. Ma la sua curiosità è sempre più viva, ha ancora più fame di conoscere e capire il mondo di quanta non ne avesse prima del trapianto.

Pochi minuti più tardi paga il caffè e raggiunge la fermata della SMRT per recarsi a Oxley Road. Ha sempre un fiore con sé. Quel giorno, una rosa.

A sorprenderla, quando riemerge dalla metropolitana, un acquazzone improvviso che ha scurito il cielo e sbiadito tutti i contorni. S'infila l'impermeabile che tiene arrotolato nella borsa e apre l'ombrello. Un ombrello rosso. Se lo vedesse sua madre, scaramantica com'è, si arrabbierebbe. Il rosso è un colore che andrebbe evitato quando i cancelli dell'aldilà sono aperti, e in un giorno come quello nessun cinese si vestirebbe di rosso, sapendo che i fantasmi ne sarebbero attratti. Ma Lin Yu non ha mai prestato attenzione a certe credenze.

Si avvia lungo la strada con quel fiore in mano e lo sguardo rivolto all'edificio che l'attende: il centro commerciale che una volta era la casa del Presidente.

Quando giunge davanti alla porta d'ingresso, nota che c'è molta più confusione del solito, un viavai caotico, frastornante. Lin Yu si accuccia nel solito angolo, vicino alla porta, e posa la sua rosa sul pavimento. In quel punto esatto che una volta era l'uscio della casa di Lee Kuan Yew.

Sono quattro anni che Lin Yu posa un fiore tutte le mattine in quel punto. Quando era ancora una casa, ne trovava molti altri e i suoi omaggi si accumulavano giorno dopo giorno. Poi, i fiori hanno cominciato a diradarsi e quelli di Lin Yu sono rimasti soli. Quando il posto era un cantiere, qualche volta potevano passare giorni prima che qualcuno passasse a rimuoverli. Dal momento in cui è diventato un luogo di incontro, quando Lin Yu arriva non trova mai il fiore che ha lasciato il giorno prima.

«Mi scusi» le si avvicina un uomo. È l'usciere del *mall*, asiatico anche lui: «Posso farle una domanda?».

Lin Yu solleva lo sguardo e gli posa addosso i suoi occhi piccoli e curiosi: «Prego».

«La vedo ormai tutti i giorni e non so per chi siano quei fiori, però è giusto che lei sappia che io purtroppo devo rimuoverli da qui e ogni sera i suoi fiori finiscono nella mani felicemente stupite di mia moglie. Non so se magari questo fatto la farà desistere dal suo prezioso intento, ma io glielo dovevo dire.»

Lin Yu sorride. «Sono contenta» gli risponde. «Sua moglie è una donna fortunata» aggiunge, senza spiegare oltre.

Quando riapre l'ombrello, continua a sorridere, ripensando all'amore che legava il Presidente alla sua giovane moglie, alla dedizione che lui le riservava ogni giorno. Lee Kuan Yew avrebbe senz'altro gradito di sapere che gli omaggi, che lei gli rende ogni giorno, finiscono per allietare ormai da molto tempo le giornate di un matrimonio.

Sta per avviarsi sulla strada del ritorno quando uno sfarfallio interno la costringe a bloccarsi sul marciapiede. Il cuore ha cominciato ad agitarsi in un'insolita tachicardia. Lei, sempre così attenta alle sue minime variazioni, questa volta non ne è preoccupata, c'è qualcosa di rassicurante in quell'anomalia, come se il cuore si fosse sintonizzato su una vibrazione che conosce e che stava aspettando.

Gli occhi di Lin Yu si posano su un uomo, dall'altra parte della strada. La sua figura alta e dinoccolata scompare e riappare nel continuo flusso di gente, ma il solo fatto di aver posato lo sguardo su di lui placa il suo cuore in un istante.

Quando il taxi si è fermato davanti al caotico viavai del centro commerciale, Giacomo ha cominciato inspiegabilmente ad agitarsi. Un'agitazione tutta interiore, di quelle agitazioni che precedono un incontro importante. Ha tirato fuori i soldi dal portafoglio con le mani che gli sudavano.

«Gliel'avevo detto che c'era parecchia confusione» ha ribadito il tassista prima di salutarlo.

Fuori piove. Giacomo ora si ritrova sul marciapiede sotto la pioggia a chiedersi cosa stia succedendo. Non ha l'ombrello e dovrebbe correre a ripararsi, ma sente come se il cuore si fosse messo a fare il metal detector. Gli sta intimando di rimanere lì, fermo, a scrutare la folla.

Una fiumana densa e disordinata si muove lungo la strada. Gli ombrelli fanno pensare alle tante molecole colorate di una sostanza spumeggiante.

A un certo punto, tra quelle molecole si apre un varco che consente al profilo di una donna orientale di emergere dal grigiore e di stagliarsi sullo sfondo come una luce.

Nulla di ciò che accade intorno sembra avere più importanza. C'è solo quella donna ora, quel collo lungo e sottile. Una giovane donna orientale sotto un ombrello rosso.

Mentre i loro sguardi si incrociano, Giacomo resta piantato lì, sul marciapiede, continuando a bagnarsi.

Gli sembra che il viso di quella sconosciuta si stia modificando impercettibilmente. Niente si è mosso davvero, né le labbra, né le sopracciglia, eppure la sua espressione si è come animata in una sorta di stupore, o di abbandono, non gli è chiaro. Sente che c'è solo una cosa che deve fare in quel momento.

Attraversare la strada.

Ringraziamenti

Ringrazio in ordine sparso chi mi ha fatto compagnia durante il viaggio fornendomi spunti di riflessione e materiale su cui lavorare: Carla, Luigi, Daniele, Cristina, Giovanna, Simone, Corrado, e la mia "spacciatrice di fiducia", Ilaria.

Il "Maestro" Alvise per la scelta delle musiche.

Chi ha partecipato alla scelta del titolo, veramente tanti. Due tra tutti: Veronica e Chiara.

Un grazie particolare alla mia editor, Donatella, da me scherzosamente ribattezzata Gordon Lish. Neanche troppo scherzosamente in fondo, perché è una grande.

Un pensiero speciale va all'Isola d'Elba e alle sue onde che fanno sognare. Ai suoi abitanti ho fatto una promessa e spero di poterla presto mantenere.

L'ultimo grazie, il più importante, va a Pen, che sa dove vorrei andare, e sempre tornare.

Della stessa autrice

Brossura - pp. 224 - euro 6,90

Simona Sparaco

Nessuno sa di noi

Quando Luce e Pietro si recano in ambulatorio per fare una delle ultime ecografie prima del parto, sono al settimo cielo. Finalmente, dopo anni di inutili tentativi, di "sesso a comando" e di calcoli esasperanti con calendario alla mano, conosceranno il loro bambino. Non appena sul monitor appare il piccolo Lorenzo, però, il sorriso della ginecologa si spegne di colpo. Lorenzo è "troppo corto". Ha qualcosa che non va. Comincia così il viaggio di una coppia nella nebbia di una realtà sconosciuta. Luce e Pietro sono chiamati a prendere una decisione irrevocabile, che cambierà per sempre la loro vita e quella di chi gli sta intorno. Qual è la cosa giusta quando tutte le strade conducono a un vicolo cieco? E l'amore fino a che punto potrà salvarli?

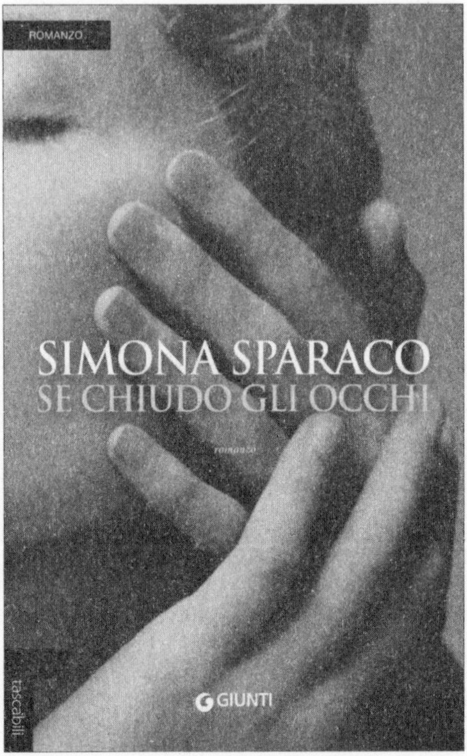

Brossura - pp. 272 - euro 6,90

Simona Sparaco

Se chiudo gli occhi

Viola nella vita ha imparato una cosa: a nascondersi. I vestiti di una taglia troppo grande, un impiego lontano dalle sue passioni, un bravo ragazzo come marito, con cui però, forse, l'amore non c'è mai stato. Poi un giorno, nel negozio in cui lavora, ricompare suo padre: l'artista famoso, l'irregolare, l'eterno bambino. È tornato per proporle un viaggio nella loro terra d'origine e per dirle qualcosa di importante. Ma come fidarsi di nuovo dell'uomo che l'ha abbandonata? Come credere alle sue funamboliche storie? La tentazione però è troppo forte, e quando insieme arrivano alle pendici dei Sibillini, dove è custodito un antico segreto, una nuova forza la travolgerà: la forza dell'amore, della verità, del perdono.
Un romanzo magico, ammaliante, poetico.

MISTO
Carta da fonti gestite
in maniera responsabile
FSC® C023532
FSC
www.fsc.org

Stampato presso Giunti Industrie Grafiche S.p.A.
Stabilimento di Prato